Yves Jacob

MARIE SANS TERRE

Roman

Production *Jeannine Balland*
Romans Terres de France

Le Code de la propriété intellectuelle n'autorisant, aux termes de l'article L. 122-5, 2° et 3° a), d'une part, que les « copies ou reproductions strictement réservées à l'usage privé du copiste et non destinées à une utilisation collective » et, d'autre part, que les analyses et les courtes citations dans un but d'exemple et d'illustration, « toute représentation ou reproduction intégrale ou partielle faite sans le consentement de l'auteur ou de ses ayants droit ou ayants cause est illicite » (art. L. 122-4). Cette représentation ou reproduction, par quelque procédé que ce soit, constituerait donc une contrefaçon, sanctionnée par les articles L. 335-2 et suivants du Code de la propriété intellectuelle.

© Presses de la Cité, 2003
ISBN 2-258-06084-2

Marie a réellement existé. Mémoire à elle seule de tout un peuple des campagnes, elle m'a conté sa vie. J'en ai conservé l'essentiel.

Toutefois, pour les besoins du récit, j'ai remplacé les gens qu'elle a connus par des personnages fictifs, et j'y ai ajouté des situations romanesques destinées à amplifier l'intrigue tout en restant fidèle aux mœurs du temps.

Aussi, à l'exception de Marie et Michel Castel, qui m'ont donné leur accord pour être présents dans les pages qui vont suivre, toute ressemblance entre les personnes présentées et des personnes vivantes ou ayant vécu à cette époque ne pourrait être que fortuite.

Y. J.

Pour Marie et Michel Castel, qui m'ont conté la terre du temps passé.

PREMIÈRE PARTIE

1

Poussés par un vent piquant, de lourds nuages couraient sur le sable de la plage de Vierville-sur-Mer. A l'horizon le ciel se confondait avec les eaux grises.

Malgré le temps maussade, Marie se déhanchait sur les rochers glissants que la marée avait découverts et, sa vilaine robe noire retroussée jusqu'aux genoux grâce à une ficelle attachée à la taille, elle vaquait dans les flaques d'eau prisonnières de la pierre, en quête des précieuses moules qu'il fallait récolter et vendre à tout prix si elle voulait manger ce soir.

Mais Marie avait cinq ans et, à cet âge, l'étonnement devant le ballet des mouettes, la course d'un chien sans laisse éclaboussant les vagues ou la flânerie d'un promeneur solitaire l'emportaient sur le désir de travailler.

C'est alors qu'une voix s'éleva, tranchante :

— *Arrête de clapoter dans l'iâ ou j'te vas fout' eun' morninfl'* !

Marie se tourna craintivement vers sa mère. Celle-ci se dressait devant elle, une *pouque* [1] à demi remplie de moules à la main. C'était une femme assez grande,

---

1. Sac de jute.

Marie sans terre

robuste, dont les cheveux bruns, ramenés à la va-vite sous le bonnet de coton, encadraient un visage carré, raturé horizontalement par des lèvres minces et pincées. Il se dégageait d'elle une impression de force et de méchanceté. Une méchanceté alimentée par la froideur des yeux gris et le gros *bair*[1] qu'elle buvait à l'envi chaque fois qu'elle en avait l'occasion.

Car Prudence, la mère de Marie, était alcoolique et elle avait la main lourde. Aussi Marie cessa d'admirer la mer, les plages de Vierville et de Saint-Laurent-sur-Mer, les imposantes falaises, les dunes s'échouant languissamment sur le sable, et elle se remit à l'ouvrage tout en surveillant sa mère du coin de l'œil.

Remarquant le manège de l'enfant, Prudence se contenta de hausser les épaules d'un air dégoûté avant de conclure :

— *Ma paur' file a les deux pieds dans l'même chabot !*

Accroupi sur des rochers, occupé lui aussi à ramasser des moules, Robert adressa une grimace complice à sa sœur puis, s'étant assuré que sa mère ne pouvait l'entendre, il lui souffla :

— Réponds pas, le gros *bair* lui tracasse déjà la tête !

Le front penché sur son ouvrage, Marie acquiesça en silence. Une heure plus tard, leurs *pouques* bien remplies, ils remontèrent tous trois vers les terres.

On était en mai et un vent d'en haut[2] sec et froid les faisait frissonner malgré les charges qu'ils portaient. Le front buté, Prudence s'engagea sur la route conduisant à Louvières. L'après-midi était déjà bien entamé. Il fallait vendre les moules au plus vite et s'efforcer de trouver un

---

1. Cidre.
2. Vent de nord-est.

Marie sans terre

gîte — une étable, une grange — pour la nuit, sous peine
de dormir dans un fossé, blottis les uns contre les autres
afin de lutter contre l'humidité, le froid ou pire la maladie, car ils n'avaient pas d'argent pour se soigner. Pour
tout remède en cas de rhume, ils ne disposaient que du
mouchoir d'Adam [1].

Ployant sous les *pouques* gonflées de moules, Prudence et Robert ouvraient la marche. Tout en trottinant pour les suivre, Marie songeait mélancoliquement
à son passé. Ils vagabondaient depuis la mort d'Armand, son père, survenue deux ans auparavant, en
1920, alors que la fillette en avait tout juste trois.
Maçon, Armand construisait des maisons avec de la
terre rouge détrempée mêlée à de la paille de blé, tandis que Prudence proposait ses bras vigoureux de journalière agricole aux patrons des fermes voisines. Ils
habitaient alors dans une maisonnette louée à des fer-
miers et, s'ils n'étaient point riches, ils n'étaient pas
miséreux pour autant.

Née en 1890, Prudence accusait dix-huit ans de moins
que son époux mais d'après Robert — Marie, trop jeune,
ne se souvenait pas de cette époque — les parents s'en-
tendaient bien. Tous deux espéraient, à force de labeur,
pouvoir acheter bientôt à tempérament une maison un
peu plus grande que celle où ils vivaient. Bonheur relatif
jusqu'au jour où, basculant d'un échafaudage, Armand
s'était brisé le crâne et le cou.

Après la mort du père, il n'était resté personne pour
défendre Marie, car si Prudence affectionnait Robert, elle
détestait sa fille. C'était pour elle une enfant non désirée,
une bouche de trop à nourrir.

1. Les doigts.

15

Marie sans terre

Marie avait cinq ans, Robert presque dix, Prudence trente-deux, tandis qu'ils gravissaient vaillamment la route pentue conduisant à Louvières. Sous le vent vif, les prés reverdissaient, pâquerettes et boutons-d'or épanouissaient leurs pétales, dans les haies les aubépines en fleur trahissaient leur soif de vivre ; vaches et chevaux paissaient l'herbe épaisse pendant qu'autour d'eux leurs petits gambadaient, insouciants, multipliant écarts et cabrioles comme s'ils avaient voulu mesurer leurs limites et affirmer leur plaisir d'exister.

Au-dessus de ce printemps heureux triomphaient les têtes roses et blanches des pommiers annonçant des récoltes abondantes. On eût dit que la nature tout entière avait décidé ce jour-là de s'élancer vers un été riche de promesses.

Bien qu'habitués à de longues errances, les pieds enflammés de Marie, enfermés dans des sabots de bois remplis de paille séchée, usés jusqu'à la corde, appelaient au secours. Lors, prétextant un besoin naturel, Marie se réfugia derrière un bosquet pour mettre bas la culotte et souffler un peu. Elle demeura accroupie un moment, profitant de l'instant pour admirer deux pies qui tournoyaient à la cime d'un grand chêne puis, alertée par les grognements impatients de sa mère, elle s'essuya avec une touffe d'herbe et rejoignit en trottinant les autres qui s'étaient éloignés sans plus s'occuper d'elle. Ils allaient, courbés en avant pour mieux supporter les charges, les mollets tendus comme des cordes, chacun s'interrogeant silencieusement sur ce que leur réserverait demain.

Avec le recul, Marie se demanderait plus tard comment sa mère avait pu en arriver là. L'alcool, pour elle, était sans doute le seul remède pour oublier le manque d'ar-

Marie sans terre

gent, cet argent indispensable pour conserver un logement et élever des enfants à une époque où les protections sociales et les allocations familiales n'existaient pas. L'alcool, endémique fléau dans les campagnes normandes, où certains paysans n'hésitaient pas à glisser une goutte de ce précieux breuvage dans les biberons des nourrissons et une aimable rasade dans le café des gamins avant qu'ils partent à l'école. Nul n'ignorait alors que le calva, c'est bon pour la santé !

L'alcool en Normandie en ce début de siècle était donc une tradition et, le malheur aidant, on avait vite franchi le pas vers l'excès. Ainsi, Prudence buvait parce qu'elle était veuve, parce qu'elle avait deux enfants à charge, parce qu'elle n'avait pas de toit, pas d'espoir en des lendemains meilleurs.

Négligeant Louvières, ils avaient obliqué vers Asnières-en-Bessin. Ils atteignirent le village, longèrent la petite école des filles à l'heure de la récréation. Marie s'arrêta devant le muret de pierre surmonté d'une grille qui la séparait de la cour pour contempler les fillettes avec envie. Elles jouaient à la marelle, sautaient à la corde ou s'envoyaient une balle. Quelques-unes, regroupées sous le préau, chantaient une comptine avec une joyeuse application. Toutes, même les moins fortunées, étaient vêtues et chaussées proprement.

L'une d'elles remarqua Marie. Elle poussa un cri pour alerter ses compagnes. Aussitôt, délaissant leurs jeux, elles s'élancèrent comme une volée d'étourneaux pour s'agglutiner contre la grille derrière laquelle Marie les observait. Là, les mains ou les poings dressés, l'œil empli d'une cruelle jubilation, elles glapirent à son intention :

Marie sans terre

— Hue hue, la petite *calimachon*[1], elle a des poux sur le dos ! T'as des poux sur le dos ! T'as des poux !

Submergée par l'avalanche des mots, Marie ouvrit la bouche pour se défendre, se tut avant de s'éloigner finalement, la tête basse, honteuse.

— Pourquoi qu'tu pleures ? questionna Prudence avec son regard des mauvais jours quand Marie l'eut rejointe.

— Les petiotes, elles veulent pas me voir, alors je pleure !

Prudence serra les dents.

— Les salopiotes ! La prochaine fois, j'en prends une par *la piâ du cô*, et je la secoue jusqu'à ce qu'elle devienne toute bleue !

Marie renifla à plusieurs reprises d'un air désespéré. C'était vrai qu'elle avait des poux. Ils trottaient sur ses épaules, dans ses cheveux, disputant âprement leur territoire avec les puces. Comme Robert. Comme Prudence. Ces satanées bêtes les démangeaient, les empêchant de s'endormir ou les réveillant la nuit, enlaidissant des caractères déjà peu portés à l'optimisme en raison de leur infortune.

Ils reprirent leur route, le front buté, Marie ravalant ses larmes, oubliant jusqu'à la prochaine fois, parce que, soudain, elle aperçut dans une prairie deux jeunes veaux se pourchassant, joyeux, dans la lumière revenue.

Ils cognèrent aux portes des maisons où ils étaient connus pour vendre leurs moules. La plupart des gens achetaient sans rechigner, les uns par bonté, d'autres, plus superstitieux, pour éloigner le mauvais sort, car certains pensaient que refuser l'aumône à un mendiant, considéré comme un sorcier, risquait d'amener une inva-

---

1. Colimaçon.

Marie sans terre

sion de poux dans la maison, voire de rats ou de souris ravageant le contenu des granges et des greniers.

A la sortie du village, une ferme se profila à l'horizon. Ils s'y arrêtaient assez souvent, son propriétaire, qui ne croyait ni en Dieu, ni en Satan, ni aux sorciers, étant un homme généreux. Il leur prenait volontiers des escargots, des moules, et s'ils n'avaient rien à proposer, il offrait une bonne tartine de pain beurré aux enfants et une moque de cidre, quand ce n'était pas la bouteille tout entière, à Prudence. Certaines nuits d'hiver particulièrement rigoureuses, il leur avait cédé un peu de paille fraîche dans un coin de grange ou d'écurie pour dormir.

Ce jour-là, il les accueillit à bras ouverts. Sa femme était partie pour plusieurs jours à Isigny soigner sa mère malade, son grand valet [1] venait de le quitter pour se marier et, comble de malchance, un de ses ouvriers agricoles avait claqué la porte la veille, jugeant ses gages trop minces.

Bref, la main-d'œuvre manquant, Prudence lui apparut comme une bénédiction du ciel. On était encore dans la période de plantations dans le courtil [2] et dans la culture des betteraves et du rutabaga destinés à l'alimentation du bétail. La patronne étant absente, il fallait surtout quelqu'un pour s'occuper de la traite des vaches et de l'entretien des étables.

C'est ainsi que ce soir-là ils eurent le droit de se frictionner les pieds, la figure, les épaules et les mains dans l'eau froide d'un baquet de la laverie, après avoir dévoré à la table du maître une soupe au chou, des moules à la crème savamment cuisinées par Prudence, un morceau

1. Equivalent de contremaître.
2. Jardin potager.

Marie sans terre

de camembert et, à volonté, du pain confectionné dans le fournil de la ferme.

L'heure d'aller se coucher venue, Prudence se tourna vers ses enfants.

— J'ai encore de l'ouvrage, leur dit-elle. A tout à l'heure. Bonne nuit.

Ils l'attendirent une heure, discutant avec entrain, savourant la paille fraîche de l'écurie et la rassurante respiration des chevaux. Si Marie était bavarde, Robert parlait peu. C'était un garçon sauvage, vigoureux et triste qui, tout comme Marie, ne comprenait pas pourquoi ils erraient par monts et par vaux tandis que les gamins de leur âge possédaient un toit et allaient à l'école.

Lui aussi ressentait profondément l'humiliation de leur situation. Ils étaient des parias. Combien de fois, lancées par des mains vicieuses et anonymes, avaient-ils reçu des pierres ? Le monde était ainsi. Et ils étaient trop jeunes pour se révolter. Plus âgé que Marie, Robert raisonnait mieux.

Sortie de la pénombre, sa voix monta vers elle, grave, protectrice :

— Tu sais, Marie, y faut pas faire comme maman. Plus tard, il faudra travailler.

Marie répondit par un profond soupir. Ses yeux cillaient dans l'obscurité, elle se sentait épuisée, elle était encore si petite. Une phrase lui revint en mémoire. Au moment de quitter la grande salle, alors que Prudence s'apprêtait à desservir, le maître s'était approché d'elle et lui avait chuchoté à l'oreille quelques mots que Marie avait entendus sans en comprendre le sens :

«Viens me voir tout à l'heure dans ma chambre, je voudrais savoir si t'es une vraie brune !»

Pour la première fois depuis des jours, les lèvres minces

Marie sans terre

de Prudence s'étaient adoucies d'un sourire. Au grand étonnement de Marie, elle avait familièrement pincé le bras du maître avant de répliquer, les yeux brillants :

«J'*vais* que l'changement d'herbage réjouit les bœufs. Vous êtes sû' qu' vot' femme va point r'veni'?»

2

Ils restèrent trois jours à la ferme. Prudence trayait dix-huit vaches deux fois par jour et une troisième celles qui avaient mis bas. Le reste du temps, elle s'occupait du ménage et du potager.

Robert secondait sa mère dans la mesure de ses moyens pendant que Marie jouait près d'eux. Le maître passait souvent les voir dans les pâturages ou ailleurs. Parfois il s'absentait avec Prudence.

— Vous, attendez là, faut que je lui montre quelque chose, disait-il.

Et ils s'éclipsaient derrière une haie.

Robert hochait alors tristement la tête.

— Je sais bien ce qu'il lui montre!

— C'est quoi?

— Rien, t'es trop petiote!

Et il reprenait son ouvrage là où il l'avait laissé.

Le troisième jour, Prudence se hâta de traire les vaches tout en surveillant le ciel.

— Le vent est encore effarouché dans les arbres, dit-elle, y a du mauvais temps à veni'.

Et elle avait raison. Le vent d'en bas[1] soufflait depuis

---

1. Vent de sud.

Marie sans terre

la veille et il y eut de l'orage ce soir-là. Prudence expédia ses enfants dans l'écurie plus tôt qu'à l'ordinaire. Lorsque, réveillée par le chant du coq, Marie ouvrit les yeux, elle ne la vit pas à ses côtés. Robert non plus. Elle se leva prestement, enfila sa robe et ses sabots dans l'obscurité avant de se hasarder au-dehors. Un jour pâle se levait. Robert arriva vers elle d'une démarche résolue de petit homme.

— Où qu'elle est, maman? lui demanda-t-elle.

Robert plongea un regard désespéré dans celui de sa sœur.

— Elle est tombée dans les pommes. Elle a bu trop d'*bair* et de calva hier soir.

Il marqua une pause, hésita :

— La goutte lui sort par les yeux. Le maître, il a appelé le médecin.

Ils repartirent d'un pas vif vers le corps de ferme. Prudence était allongée sur la table de la cuisine. Devant l'étonnement de Marie, Robert haussa des épaules fatalistes avant de se pencher vers elle pour lui avouer dans l'oreille, tous les domestiques s'étant rassemblés dans la pièce :

— Elle était sous la couette du maître. C'est lui qui l'a descendue jusqu'ici pour pas avoir des mots avec sa femme.

Marie réfréna les grosses larmes qui montaient à ses yeux. Elle sentait confusément une fois encore que sa mère avait mal agi. Surtout, elle avait honte de la découvrir échouée ainsi sur une table, le visage décomposé par la souffrance.

Le médecin arriva bientôt, diagnostiqua un coma éthylique et on attela la meilleure carriole pour conduire Prudence à l'hôpital de Bayeux.

Marie sans terre

Le lendemain matin, une dame vint chercher Marie et Robert pour les emmener en automobile passer quelques semaines dans un hospice situé dans le village de La Cambe. En chemin, la dame leur expliqua avec douceur qu'elle s'occupait d'enfants en difficulté et qu'ils resteraient à La Cambe le temps qu'on soigne leur mère. Marie l'écoutait d'une oreille distraite car c'était la première fois qu'elle était assise dans une voiture sans chevaux et, subjuguée, elle contemplait le paysage défilant rapidement derrière les carreaux.

L'hospice se dressait à la périphérie du village. C'était une bâtisse de pierre à un étage. De ses fenêtres, on apercevait la plaine, les vaches et les chevaux dans les champs rehaussés de pâquerettes, de coquelicots et de boutons-d'or. Devant la façade s'étalait un courtil où, selon les saisons, les religieuses, responsables de l'hospice, cultivaient poireaux, pommes de terre, tomates, pois, haricots verts, carottes, salades et fraises. Juin étant arrivé, un cerisier aux branches croulant sous le poids de ses fruits annonçait une prochaine et belle récolte. Des fleurs — bégonias, œillets d'Inde, marguerites, géraniums — encadraient et égayaient fièrement l'allée menant du modeste portillon de la rue à la porte d'entrée de la maison.

Pour Marie et Robert, venus de nulle part, sinon des fossés et du malheur, cet hospice où ne séjournaient que deux enfants leur apparut comme un peu de paradis. La porte à peine franchie, ils furent accueillis par sœur Marguerite, un petit bout de femme tout en rondeurs, dont le visage de poupée et les yeux d'un bleu candide offraient, à qui le voulait bien, toute la gentillesse du monde. Sœur Lucie la rejoignit presque aussitôt d'un long pas déterminé. Long pas, car si sœur Marguerite était minuscule, sœur Lucie était grande. Très grande

Marie sans terre

même, décharnée. Ses joues creusées accusaient les reliefs osseux de ses pommettes, et son regard, sombre et ardent sous le voile austère, semblait vous suggérer d'aller brûler en enfer. Instinctivement, Marie s'approcha de sœur Marguerite et s'écarta de sœur Lucie.

La dame qui accompagnait Marie et Robert leur avait recommandé d'être polis et attentionnés avec les religieuses. Luttant contre son appréhension, Robert leur tendit la main et balbutia un timide «*Boujou'*».

Un sourire épanouit les figures des deux femmes, rendant presque belle celle de sœur Lucie.

— On ne dit pas *boujou'*, remarqua cette dernière, mais bonjour ma sœur. Et comme de toute façon nous allons vivre quelques semaines ensemble, le temps que votre maman se rétablisse, appelez-nous par nos prénoms. Je suis sœur Lucie et voici sœur Marguerite.

Stupéfaits, les enfants écoutaient la voix douce qui s'échappait des lèvres disgracieuses de sœur Lucie. Une voix de miel, semblable à une caresse.

— Venez, dit sœur Marguerite en s'effaçant du seuil pour les laisser entrer, nous allons vous faire visiter notre domaine et vous présenter les deux pensionnaires que nous avons actuellement.

Ils la suivirent dans une salle où une grande table attendait avec six couverts. Pour tout meuble, un vaste buffet normand en chêne, vieux de plusieurs siècles, et un vaisselier du même bois sur lequel trônaient assiettes en faïence représentant des scènes champêtres, cuivres, gobelets et pots en étain. Deux fauteuils en bois somnolaient devant une cheminée où, malgré la saison estivale, des flammes léchaient un chaudron suspendu à une crémaillère d'où s'exhalait une bonne odeur de soupe aux légumes.

25

Marie sans terre

Deux enfants d'une dizaine d'années, vêtus de gris, parcouraient des livres illustrés, assis par terre, tout près de l'âtre. Sœur Lucie fit les présentations. Pour quelque temps, Pierre et Louis deviendraient les compagnons de jeux des nouveaux venus. Marie et Robert allaient apprendre bientôt qu'ils étaient frères, leur mère décédée et leur père en prison.

Tous se dirigèrent ensuite vers un dortoir contenant une dizaine de lits, aux murs blanchis à la chaux, ornés d'images saintes et de crucifix. Un lit à baldaquin, cerné par des rideaux gris, situé au milieu de la pièce, séparait celle-ci en dortoirs filles et garçons.

La visite terminée, et la dame remontée dans sa voiture après d'ultimes recommandations aux religieuses, sœur Marguerite emmena Marie et Robert vers une salle de bains, leur donna du savon, un remède pour traiter les poux et leur ordonna de s'épouiller, se laver et s'étriller avec soin. C'est ainsi que les deux enfants firent connaissance avec une vraie baignoire, où ne coulait que de l'eau froide, que l'on mêla à des brocs d'une eau que l'on avait chauffée préalablement dans la cheminée.

Une autre agréable surprise attendait Marie et Robert : des vêtements presque à leur taille pour se changer, les leurs ne tenant sur leurs dos que par miracle tant ils étaient usés ou lacérés par les ronces et les épines de toutes sortes tapies au creux des fossés ou dans les haies.

L'après-midi s'écoula comme un enchantement. Assis sur les bancs de la grande salle avec les autres pensionnaires, ils observaient les sœurs s'affairant aux tâches quotidiennes. Elles s'arrêtaient parfois devant eux pour les interroger. Pas un cri, pas une parole d'humeur ne franchissait leurs bouches. Elles posaient des questions sur leur mère, s'apitoyaient sur leur sort. Robert leur répon-

26

Marie sans terre

dait, leur contant sans détour les épisodes les plus marquants de leur misérable vie. A plusieurs reprises une larme furtive roula, vite effacée du revers de la main, sur le visage anguleux de sœur Lucie, qu'elle accompagnait d'une phrase, toujours la même : « Comment, mon Dieu, de pareilles choses peuvent-elles exister ? »

Malgré son physique disgracieux, sœur Lucie était une femme de bien et, toute appréhension envolée, Marie lui offrit son affection comme elle l'avait spontanément accordée à sœur Marguerite.

Pierre et Louis écoutaient leurs nouveaux camarades avec une sorte de gravité qui en disait long sur ce qu'eux-mêmes avaient dû endurer. Quant aux religieuses, oubliant les faits tragiques, elles se coulaient parfois des regards complices puis elles se tordaient de rire en entendant les petits égratigner la langue française avec un patois coloré que l'on ne peut utiliser ici sous peine d'y ajouter un lexique.

« Ah, ce qu'ils sont drôles ! » s'écriait volontiers sœur Marguerite en épongeant son front à l'aide de son mouchoir, car elle suait beaucoup.

Pierre et Louis s'esclaffaient aussi, imités par Marie et Robert qui, en vérité, s'interrogeaient sur ce qu'il y avait de si risible dans leurs propos.

Le soir à table, après le bénédicité, ils dînèrent d'une soupe de légumes suivie d'une omelette aux pommes de terre et de fraises du jardin. Un festin pour des enfants accoutumés à jeûner plus souvent qu'à leur tour.

Le repas terminé, sœur Lucie leur parla de Dieu. Avec une voix si belle qu'elle semblait venue du ciel, elle leur expliqua la création du monde. Troublée, Marie s'émerveillait du récit des prodiges divins. Jamais sa mère ne l'avait entretenue de religion. Plongée dans une exis-

Marie sans terre

tence dénuée d'espoir, elle avait décidé que Dieu était une invention humaine et, quand bien même il aurait existé, elle affirmait qu'il ne méritait pas qu'on l'adore vu tous les malheurs qu'il infligeait aux pauvres gens, à commencer par elle. Mais, à cinq ans, Marie retenait le caractère magique, extraordinaire, de l'histoire qu'on lui contait.

Cependant, cette journée si riche en rebondissements l'avait anéantie. Sœur Marguerite s'en aperçut.

— Il est temps d'aller vous coucher, conclut-elle en quittant son fauteuil. Demain sera un autre jour. Sœur Lucie dormira ce soir avec vous. Bonne nuit.

— Bonne nuit, ma sœur, répondirent les petits en chœur.

Ils suivirent sœur Lucie. Arrivés au dortoir, elle leur désigna leurs lits.

— Les garçons d'un côté, Marie de l'autre.

Des larmes brûlèrent les yeux de la fillette.

— Non, je voudrais dormir avec mon frère, osa-t-elle timidement.

— C'est impossible, expliqua sœur Lucie, nous devons obéir à des règles et à la morale.

Les enfants la dévisagèrent avec étonnement. Règles, morale, autant de mots inconnus pour eux. Ce qu'ils savaient, en revanche, c'est qu'ils ne voulaient pas être séparés.

— Pourquoi on peut pas dormir ensemble? protesta Robert. On dort toujours ensemble en se serrant pour ne pas avoir froid.

Sœur Lucie leva les yeux au ciel.

— Mes pauvres petits, ici vous n'êtes pas dans un fossé ou dans une grange, vous êtes dans une maison, et une

28

Marie sans terre

petite fille ne dort pas avec un petit garçon, c'est contraire à tous les principes.

— C'est pas un petit garçon, c'est mon frère! remarqua Marie en se dandinant d'une hanche sur l'autre.

Sœur Lucie soupira. Décidément, ces garnements pourraient facilement devenir les victimes du Malin.

— Justement, c'est pire.

Puis, comprenant qu'ils restaient étrangers à ses explications, elle céda :

— D'accord, vous dormez tous deux dans le dortoir des filles, mais pour une nuit seulement et pas dans le même lit.

Le visage de Marie s'illumina. Elle s'approcha de sœur Lucie qu'elle redoutait tant quelques heures auparavant et, se hissant sur la pointe des pieds, elle l'embrassa sur les joues avec un joyeux «Merci, sœur Lucie!».

Sœur Lucie détourna bien vite la tête pour masquer son émotion, conclut :

— Allez, tous à genoux, nous allons prier ensemble, ensuite on dort!

Les enfants remercièrent Dieu comme il sied, en répétant les paroles de la sœur, puis, la lampe à pétrole éteinte, ils se déshabillèrent dans l'obscurité avant de se glisser entre les draps. Marie et Robert avaient choisi des lits voisins. Ils restèrent immobiles un moment, scrutant les ténèbres, guettant les bruits de l'hospice : une porte qui craque, une poutre qui gémit, le vent dans les volets, la respiration profonde de leurs camarades déjà endormis, le passage d'un tombereau dans la rue voisine, rythmé par le claquement sonore des sabots du cheval sur les pavés.

Sans se concerter, tous deux avaient disparu jusqu'aux yeux dans les draps blancs et rugueux, fleurant bon le

Marie sans terre

savon de Marseille et les pétales de rose, et ils savouraient cet instant délicieux, oubliant pour une fois de quoi demain serait fait. Ils allaient glisser bientôt vers les rives du sommeil quand des ronflements vigoureux les firent tressaillir.

— J'ai peur, souffla Marie à l'adresse de son frère, elle fait trop de bruit, je peux venir près de toi?

— Hum! hésita Robert, j'sais pas si c'est bien sérieux. Bon, viens, mais attention, faut pas qu'elle se réveille!

Deux secondes plus tard, ils étaient coulés l'un contre l'autre et Marie enlaçait tendrement son frère.

— C'qu'on est bien, dit-il.

— Oh, oui! gazouilla Marie.

Ils demeurèrent ainsi un moment, soudés joue contre joue, ignorant pour un temps les poux qui, en dépit du traitement qu'ils avaient subi, grouillaient toujours joyeusement sous leurs bonnets.

Puis Marie repoussa légèrement son frère. Des larmes mouillaient son cou.

— Tu pleures? questionna-t-elle.

— Oui, je pleure.

— Pourquoi tu pleures?

— Parce qu'y sont gentils et pas *quiens*[1].

Marie serra plus fort son frère contre elle pour le consoler.

— Ce serait bien si on pouvait rester ici.

Robert secoua la tête.

— C'est pas possible, maman va revenir nous chercher et on repartira sur les routes.

— P't-êt' ben qu'oui, p't-êt' ben qu'non! le rassura Marie.

1. Pas chiens, généreux.

Marie sans terre

Puis, oubliant qu'ils reposaient dans le même lit, ils s'endormirent d'un coup, du sommeil du juste, oubliant aussi leur mère allongée, inerte sur une table, les chemins creux, le froid, les quolibets des enfants sur leur passage, la sobre beauté des champs de blé ondulant sous le vent.

Lorsque Marie se réveilla, le lendemain matin, elle était seule dans son lit. Accoutumé à se lever avec l'aube, Robert s'était empressé de se glisser dans celui de Marie afin d'éviter de se faire gronder ou punir par sœur Lucie.

Ils séjournèrent trois semaines à l'hospice. Ils aidaient au courtil, à l'entretien de la maison. Parfois, accompagnés par les deux frères et l'une des sœurs, ils se rendaient chez l'épicier, le boulanger du village ou en promenade dans la campagne environnante.

Pierre et Louis étaient des enfants graves, blessés irrémédiablement par le malheur. La présence de Marie et Robert ne modifiait en rien leur comportement. Adultes avant d'avoir vécu, ils ignoraient le rire et les vertus du jeu. Ils avaient accueilli leurs nouveaux camarades avec une courtoise indifférence. Ceux-ci ne s'en aperçurent pas, tant les sœurs leur apportaient des instants de plénitude. C'était à celle qui serait la plus attentive, la plus douce. Quand un jour Robert expliqua à Marie que des religieuses offraient leur vie à Dieu, qu'elles ne se mariaient jamais et ne seraient jamais des mamans, la gamine resta songeuse. Elle ne comprenait pas pourquoi les sœurs, qui adoraient les enfants, ne pouvaient en avoir, alors que Prudence, qui les détestait, en avait conçu deux!

Hélas, tout passe, surtout les beaux jours. Un matin, la silhouette de la mère se profila derrière le portillon du

Marie sans terre

jardin. Une lettre reçue l'avant-veille avait prévenu les religieuses de l'arrivée prochaine de Prudence.

Ses petits bras croisés frileusement sur sa poitrine, Marie l'observait avec un fatalisme mêlé d'effroi. Tout allait recommencer. Outre une cure de désintoxication, on avait dû traiter Prudence contre la vermine, car, sous son bonnet blanc, le crâne avait été rasé. Une longue robe noire, s'évasant vers le bas, descendait jusqu'à ses sabots. Un sourire sournois enlaidissait son visage.

Sœur Marguerite alla au-devant d'elle, l'invita à entrer dans l'allée bordée de fleurs.

— Je viens reprendre mes *éfants* [1], dit Prudence.

Marie était si occupée à contempler sa mère qu'elle n'entendit pas Robert et sœur Lucie arriver derrière elle. Elle sursauta quand la religieuse posa une main sur son épaule en murmurant :

— C'est l'heure.

Marie se détacha de la fenêtre, franchit le seuil avec les autres pour aller au-devant de sa mère.

Lorsqu'ils s'arrêtèrent devant elle, Prudence appliqua un bref baiser sur les fronts de ses enfants puis, toisant les sœurs, elle lança :

— Si vous voulez garder la petiote, elle est à vous. Je n'arrive pas à nourrir deux bouches. Elle serait bien mieux ici...

Une détresse immense s'empara de Marie. Si Prudence faisait cette proposition, ce n'était pas pour son bien mais uniquement pour se débarrasser d'elle. Elle ne l'avait jamais aimée. Elle le lui avait assez dit au cours de ses multiples emportements. Elle le lui prouvait aujourd'hui encore avec une implacable indifférence.

1. Enfants.

Marie sans terre

Marie tourna des yeux égarés vers les religieuses. Sœur Lucie entoura les épaules de la fillette d'un bras protecteur, la pressa contre elle.

— C'est impossible, dit-elle. Nous n'avons aucun droit de la garder. L'administration s'y opposerait.

Prudence jeta un regard noir à Marie avant de conclure :

— Tant pis, on fera avec !

Puis, ayant empoigné le sac où étaient regroupées les hardes des enfants, elle salua les sœurs d'un bref « merci », et elle tourna les talons.

Marie et Robert s'engouffrèrent dans les bras des sœurs, s'éloignèrent ensuite, se retournant plusieurs fois pour leur adresser de petits signes d'adieu désespérés avant de rejoindre leur mère qui s'impatientait au coin de la rue.

Leur existence d'errance reprit. L'été s'envola au rythme des fenaisons et des moissons. Solide comme un roc, Prudence participait aux travaux des champs. Ils eurent ainsi souvent un toit de grange ou d'écurie sur leurs têtes pour se protéger du mauvais temps. Marie et Robert profitaient de ces haltes pour traquer les escargots afin de les vendre et d'améliorer leur ordinaire.

L'automne arriva puis l'hiver. Avec les fêtes des moissons, Prudence s'était remise à boire ; ce faisant, elle levait de nouveau la main sur Marie au moindre prétexte.

Une année passa, alternance de travaux épisodiques et de vagabondage, jusqu'au jour où, Robert ayant atteint onze ans, un fermier des environs de Grandcamp accepta de l'embaucher comme *goujart* [1]. Il serait nourri, logé,

1. Petit domestique, commis.

Marie sans terre

mais ne toucherait aucun salaire durant ses longues années de formation.

Avant d'embrasser sa sœur pour lui dire adieu, Robert se pencha vers elle et lui murmura à l'oreille une phrase qu'elle connaissait pour l'avoir maintes fois entendue : «Tu sais, plus tard, y faudra pas faire comme maman, y faudra travailler!»

C'est ainsi que Marie se retrouva seule avec Prudence. Les saisons s'enchaînèrent, monotones et terribles, avec crasse et vermine pour compagnes, des fossés pour lits, la faim, l'humidité, le froid, le désespoir en guise de consolation.

Parfois, au cours de leurs errances, elles croisaient des gens presque aussi misérables qu'elles : taupiers, ramoneurs, rémouleurs, qui allaient de ferme en ferme, de hameau en village, pour proposer leurs services, traînant leurs ustensiles avec eux. Celui qui impressionnait le plus Marie était incontestablement le chiffonnier. Elle était fascinée par sa figure d'oiseau de proie surmontée d'un chapeau haut de forme et par sa longue silhouette décharnée arc-boutée sur les bras d'une petite charrette qu'il poussait avec peine avec l'aide de son fils, un gamin si jeune qu'il n'avait sans doute jamais fréquenté les bancs de l'école. Tous deux allaient, vêtus d'oripeaux, lançant d'une voix monotone et lasse leur éternelle litanie : «Peaux d'lapins, peaux, chiffons à vendre!»

Marie atteignit à son tour ses onze ans. De taille moyenne pour son âge, il fallait qu'elle eût une constitution sans failles pour avoir survécu. Cependant, si aucune once de graisse ne flânait sur un corps accoutumé aux intempéries et aux privations, il reste que Marie disposait d'une vigueur surprenante, et, dans le visage émacié et sale où, depuis bien longtemps, les rondeurs de l'enfance

Marie sans terre

avaient disparu, les yeux gris-bleu exprimaient tout à la fois la crainte, la timidité, la détermination et, plus surprenant encore, une irrésistible soif de vivre.

C'est à cette époque que Prudence poussa enfin un grognement de soulagement. Une ferme d'Asnières-en-Bessin acceptait d'embaucher sa fille. Comme son frère, elle serait nourrie, logée. Si elle faisait l'affaire, on verrait, pour ses quinze ans, à lui accorder un dérisoire salaire.

3

Les Lemoine, chez qui Marie allait travailler sans désemparer pendant plusieurs années, possédaient une exploitation bien entretenue. Le bâtiment central réservé à l'habitation, que l'on remarquait au fond de la cour, s'apparentait davantage à un manoir qu'à un corps de ferme. Les ailes rabattues en U servaient de dépendances. C'est là que l'on rencontrait étable, *buret*[1], écurie, cave, grange, poulailler et hangars où l'on stockait le matériel agricole.

Pour la première fois de sa vie, du moins celle dont elle se souvenait, Marie allait dormir dans une chambre bien à elle, située dans un appentis adossé contre le mur de l'étable. Chambre est un bien grand mot, cette pièce mesurant à peine six mètres carrés, mais elle disposait d'un lit sur lequel on avait installé une paillasse bourrée de paille d'avoine, d'une commode en bois de noyer pour ranger son linge, d'une chaise pour s'asseoir, et, par une étroite fenêtre, elle pouvait admirer la lumière du ciel et surveiller les allées et venues dans la cour. Une cour où circulaient dindons, oies, canards, volailles de toutes

1. Porcherie

Marie sans terre

sortes, cochons, veaux, le personnel de la ferme et Filou, le vieux chien à demi sourd et presque aveugle qui occupait l'essentiel de son temps à se cogner dans tout ce qui bougeait et tout ce qui était immobile. Une cour où se nichaient l'inévitable coudrier près de la haie, deux cerisiers et un prunier plantés près de la maison afin d'endiguer la gourmandise des merles, pies, étourneaux et autres passereaux. Une cour où il fallait sans cesse prendre garde où on posait le sabot, car on devait enjamber les déjections des animaux qui serviraient plus tard à fournir des engrais de qualité, offrant notamment une plus grande vigueur aux pommiers.

Marie allait se souvenir longtemps des premiers jours passés chez les Lemoine. Jusqu'alors, elle avait vécu un tel calvaire qu'il lui semblait qu'elle goûtait enfin à un morceau de paradis. Certes, elle ne touchait pas un sou, mais elle avait un toit, bénéficiait de l'électricité — fait suffisamment rare dans les campagnes de cette époque pour qu'il soit souligné —, et elle mangeait à sa faim.

Elle s'accoutuma vite à sa nouvelle existence, ponctuée par les soins donnés aux bêtes, le rythme des repas et celui des saisons. En raison de son jeune âge, la patronne ne lui confia au début que trois vaches à traire. Plus tard, vers quinze ans, elle aurait la charge d'une quinzaine sur les trente que possédaient les Lemoine. Trente vaches auxquelles s'ajoutaient les veaux, un *bourri*[1], trois ou quatre truies, selon les époques, un verrat, une dizaine de cochons et une impressionnante basse-cour.

Marie s'habitua aussi aux qualités et aux travers du personnel. André, le grand valet, autoritaire et robuste,

---

1. Ane, bourricot.

Marie sans terre

plutôt aimable, secondait le patron et le remplaçait lorsque celui-ci était absent. C'est lui qui, de son poignet et de ses mains habiles et fortes, guidait dans la terre le soc tranchant de la charrue ; c'est lui qui supervisait les charrois, le bon déroulement des moissons, conduisait les tonneaux de cidre à la ville. C'est lui encore qui gouvernait l'écurie et vérifiait avec soin les attelages. Infatigable homme-orchestre, il promenait son visage hâlé, sa casquette défraîchie, sa moustache brune et ses puissantes épaules, de l'aube jusqu'au soir, conseillant l'un, rabrouant l'autre, sans méchanceté, parce que cela entrait dans ses fonctions et qu'il fallait améliorer le rendement.

Fernand, le *goujart*, tout juste âgé de treize ans, aidait à la culture et aux besognes les moins ragoûtantes, se faisait houspiller pour la moindre peccadille et dormait dans l'écurie.

Germaine, la grande *basse* [1], trayeuse en titre, outre les soins aux bêtes, secondait la patronne dans les tâches ménagères. S'ajoutaient à eux trois ou quatre ouvriers saisonniers et un jardinier chargé de fournir à la ferme des légumes toute l'année.

Louise et René Lemoine avaient une fille, Clémence. Grâce à elle, Marie porterait des vêtements décents. Des années durant, elle hériterait des jupes, robes, *blaudes* [2], devenues trop petites pour une enfant plus grande et plus âgée de quelques mois.

C'est dans cet environnement qu'une intense vie de labeur débuta pour Marie. Il fallait traire les vaches deux fois par jour quand ce n'était pas trois, pour celles qui avaient mis bas.

1. Servante.
2. Blouses.

Marie sans terre

Ainsi, ses journées étaient bien remplies. Elle se levait à quatre heures et demie du matin puis, ayant vivement expédié un bol de lait et une tartine beurrée, elle accompagnait la patronne et la grande *basse* à l'étable ou dans les pâturages, selon les saisons. Quand elles partaient dans les prés, le *bourri* les suivait, le dos chargé de quatre cannes [1] placées dans des cageots en bois.

Les vaches ne se laissant traire que par des gens connus d'elles, Louise Lemoine en avait confié trois à Marie, réputées pour leur caractère débonnaire. Leurs noms soulignaient bien ce choix. L'une s'appelait Douceur, la deuxième Charmante, la troisième Blanche, en raison de la couleur de sa robe et de sa délicieuse naïveté.

Pour Marie, c'était un amour de s'occuper de ces bêtes-là. Elles l'avaient adoptée sur-le-champ et, la tâche achevée, elles posaient volontiers leurs mufles humides contre son cou, respirant avec force et tendresse, comme pour la remercier de les avoir soignées.

Il n'en allait pas de même de Louise. La traite terminée, il fallait ramener une à une, posées sur l'épaule et retenues par une sangle que l'on tenait à la main, les lourdes cannes remplies de lait pour les charger ensuite sur le *bourri* ou dans une carriole tirée par un cheval lorsque les herbages étaient trop éloignés de la ferme. La grande *basse* marchait devant, Marie au milieu, et Louise fermait la marche, surveillant l'enfant, lui décochant quelquefois un coup de sabot si elle ne se pressait pas assez à son gré ou si, par malheur, quelques gouttes de lait tombaient de la canne si lourde pour une gamine de onze ans.

C'était le moment aussi où les deux femmes expliquaient à Marie les pièges et les subtilités de son futur

1. Bidons.

Marie sans terre

métier. Outre la traite, Marie devrait, matin et soir, mener le bétail à l'abreuvoir. Elle devrait se méfier des couleuvres, réputées pour téter les pis et voler le lait jusque dans les étables. Elle surveillerait les martinets, soupçonnés de becqueter les trayons des laitières au risque de les tarir. Enfin, elle éviterait de laisser paître sans surveillance les vaches sous les pommiers, car elles risquaient à la belle saison de s'asphyxier en avalant une pomme.

Lorsque Louise était absente, Germaine, la grande *basse,* prenait la relève, accompagnant ses coups de pied ou ses taloches de menaces lancées dans un patois coloré :

— *Rés pas un poil qu'all a dans la main, rés eun' queue de vaqu'! Allez, avance ô j'te vas faire vais d'quen bois je m'câff!* (C'est pas un poil qu'elle a dans la main, c'est une queue de vache ! Allez, avance ou je vais te faire voir de quel bois je me chauffe !)

Et pourtant Marie était heureuse. Elle se consolait avec la nature en éternel devenir et l'amour qu'elle avait instantanément porté aux animaux. Martin, le *bourri,* notamment, était une adorable bête. Il apprit vite à la connaître, à lui marquer son affection en accourant vers elle, quêtant une caresse ou un quignon de pain qu'elle prélevait précieusement sur son déjeuner chaque matin pour lui offrir avec un baiser qu'elle appliquait au-dessus de ses naseaux tout en flattant son encolure, avide de tendresse, elle qui en avait tant manqué. Deux années s'écouleraient avant que Marie parvienne à s'occuper seule de Martin. Imitant les chevaux, celui-ci gonflait son ventre au moment où on l'importunait en le bâtant et on s'y reprenait à deux fois pour serrer assez fort les sangles afin d'éviter que les cageots en bois tournent et renversent leur précieux chargement. Il n'aurait pas fallu dire à Marie que son âne était sot ! Elle le jugeait intelligent,

Marie sans terre

perspicace, sensible; en revanche, il savait ce qu'il voulait et détestait l'injustice et les coups.

Quant à ses maîtres, Marie reconnaissait qu'ils étaient sévères, durs à l'ouvrage; à aucun moment cependant ils ne l'avaient punie sans qu'elle eût commis une faute, si toutefois on admet que renverser un peu de lait s'apparente à une faute. Faute la plupart du temps excusable, car Marie avait tout à apprendre, les fossés et sa mère ne lui ayant rien enseigné. De cette enfance misérable de vagabondage, Marie retenait cependant qu'elle lui avait apporté une résistance à toute épreuve, le désir de ne plus jamais replonger dans la mendicité et la volonté d'affronter l'adversité quoi qu'il advienne.

En définitive, Marie se sentait un peu comme Martin, moins intelligente que lui, peut-être, allez donc savoir, disait-elle avec défi, mais méfiante comme lui, et, comme lui encore, prête à offrir son cœur et sa tendresse à qui saurait les prendre.

Combien de fois avait-elle rêvé d'un père, d'une mère, d'un foyer, d'affection, d'un bonheur paisible? Les sœurs Marguerite et Lucie, de l'hospice de La Cambe, lui manquaient. Elle pensait souvent à elles, les appelait doucement par leurs prénoms. Elle imaginait qu'elles allaient apparaître tout à coup à l'entrée d'un verger, d'un pâturage, au détour de la ferme, l'une ronde, l'autre efflanquée, belles toutes deux de leur fragile et indicible amour pour Dieu et pour les hommes.

Elle pensait souvent à elles, c'est vrai, jamais à sa mère, cette portion de désespoir. Ce n'était pas utile, Prudence savait réveiller sa mémoire en passant chez les Lemoine, pour avoir des nouvelles de sa fille, disait-elle, en vérité pour profiter d'une moque de cidre, voire d'une bouteille tout entière. Elle embrassait Marie en arrivant afin de

Marie sans terre

tromper l'entourage puis disparaissait en oubliant de lui dire au revoir.

Plusieurs années durant, la vie de Marie s'organisa totalement autour des travaux quotidiens, rythmés par l'heure des repas. Ceux-ci se prenaient en commun, patrons et personnel, dans une vaste salle où, agrémentée de deux potagers — ces petits fourneaux maçonnés qui fonctionnaient à l'aide de braises —, trônait une imposante cheminée sous le manteau de laquelle un homme aurait pu se tenir debout.

4 h 30 : hâtif petit déjeuner avant la traite. 8 heures : soupe de légumes en morceaux, une tartine beurrée accompagnée au choix d'un hareng saur préparé sur le grill, d'une tranche de lard ou d'un œuf sur le plat. 12 heures : volaille variée, lapin, cochon, potée, pot-au-feu, selon l'idée du jour. 16 h 30, solide collation avant la seconde traite des vaches. 20 h 30 : soupe systématique, suivie d'un repas normal.

On mangeait bien chez les Lemoine, mais c'était indispensable pour assurer un éprouvant labeur. Le soir, après neuf ou dix heures, chacun allait se coucher. Une extinction des feux non obligatoire, rendue nécessaire par le lever à l'aube, le manque de loisirs, l'absence de journée de repos, la fatigue qui ne permettait pas de lire bien longtemps — si toutefois on savait lire !

Marie n'était jamais allée à l'école et cette lacune avait creusé en elle une plaie béante. Elle éprouvait le sentiment confus de ne pas être une enfant à part entière. Souvent la nuit, dans ses rêves, elle passait devant une cour de récréation. Les écoliers fondaient alors sur elle et l'entouraient en dansant et en chantant : «*Calimachon ! calimachon !*» Elle se réveillait alors en pleurs et, dans les ténèbres de sa chambre, elle appelait doucement

Marie sans terre

«Robert! Robert!», comme si son jeune frère avait pu accourir pour la protéger.

Outre la traite des vaches, secondée par Fernand, le petit *goujart,* Marie s'occupait de l'entretien des étables et des *burets.* C'est dans ces derniers qu'on enfermait Marie avec les cochons lorsqu'elle avait commis une faute. C'est là aussi que pour la première fois elle vit une truie mettre bas. Spectacle émouvant pour une enfant, qui se répéta souvent et qui l'obligeait à dormir sur place ensuite pour intervenir en cas de complications postnatales. Elle aimait pratiquer le bouche-à-bouche aux nouveau-nés tout en les frottant avec des poignées de foin pour les nettoyer. Si le cochonnet grognait, la jeune mère se manifestait avec vigueur, et il devenait alors urgent pour Marie de sauter au-dessus de la balustrade du box, car, selon une expression qu'elle affectionnait, elle aurait eu bien vite la *coche au cul!*

Au fil du temps, Marie apprit à connaître et à participer à certains travaux des champs. Si les soins des bestiaux s'effectuaient toute l'année à l'étable ou dans les pâturages, d'autres, réservés davantage aux hommes, tournaient en fonction des saisons. De janvier à mars, on émondait, on taillait les haies, on ramassait le bois. En mars s'ajoutait la préparation des labours. Les quatre chevaux de l'exploitation étaient attelés pour tirer la charrue dans la lourde terre normande. En mars encore et en avril, on élaguait les pommiers avec soin, car pour le fermier une bonne récolte de pommes assurait le règlement de son fermage, et le jardinier réclamait l'apport de bras supplémentaires pour les plantations de pommes de terre et la préparation du potager. En mai, on récoltait betteraves et rutabagas nécessaires à l'alimentation des vaches et des cochons. De juin à début juillet venait le temps des

Marie sans terre

fenaisons. Le foin était alors coupé à la faux ou à la faucille avant d'être rassemblé en meules. Comme pour les moissons, les paysans des environs participaient ensemble à ce rude labeur car chacun sait que, selon le dicton : «Il faut peu de temps pour faire du bon foin, et beaucoup pour en faire du mauvais.» En d'autres termes, il fallait le couper dès l'aube afin qu'il ait le loisir de sécher sous un soleil qu'on espérait ardent avant de le rentrer le plus vite possible dans les granges pour nourrir les bêtes l'hiver suivant. Tâche pénible pour les hommes, mais aussi pour les chevaux attelés aux charrettes chargées avec soin qui passaient leur temps à effectuer des navettes vers les granges.

De mi-juillet à mi-août, toute la ferme était en ébullition. C'était le moment pour chacun de prier le ciel pour qu'il ne pleuve pas, car il fallait récolter l'orge, l'avoine et le blé. Besogne épuisante, là encore, soutenue avec bonne humeur, grâce à de solides repas et la perspective d'un banquet final mouillé généreusement au cidre et au calva. C'était à celui qui pousserait sa chansonnette, danserait, jouerait de la trompette, de l'accordéon, du clairon, voire de l'harmonica. Des plaisanteries circulaient, parfois égrillardes. On jetait alors des regards en coulisse vers les demoiselles et les dames pour vérifier si elles riaient ou si leurs joues rosissaient un peu. La nuit tombée, il n'était pas rare de rencontrer une dizaine de bougres alignés, occupés à arroser copieusement les haies avant de retourner chez eux.

En octobre et en novembre, on tuait le cochon et on ramassait les pommes dans les champs. Elles lieraient connaissance avec le pressoir de la ferme le mois suivant.

C'est dans cet espace, tout à la fois ouvert et clos, que,

Marie sans terre

curieusement, Marie apprit à lire. Chaque mercredi après l'école, madame Boissel, institutrice à Asnières, se rendait chez les Lemoine pour essayer d'enseigner la lecture à leur fille, Clémence, lanterne rouge de la classe de septième. Madame Boissel avait remarqué la présence de Marie à la ferme ; elle se rappelait aussi l'avoir souvent vue contempler avec envie les élèves jouant dehors pendant la récréation.

Un jour où les patrons étaient absents et où, assise sur un tabouret dans la cour, elle astiquait ses cannes avec de la terre rouge mêlée à du sureau pilé pour les faire briller, madame Boissel invita Marie à entrer dans la salle à manger où elle donnait une leçon à Clémence et la fit s'asseoir près de celle-ci devant la table sur laquelle étaient disposés un livre, un porte-plume, un encrier et un cahier.

Passé le moment d'anxiété à l'idée de se trouver là sans l'autorisation de ses patrons, Marie suivit les explications de la maîtresse. Très vite, elle comprit le mécanisme de la lecture. Cela dura plusieurs semaines. A la plupart des questions posées, Marie répondait sans hésiter tandis que, le front buté et les yeux enfoncés dans les pages d'écriture, Clémence ne pipait mot.

Un jour, alors qu'on ne l'attendait pas, madame Lemoine entra dans la pièce. Elle plaqua ses mains sur ses hanches étroites. C'était une femme de taille modeste, toujours vêtue de noir, ce qui ajoutait à l'austérité d'une figure anguleuse encadrée par des cheveux bruns. Autoritaire, froide, elle impressionnait, et tous, y compris son mari, courbaient l'échine lorsqu'elle élevait la voix.

— Ma fille m'avait dit que la petite assistait à vos leçons ! s'écria-t-elle. C'est donc bien vrai ?

Marie sans terre

— Je lui ai en effet demandé de venir, répliqua posément madame Boissel.

— Et pourquoi donc ? A cette heure, elle devrait être occupée à récurer les *burets* !

Madame Boissel secoua ses cheveux blonds. A l'inverse de la mère de Clémence, c'était une femme grande, tout en courbes, dont le regard de porcelaine et le sourire avenant évoquaient l'équilibre et la bonté.

— Non, elle devrait être en classe. En France, l'école est obligatoire pour tous ! Et puis (elle mentit avec aplomb), sa présence fait beaucoup de bien à Clémence. Grâce à elle, votre fille fait beaucoup de progrès. N'est-ce pas, Clémence ?

— Euh ? interrogea Clémence qui n'avait pas compris toute la question.

Puis elle fixa sa mère avec des yeux ronds.

Un sourire éclaira les joues maigres de Louise Lemoine. Elle détacha les mains de ses hanches.

— Si elle fait des progrès, alors… Eh bien, c'est pas tout ça, mais faut que j'y all', allez, *boujou'*, madame Boissel.

Et elle s'en alla, rassurée.

Ainsi Marie assista aux cours pendant quelques mois. Puis, un jour, madame Lemoine vint s'asseoir dans la salle à manger près de sa fille pour juger de ses progrès. Désireuse de lui montrer que sa bonté envers elle n'était pas inutile, les yeux brillants de bonheur, Marie répondit avant Clémence à toutes les questions que posait l'institutrice, sans remarquer la pâleur de sa patronne qui quitta brusquement la pièce en claquant la porte.

Clémence assista seule à la leçon suivante. Et à toutes les autres. Madame Lemoine avait interdit l'accès à la

Marie sans terre

connaissance à Marie, prétextant l'urgence des travaux de la ferme.

Heureusement pour Marie, madame Boissel avait semé le bon grain. Un matin, elle lui apporta un livre d'école résumant tout ce qu'elle avait appris. Le soir, avant de s'endormir, Marie parcourait les pages, s'enivrant de phrases, de petits textes, d'explications, qu'elle parvenait à lire de plus en plus couramment. Elle suivrait bientôt les aventures des héros des illustrés de l'époque et s'aventurerait ensuite dans les textes plus ardus de la presse régionale.

C'est ainsi qu'à douze ans passés Marie cessa de contempler ses sabots. Elle savait lire, et il lui semblait que l'espace s'entrouvrait, l'invitait à découvrir un monde différent, plus vaste, peuplé d'êtres étranges, passionnants et inconnus.

Car, aussi surprenant que cela puisse paraître aujourd'hui, Marie ne quittait la ferme que pour emmener les vaches aux pâturages. Jamais, depuis qu'elle avait cessé de vagabonder, elle n'avait disposé d'une minute à elle pour aller musarder dans le village, pourtant situé à quelques enjambées à peine du noyer majestueux qu'elle admirait de la fenêtre de sa chambre. Un village qu'elle contemplait de loin, avec son église, son presbytère, sa mairie, sa petite école, sa forge, sa menuiserie, son épicerie, tout cela niché dans un mouchoir de poche. Il régnait en ce lieu, presque interdit pour elle, une impression d'éternité qu'elle n'aurait su expliquer, une sérénité qui l'enchantait.

4

Les années s'écoulaient, toutes semblables. Du monde extérieur, Marie ne rencontrait que le facteur apportant le courrier à bicyclette et, autour d'un café calva ou d'une moque de cidre selon l'heure, des nouvelles collectées de ferme en ferme : les maladies, les naissances, les drôleries d'alcôve, les fugues, les deuils. Marie guettait aussi l'arrivée du fourgon hippomobile de monsieur Vautier, l'épicier ambulant, qui, chaque semaine, venait proposer sa marchandise. Cet homme, grand, gros, débonnaire, souriait toujours et terminait invariablement de servir en questionnant : « Et avec *cha*? »

Car Louise Lemoine lui prenait chaque fois quelque chose, de crainte qu'il ne revienne plus. Même s'il faisait une concurrence que certains jugeaient déloyale à l'épicerie du village, il était aimable et source de distraction.

Dès son arrivée, il posait pied à terre, s'inclinait avec cérémonie devant la patronne et les domestiques présents avant d'ouvrir d'un grand geste la porte arrière de sa voiture, véritable caverne d'Ali Baba, dans laquelle étaient habilement disposés des rayonnages bourrés de boîtes de sardines, de farine, sucre, chicorée, café, fromages,

Marie sans terre

gâteaux, confiseries de toutes sortes, qui allumaient de la convoitise dans les regards des enfants.

Madame Lemoine offrait parfois une gâterie à sa fille. Un jour, remarquant Marie immobile, les yeux emplis de désir et de tristesse, elle lui tendit un bonbon extrait du paquet acheté à Clémence.

— Tiens, c'est pour toi !

Marie oublia de la remercier. C'était si inattendu. Elle suçota religieusement la friandise toute la soirée, la replaçant de temps à autre dans son papier pour la faire durer.

Surprise par ce cadeau, elle en avait oublié aussi le rituel du père Vautier. Il refermait la porte du fourgon dans un grand geste solennel, flattait la crinière de sa jument en lui soufflant « On y va, ma belle ! », avant de gravir le marchepied menant à son siège, puis il tirait sur les rênes pour entraîner sa monture dans un trot paisible jusqu'à l'arrêt suivant.

En vérité, Marie n'était pas dupe. Ce cadeau démontrait que sa maîtresse avait mauvaise conscience. Le père Lemonnier, curé d'Asnières, était venu la voir quelques semaines auparavant pour lui rappeler que les leçons de catéchisme allaient bientôt commencer et que Clémence devait s'y rendre. Remarquant Marie occupée dans la cuisine à éplucher des pommes de terre pour le repas du midi, le père Lemonnier s'était tourné vers Louise.

— Elle aussi, elle est baptisée et chrétienne. Il serait peut-être temps qu'elle prépare sa communion.

La réponse avait fusé, implacable :

— Demandez à sa mère de lui payer une robe, on verra ce qu'elle dira ! En tout cas, c'est pas moi qui le ferai ! Elle n'abat point assez d'ouvrage !

— Sa mère, avait répliqué le prêtre en tapotant sa soutane, vous savez ce qu'il en est. Que Dieu lui accorde sa

49

Marie sans terre

miséricorde. Mais vous ! Vous, vous avez une belle exploitation, du bien au soleil, un beau geste vous accorderait à coup sûr la bienveillance de notre Seigneur en permettant à cette enfant de demeurer sur le chemin de la foi.

— Notre Seigneur, notre Seigneur, avait grommelé Louise, qu'est-ce qu'il vient faire là-dedans ? C'est de mon argent dont vous causez et pourquoi ce ne serait point le vôtre, mon père ? Vous recevez bien le denier du culte et la quête dans votre église ? Et il y a les communions, les deuils, les baptêmes, les mariages. Ça me fait bouillir d'entendre ça !

Le père Lemonnier connaissait bien sa paroissienne. Il avait remarqué qu'à l'idée de dépenser un peu pour Marie son regard sombre s'était zébré d'éclairs. Il avait alors haussé les épaules, protesté avec prudence :

— Comme vous y allez, madame Lemoine, tout cela ne suffit pas à nous nourrir, nous chauffer et à entretenir le presbytère et l'église. Il est impossible pour nous de faire la charité !

Pendant qu'il s'efforçait de se justifier, Louise Lemoine avait détaillé le prêtre d'un œil méprisant. Son tour de taille, sa figure ronde et son teint couperosé dénonçaient un goût irraisonné pour les nourritures terrestres. Lors, elle avait pincé ses lèvres minces avant de siffler :

— Sauf votre respect, mon père, si vous mangiez moins, il vous resterait des sous pour vos bonnes œuvres !

Le père Lemonnier avait ouvert de grands yeux puis il était demeuré pétrifié. C'était la première fois qu'on l'apostrophait ainsi. Mais en ce temps-là les paysans ne roulaient pas sur l'or et, plus encore qu'aujourd'hui, ils étaient raides en affaires.

— Madame Lemoine, avait enfin articulé le pauvre homme d'une voix cassée par l'émotion, Dieu vous

50

Marie sans terre

entend et il vous juge ! J'attends Clémence pour la semaine prochaine.

Et il avait quitté la salle d'un pas rapide en refermant doucement la porte derrière lui.

Louise avait contemplé la lourde silhouette qui s'éloignait dans la cour avant de disparaître derrière le portail. Alors elle avait jeté, d'un ton définitif destiné à la dédouaner de son avarice :

— Sauf le respect que je lui dois, au lieu de joindre ses mains pour prier, il ferait mieux de cracher dedans pour travailler. Les curés, tous des fainéants !

Sa mauvaise conscience ainsi absoute, elle avait avisé Marie, toujours occupée à éplucher les pommes de terre et à l'épier, la tête dans les épaules et l'œil en coin. Elle s'était approchée d'elle pour lui décocher une taloche avant de conclure :

— Toi, va donc voir dans les *burets* si j'y suis !

L'année 1932 débuta sous un ciel pluvieux qui perçait les *blaudes*, les robes et les tabliers, décuplait les douleurs des rhumatisants et sapait la bonne humeur des plus optimistes. Puis le printemps chassa les nuages, se trompa de saison et dans son élan offrit un bel été où le soleil disputait généreusement l'azur à quelques nuages blancs.

Marie avait enfin atteint ses quinze ans. Elle s'occupait désormais d'une quinzaine de vaches, comme Germaine, la grande *basse*. Outre les tâches qu'elle pratiquait auparavant, maintenant qu'elle était suffisamment robuste, elle participait aux travaux de la laiterie. La traite finie, elle transvasait le lait des cannes dans de grandes terrines posées sur des tables placées en enfilade, et chaque jour elle prélevait la crème montée à la surface au moyen d'une écumoire pour la verser dans un vase de terre, la

Marie sans terre

serenne, où, grâce à un orifice situé à sa base, on purgerait la crème jusqu'à ce qu'elle soit à point pour être mise dans une baratte manuelle en forme de tonneau. Alors un ouvrier ou le patron la tournerait à l'aide d'un pilon, cet ouvrage étant trop éprouvant pour une femme.

Car, chez les Lemoine, le lait n'allait pas à la laiterie. Il était utilisé pour confectionner du beurre que la patronne allait vendre ensuite au marché de Trévières. Lavé avec soin, pétri, transformé en mottes protégées par des torchons propres, le beurre était alors déposé dans de grands paniers d'osier prévus à cet effet.

Une fois par semaine, chargée de beurre, de volailles et d'œufs, la carriole de la patronne s'éloignait vers un marché que Marie ne connaissait que pour en avoir entendu parler, sa vie s'arrêtant toujours aux murs et aux champs de la ferme. Elle s'en consolait cependant parce qu'elle était jeune, vive, enjouée malgré ses malheurs, et aussi parce que depuis quelques mois on lui octroyait enfin un salaire. Oh, une somme bien misérable, quelques sous qui lui serviraient à s'acheter peu à peu des vêtements de rechange, un bonnet neuf, des *cauches*[1], un tablier gris ajusté à la taille qu'elle porterait au-dessus de sa robe pour ne pas la souiller, parfois une gourmandise chez l'épicier ambulant, pour le plaisir.

C'est du moins ce qu'elle espérait. Ce ne fut pas le cas. Entre deux courses vagabondes, Prudence passait voir Marie. Elle surgissait le dernier jour du mois pour escamoter sa paye, lui laissant princièrement quelques pièces en guise d'argent de poche. Quelques pièces de rien, ça ne fait pas beaucoup !

Hélas, Marie était mineure et elle ne pouvait empêcher

1. Chaussettes, bas.

Marie sans terre

sa mère d'agir ainsi. Son méfait accompli, Prudence s'éloignait après avoir embrassé sa fille en lui adressant un *boujou'* distrait, son esprit déjà occupé à calculer le nombre de bouteilles de cidre qu'elle s'offrirait avant de culbuter dans un fossé.

Le désespoir avait envahi Marie. Elle besognait, pire que les bêtes, sept jours sur sept, sans une minute de répit. Elle ne s'en plaignait pas vraiment. A la ferme, tous étaient logés à la même enseigne, y compris les maîtres. Tous, en revanche, disposaient du modeste fruit de leur labeur. Mais, plus que le manque d'argent, ce qui chagrinait Marie c'était l'indifférence dans laquelle la majorité du personnel la tenait. A l'exception de Germaine, de Fernand le *goujart* et d'André le grand valet, tous ignoraient Marie, ou presque. Jalouse de constater que Marie œuvrait aussi bien et aussi vite qu'elle, la grande *basse* lui battait froid, la houspillait ou lui assenait des méchancetés sous couvert de plaisanteries. Marie se taisait de crainte de recevoir un coup de pied ou une gifle de la massive servante. Quant à Fernand, voyant Marie devenir une jeune fille, il lui faisait les yeux doux.

Seul André était gentil avec elle. Célibataire endurci, caressant la bouteille de préférence aux femmes, il était au courant de tout. Il savait que Fernand, titillé par ses dix-sept ans, se vantait d'avoir contemplé la feuille à l'envers [1] avec Marie. Il savait aussi que c'étaient là des vantardises d'adolescent. A aucun moment Marie n'avait éprouvé d'attirance pour le jeune homme. Certes, avec un puits dans la cour et une pompe à eau dans la laverie, il n'était pas aisé de se récurer tous les jours, mais Fernand, lui, ne se lavait jamais ! Une couche de crasse vieille

---

1. S'être couché sur le dos sous un arbre pour faire l'amour.

Marie sans terre

d'un lustre retenait ses vêtements, il lui manquait déjà plusieurs dents, il méprisait l'usage du peigne et il pétait plus fort que les chevaux ; de surcroît, alors qu'il n'avait pas l'excuse de la misère, puces et poux, que Marie avait appris à oublier, se disputaient sa tête et son corps. Bref, il ne serait jamais venu à l'esprit de Marie de folâtrer dans la paille ou dans les hautes herbes avec lui.

Un matin où, les bras croisés sur sa poitrine, Germaine accablait Marie d'injures parce qu'elle ne chargeait pas assez vite à son goût les cannes sur le dos de Martin pour se rendre à la traite, André s'approcha d'elles.

— Hé ! la Marie-couche-toi-là, hurlait la grande *basse*, t'écoutes ce que je dis ? Faudrait accélérer un peu ! C'est plus dur que d'écarter les jambes, pas vrai ?

André tirailla nerveusement sur sa moustache brune avant de s'interposer.

— Dis donc, Germaine, ce ne sont pas des choses à dire, surtout quand elles ne sont pas justifiées !

La remarque du grand valet entraîna chez la servante un vaste haussement d'épaules suivi d'une réponse narquoise :

— Toi, occupe-toi de tes oignons et les *vaqu'* seront bien gardées ! Si je dis que c'est une Marie-couche-toi-là, c'est que c'est une Marie-couche-toi-là !

André observa Germaine en silence, repoussa sa casquette en arrière puis, s'approchant de Marie, inclina son grand corps vers elle et lui murmura à l'oreille :

— Tu ne peux pas la laisser dire ça. C'est une forte en goule et en bras, mais si tu la prends par les pattes tu la feras choir et je te donnerai cinq sous.

Marie recula d'un pas, effrayée.

— C'est impossible. Elle est grande et lourde, j'y arriverai jamais !

Marie sans terre

André leva un doigt.
— Tu peux. Cinq sous !
Marie hésitait encore quand Germaine lança :
— Qu'est-ce qu'elle complote encore, la Marie-couche-toi-là ?
Le sang monta au front de Marie. Une colère qu'elle ne contrôlait plus s'était emparée d'elle. Elle s'avança vers Germaine. Sûre de sa force, celle-ci la regardait venir en ricanant.
— Mais c'est qu'elle mordrait, cette carne-là ! ronronna-t-elle.
Arrivée devant Germaine, Marie s'arrêta puis, les larmes aux yeux, la tête baissée, elle grommela :
— C'est méchant ce que tu dis là, je suis la couche-toi-là de personne !
Germaine huma avec délices l'air de la cour où se mêlaient des odeurs de fiente, de bouse et de crottin, chercha le regard du grand valet. La petite était matée et bien matée.
La surprise fut totale. Marie avait bondi et, saisissant les chevilles de la servante, de la tête et des épaules elle poussa de toutes ses forces dans les cuisses et le ventre de son adversaire qui s'écroula lourdement sur le sol en jetant un cri. Mais Marie n'en avait pas fini. Accroupie au-dessus de sa victime, elle empoigna une de ses jambes et lui croqua avidement le mollet à travers la chaussette. Les cris de Germaine se transformèrent en glapissements.
Marie se releva. Satisfaite, elle contempla la grande *basse* un moment puis elle exécuta une danse endiablée autour d'elle en chantant à perdre haleine :
— C'est qu'elle mordrait, cette carne-là ! C'est qu'elle mordrait !
Attiré par le vacarme, le père Lemoine avait quitté la

Marie sans terre

grange où il rangeait du foin et il accourait du fond de la cour, une fourche couchée sur l'épaule. D'un œil, il jugea la situation, fondit sur Marie la main levée.

— Non, mais elle est folle cette garce-là !

Le grand valet s'interposa. D'une poigne solide, il freina le bras de son patron.

— Germaine a tous les torts. Elle a insulté la petiote. Marie s'est rebiffée, c'est tout.

Puis, confirmant ainsi qu'il prenait la défense de la jeune fille, il se tourna vers elle, fouilla dans sa poche.

— Elle ne l'a pas volé : tiens, voici tes cinq sous !

Le père Lemoine hocha la tête. Le grand valet était un gaillard précieux, ardent à l'ouvrage, il savait commander au personnel et aux bêtes et, inconsciemment, il le craignait un peu. Il pivota vers Marie.

— C'est bon, tu ne seras pas punie, mais la Germaine saigne comme une truie et ce qu'elle ne pourra pas faire tant qu'elle est blessée, c'est toi qui le feras à sa place !

A l'arrivée du maître, Marie s'était arrêtée de danser. De voir celui-ci coucher les pouces devant le grand valet lui donna du courage.

— C'est bon, dit-elle, je ne vous causerai pas de tort à l'ouvrage, mais ma mère vient me prendre chaque mois les malheureux sous que j'ai gagnés chez vous et je ne peux même pas m'acheter un mouchoir pour sécher mes larmes. Aussi, cherchez quelqu'un d'autre pour me remplacer. Dès que la Germaine sera rétablie, je vous donnerai mon congé et je partirai chercher une autre place où ma mère ne me retrouvera pas !

René Lemoine fronça ses sourcils épais. Décidément, ce jour était un mauvais jour. Il haussa finalement des épaules fatalistes.

Marie sans terre

— Tu feras ce que tu voudras. Ce ne sont pas les bras qui manquent par ici.

Et il se dirigea vers la cuisine où, secondé par Fernand accouru entre-temps, le grand valet avait emporté Germaine pour la soigner.

André revint dans la cour au moment où Marie s'apprêtait à partir vers les herbages.

— On a nettoyé la morsure, des fois que tu aurais la rage, et on a mis un bandage, dit-il. Il y a eu plus de peur que de mal. Dans deux jours, il n'y paraîtra plus. En tout cas, cette grande sotte a eu une belle frousse et elle ne t'embêtera plus.

Marie flatta joyeusement de la main le garrot de son âne.

— Ça ne risque plus d'arriver, je vais bientôt vous quitter.

André lui jeta un regard étonné.

— Tu nous quittes?

— Oui, dès que Germaine pourra marcher et que le maître aura trouvé une remplaçante.

— Ah? médita le grand valet.

Puis il fit un pas vers Marie, lui caressa la joue. Ses yeux souriaient dans le jour naissant.

— Dommage, je t'aimais bien, tu sais.

5

Quinze jours après cet événement, Marie quittait à pied la propriété des Lemoine, en quête d'une nouvelle place. Elle avait choisi le bon moment pour chercher une embauche. L'été battait son plein et les bras supplémentaires étaient les bienvenus.

Elle s'arrêta dans une ferme à la lisière d'Asnières. Dans la cour, réunis autour de la batteuse mécanique à vapeur, les paysans des environs s'affairaient aux moissons. Aujourd'hui, c'était ici, demain tout ce petit monde se retrouverait dans la ferme suivante. C'étaient des récoltes collectives organisées par les cinq ou six exploitations environnant le village, où tous, ouvriers agricoles et patrons, partageaient la même table avant de clôturer la fin des travaux par un repas de fête.

Les hommes participaient au battage et les femmes se confiaient leurs heurs et malheurs à la cuisine tout en préparant cochonnailles, rôtis, poulardes et gâteaux pour des convives affamés.

Monsieur et madame Letellier accueillirent Marie à bras ouverts. Ils avaient besoin d'une trayeuse à temps complet pour leurs quinze vaches. Jusqu'alors, madame Letellier s'en chargeait au détriment des autres tâches de

Marie sans terre

la maison, mais, en vieillissant, elle ne parvenait plus à faire front.

C'est ainsi que Marie s'installa chez ses nouveaux patrons en pleine période de moisson. Elle eut tôt fait de déposer son bien réuni dans une *pouque* sur la paillasse de la chambre qui lui était dévolue, puis elle partit bien vite traire les vaches, transvaser le lait dans les terrines de la laiterie, nettoyer les *burets* et l'étable comme elle l'avait toujours fait, sans oublier de jeter des regards emplis de curiosité vers les hommes occupés au battage dans la cour. Elle les connaissait tous, ou presque, pour les avoir rencontrés chez les Lemoine les saisons précédentes. Ils étaient une douzaine au moins, s'affairant autour de la batteuse. Certains lançaient des gerbes de la meule sur la plate-forme de la machine. Un autre coupait les ficelles et démêlait les gerbes avant de les introduire dans la goulotte. La paille sortant par l'arrière était récupérée par des lieurs qui la ficelaient avant qu'elle soit engrangée pour l'hiver. Le grain tombait à l'avant dans des *pouques* que les ouvriers transportaient sur-le-champ dans les greniers.

Marie ne se lassait pas d'observer ces dos, la plupart nus en raison de la chaleur, tannés par le soleil, luisants de sueur, supportant des sacs de quatre-vingts kilos qu'ils montaient au grenier par une simple échelle. Elle ne se lassait pas surtout de contempler les muscles de Jean-Baptiste, un *goujart* de seize ans qu'elle ne connaissait pas auparavant et qui travaillait chez le père Leduc, dans une petite ferme de Louvières.

Si Marie n'était pas une Marie-couche-toi-là comme le clamait à l'envi Germaine, elle n'en était pas moins devenue une jeune fille. A quinze ans, son corps était de plus en plus souvent parcouru de bouillonnements étranges.

Marie sans terre

Il lui semblait même parfois qu'il était si vaste, si indépendant, que sa peau ne suffisait plus à le retenir.

Jean-Baptiste n'était pas bien grand, il n'était pas bien beau mais il était robuste et il possédait de troublants yeux bleus qu'il ne dissimulait pas dans ses poches et qu'il posait hardiment sur Marie quand elle le croisait dans la cour, les accompagnant d'un sourire enjôleur.

Bref, Marie se sentait émue et elle comprit vite que son émoi était partagé. Le soir, à l'heure du souper, il vint s'asseoir près d'elle. Elle était installée au bas bout de la table afin de seconder la patronne au service. Onze heures avaient sonné au clocher de l'église et la nuit était tombée. Le dîner avançait, accompagné des éternelles plaisanteries et chansons destinées à dérider les figures émaciées. Demain, tout serait terminé et les anciens assuraient qu'il ne pleuvrait pas.

Jean-Baptiste dévorait Marie du regard et il faut avouer qu'elle en faisait autant. Il parlait peu, riait beaucoup, frôlait ses jambes avec un pied qu'il avait ôté de son sabot. Leur manège n'échappa point à leurs voisins.

— Tiens, en voilà deux qui se plaisent bien ! lança le père Leduc en jetant un œil complice à son commis.

Puis, se tournant vers Marie, il ajouta :

— T'as l'air *ben cat'*[1] mais *méfie-té*, le malheur entre vite dans la maison. Souviens-toi de cette chanson.

Et il entonna, bientôt suivi par l'assistance tout entière :

Branlez-vous mademoiselle,
Vôs arez de l'agrément,
Vôs s'rez toujou' pucelle
Et n'arez jamais d'éfant.

1. Une Chatte.

Marie sans terre

Dès le premier vers, Marie avait quitté précipitamment la pièce et filé dans la cuisine, la figure rouge de confusion, pendant que dans la salle résonnaient de gros rires.

Rose Letellier, sa patronne, et une voisine étaient occupées à laver la vaisselle. Par la porte grande ouverte, elles avaient entendu la chanson. Elles haussèrent les épaules en voyant arriver la jeune fille.

— Ne te bile pas, dit Rose, la fatigue leur sort par les yeux. Ils ne sont pas méchants mais ils aiment rire. Et puis ils n'ont pas tort de te mettre en garde. On a vite fait de se retrouver avec un petit *pouchin d'r'haie* [1] !

Elle abandonna sa vaisselle, s'essuya les mains à un torchon, se dirigea vers un buffet, y prit deux bouteilles de calvados, avant d'aller vers la table où attendait une cruche remplie de café fumant, puis elle pivota vers Marie.

— Tiens, tu leur donnes leur café et tu ne les écoutes pas.

Lorsque Marie retourna dans la salle, tous ou presque l'avaient déjà oubliée. La conversation roulait sur le prix du blé et la meilleure manière de ferrer les chevaux.

Marie servit le café calva puis la *rinchette*, rasade de calvados versée dans la tasse encore chaude pour la débarrasser du sucre, suivie d'une *surinchette* destinée à nettoyer à fond la tasse avant de terminer par le coup de pied au cul, ration offerte au moment de se quitter.

Comme certains voulaient trinquer une ultime fois, le père Letellier s'interposa :

— On s'arrête là. Demain, c'est le dernier jour. Il sera bien temps alors de s'offrir une *p'tiote déchirante* [2].

Il y eut un brouhaha de bancs et de chaises. Les

1. Poussin de haie, enfant adultérin.
2. Rasade servie avant de se séparer, la mort dans l'âme...

Marie sans terre

hommes sortirent un à un, se retrouvèrent hors de la cour après un « à tout à l'heure » mal assuré. Minuit était passé. Dans quelques heures, ils seraient de retour. Comme chaque année au moment des moissons, des voix étaient pâteuses, certaines démarches titubantes. Au moment de partir, Jean-Baptiste s'approcha de Marie pour lui murmurer à l'oreille :

— Tu es belle, Marie. Quand y seront tous partis, je viendrai gratter à ta porte !

Elle le regarda avec inquiétude.

— Tu es fou ! Je suis à peine arrivée dans cette ferme que tu veux déjà me causer des ennuis ! Et si on te voyait ?

— Je ferai attention.

Puis, après un sourire lourd de promesses, il s'enfonça dans l'obscurité pour rejoindre les autres.

Rose Letellier s'approcha à son tour de Marie.

— Il est temps d'aller au lit. Tout à l'heure, tes vaches n'attendront pas !

Tout à l'heure... Rose avait raison. Dans une poignée d'heures, Marie serait à l'ouvrage. Elle avait bien repéré les lieux. Martin, bourricot portant le même nom que celui qu'elle avait chez les Lemoine, était déjà devenu son ami, et dès la première traite il l'avait accompagnée sans rechigner.

Marie gagna donc sa chambre étroite, sise entre l'étable et l'écurie. Son cœur battait la chamade. Jean-Baptiste, un garçon qu'elle ne connaissait pas la veille, entendait venir lui conter fleurette au beau milieu de la nuit. La porte fermée à double tour, Marie se glissa dans des draps rugueux puis, les yeux grands ouverts dans le noir, elle attendit. Il n'était pas question qu'elle lui ouvre ! Elle savait trop ce qu'il voulait, et elle craignait, s'il était surpris, qu'on ne la congédie. De toute façon, ce ne serait

Marie sans terre

pas lui qui aurait des ennuis si elle cédait à ses caprices. Elle appréhendait donc sa venue, et en même temps elle guettait les bruits du dehors dans l'espoir de distinguer ses pas. C'était la première fois qu'on disait à Marie qu'elle était belle. C'était la première fois aussi, à l'exception de Fernand, que quelqu'un la contemplait autrement que comme une enfant. Il est vrai que, depuis quelque temps, elle était tournée comme une femme, avec deux beaux fruits ronds en guise de poitrine, une taille fine et des hanches qui avaient quitté les rives graciles de la puberté.

Bref, une sorte de tempête grondait en elle et elle espérait entendre gratter à la porte celui à qui elle s'était juré de ne pas ouvrir. Serait-elle capable de résister? Elle se surprit bientôt à murmurer fiévreusement :

— Viens! Viens! Je ne t'ouvrirai pas, mais viens!

C'était pour elle l'assurance que, dans cette chienne de vie qui jusqu'alors avait été la sienne, quelqu'un s'intéressait à elle, c'était la certitude qu'elle existait enfin. Elle l'attendit des heures. Il ne vint pas. Elle soupira un peu, elle pleura aussi.

A l'aube, après avoir ingurgité un bol de lait et une tartine de pain beurré, elle quitta la ferme avec son *bourri* et se dirigea vers le pâturage où le bétail avait passé la nuit. Déjà les hommes arrivaient dans l'autre sens pour avaler une solide collation avant d'aborder l'ultime journée des moissons. Ensuite, ils suivraient la batteuse dans une autre exploitation où ils recommenceraient.

Le jour s'était levé quand Marie pénétra dans l'herbage où somnolaient les vaches. Quelques-unes, les plus sociables, s'approchèrent d'elle ; d'autres, qui ne la connaissaient pas encore assez, jouaient les indifférentes. Marie observa ces dernières un moment. Elles allaient lui donner du fil à retordre. Il lui faudrait les

Marie sans terre

attacher au *tierre*, chaîne d'environ trois mètres de longueur reliant un piquet de bois aux cornes de l'animal. Elle pourrait ainsi les traire sans risquer de renverser le lait.

Mais Marie avait l'habitude. Lorsque les vaches paissaient dans un verger, elles se trouvaient souvent au *tierre* afin de les empêcher de dévorer les pommes tombées à terre, l'écorce des arbres, et d'abîmer les branches les plus basses que l'on s'évertuait pourtant à tailler haut pour les mettre hors de leur portée. Il fallait alors déplacer plusieurs fois par jour les piquets pour fournir une nouvelle aire d'herbe fraîche au bétail.

Perdue dans ses pensées, Marie rejoignit Martin pour décharger les cannes puis, les yeux mi-clos, elle huma à perdre haleine cette bonne odeur de foin coupé, de terre grasse, de bouse, toutes ces senteurs exaltées par la douceur de l'aube. Elle s'apprêtait à traire sa première vache quand, soudain, deux bras jaillirent dans son dos, l'enlacèrent, une joue se posa contre sa nuque, une voix chuchota :

— J'ai rêvé de toi toute la nuit. T'avais raison, on est mieux ici. Me voilà !

Marie avait bondi du tabouret sur lequel elle venait de s'asseoir. Jean-Baptiste lâcha sa proie, surpris par sa vivacité. Elle l'observa un moment, partagée entre la joie et la crainte.

— *Bou diou*, tu m'as fait peur !

Puis, poussée par une force irrésistible, elle s'approcha de lui. Il ne fallut pas beaucoup de secondes pour qu'ils se retrouvent étroitement embrassés. Marie devait garder un souvenir confus de ce premier baiser offert à un garçon. Ce n'était pas ce qu'elle espérait. C'était sauvage,

Marie sans terre

maladroit, un carambolage de lèvres, de langues et de dents. Cela la dégoûta un peu. Le reste aussi.

— Viens, dit Jean-Baptiste, on pourrait nous voir.

Il l'entraîna le long d'une haie d'aubépines, de ronces, de frênes et de sureaux.

Elle le suivit comme un automate. Sitôt à l'abri des regards, il posa les mains sur ses hanches, commença à retrousser son tablier et sa robe. Il agissait le front enfoui dans le cou de Marie, avec des gestes fébriles, le souffle court, les yeux exorbités, comme un enfant qui arracherait les pétales d'une fleur pour les jeter au vent. Marie le repoussa d'un coup, recula d'un pas, rajusta son bonnet sur sa tête.

— T'es bien comme tous les autres ! Tu ne penses qu'à ça !

Et elle s'éloigna vers les vaches. Il trottina derrière elle, la rejoignit.

— Mais non, Marie, c'est pas ce que tu crois ! Je te jure ! Et puis, je t'épouserai, si tu veux !

Il lui saisit la nuque, s'efforça de plonger ses irrésistibles yeux bleus dans ceux de la jeune fille. Marie détourna le regard, s'arracha de la nouvelle étreinte et haussa les épaules.

— C'est ça, quand tu m'auras bien effeuillée et fait un *éfant*, tu feras un trou au vent[1]. Allez, va retrouver les autres, sinon ils vont se demander où t'es passé !

Puis, sans plus se soucier de lui, elle s'installa sur son petit tabouret pour traire sa première vache.

1. Disparaître sans laisser de traces.

6

Les jours s'écoulèrent, les années. Marie avait quitté l'exploitation des Lemoine afin de ne plus être rançonnée par sa mère. Les langues se déliant, celle-ci avait eu tôt fait de la retrouver et de s'arrêter régulièrement chez ses nouveaux patrons pour lui ponctionner une partie de ses économies. Toutefois, comme Marie la menaçait de quitter son emploi si elle lui extorquait tout son argent, Prudence avait jugé plus sage de ne lui en soutirer que la moitié.

Marie put enfin s'acheter un peu de vêtements, s'octroyer quelques menus plaisirs, tel l'achat de colifichets, et dépenser une pincée de sous une fois l'an lorsque la fête foraine installait ses manèges à Asnières. Elle partageait alors les autotamponneuses avec les jeunes gens du village et des fermes environnantes, contemplait les gamins caracolant sur les chevaux de bois et s'empiffrait de barbe à papa ou de confiseries. Elle se laissait aussi dérober un baiser par celui qui était parvenu à décrocher le ruban placé sur un mât de cocagne enduit de savon. Puis, avec ses camarades d'un instant, elle s'en allait se régaler d'une grillade, d'une galette de sarrasin, d'une

Marie sans terre

crêpe ou d'une saucisse-frites accompagnée d'une moque de cidre ou d'un verre de limonade.

Sa mésaventure avec Jean-Baptiste l'avait emplie d'amertume, et elle se méfiait des garçons. Si nombre d'entre eux s'approchèrent d'elle au cours du temps, ils en restèrent pour leurs frais. Des baisers, quelques furtives caresses consenties au détour d'une meule ou d'un bosquet, et on s'arrêtait là. Marie avait croisé trop de mères célibataires pour accepter d'être séduite par le premier venu.

Lors de ses visites à sa fille, Prudence lui apportait parfois des nouvelles de Robert. Elle allait le voir régulièrement à Grandcamp, histoire de lui subtiliser une partie de son salaire. Las d'être exploité par son patron et par sa mère, dès 1932 Robert s'était engagé dans l'armée, où il espérait faire carrière. Quelques années plus tard, Marie apprit par Prudence que son frère avait suivi des cours pour illettrés ; désormais, il savait lire, écrire et compter. Mieux, après avoir été nommé première classe, il avait été promu caporal dans l'infanterie.

Entre-temps, la vie de Prudence avait changé. Elle habitait dans une maisonnette, disposait d'une adresse fixe et recevait des lettres de son fils, cantonné à Metz. Au cours d'un travail saisonnier dans une exploitation de Formigny, Prudence avait fait la connaissance d'Isidore Alix, un ouvrier agricole résolu à l'épouser. Prudence avait sans doute des qualités cachées, bien cachées, qui avaient conquis le brave homme. Ainsi, elle était devenue madame Alix. Ils s'étaient mariés, entourés de deux témoins. Depuis, ils vivaient en location à deux pas de la ferme où Isidore travaillait. Prudence déclara alors à sa fille qu'elle serait la bienvenue chez eux quand l'idée de venir les saluer lui trotterait par la tête !

Marie sans terre

Apprendre que sa mère était rangée étonna tellement Marie qu'elle s'empressa d'emprunter le vélo de Rose Letellier pour aller lui rendre visite dès le dimanche suivant à l'heure du déjeuner, car il n'était point question pour les patrons de laisser filer la jeune fille toute une journée. Les bêtes n'attendaient pas !

Isidore Alix était un charmant époux. Plus petit que Prudence, menu, doux, sensible, héritier de mains minuscules, il était pourtant réputé être le meilleur ouvrier dans l'exploitation où il était embauché. Célibataire, sobre, ardent au labeur, il besognait de l'aube au crépuscule, ne quittant les champs ou les étables qu'à regret, jusqu'au jour où, avec un art consommé, Prudence lui avait enseigné les plaisirs de la vie. Depuis lors, Isidore rentrait chez lui le soir et refusait de travailler le dimanche. En échange, Prudence buvait moins et offrait ses services de journalière dans les fermes avoisinantes.

Est-ce l'âge ? — il n'avait pourtant que cinquante-deux ans lorsqu'il rencontra Prudence. Sont-ce les prouesses nocturnes imposées par sa trop vigoureuse épouse ? Est-ce tout ce temps perdu qu'il fallait rattraper ? Nul ne le sait. Marie en tout cas n'allait pas avoir le loisir d'apprécier son beau-père à sa juste valeur. Un infarctus foudroyant allait emporter ce dernier, deux ans jour pour jour après son mariage.

Prudence le pleura un mois, le regretta six avant de se réconcilier avec le gros *bair*, le calvados et des amants de passage.

Ainsi, les jours se succédaient, lisses, monotones — soleil, grésil, gelées, bourrasques et pluies —, scandés par les petits bonheurs, les chagrins et les éternels travaux des champs. Commençaient cependant à résonner peu à peu

Marie sans terre

vers l'exploitation des Letellier des nouvelles inquiétantes véhiculées par le poste de TSF flambant neuf et le journal *Ouest-Eclair* que recevait quotidiennement le patron. Ces nouvelles étaient relayées par Albert, le grand valet, aimable escogriffe au nez interminable et mince, souligné par une fine moustache brune, qui avait eu la chance d'aller à l'école où il avait décroché son certificat d'études avec succès. Ce précieux diplôme lui valait d'être écouté avec attention par le personnel et par Georges Letellier, son patron, lorsqu'il épluchait les informations et dissertait sur elles au profit de toute la maisonnée. Il fallait les regarder discuter tous deux, Albert, grand, voûté, dégingandé, à la limite d'une maigreur maladive, Georges, immense, puissant, avec des mains énormes qui auraient pu tuer un bœuf d'un seul coup de poing. Impressionnant aussi, parce que, à cinquante ans à peine, il arborait des cheveux frisés, blancs comme neige, qui surmontaient une figure massive et débonnaire où nageaient des yeux d'un bleu délavé qui semblaient toujours vous fixer sans vous voir.

Autant Georges était grand, autant Rose Letellier était petite. Râblée, le front haut, intelligent, les pommettes larges, le regard châtain, elle arrivait à peine à l'aisselle de son géant de mari. Un mari à qui elle n'avait pu offrir de descendance et qui paraissait ne l'en aimer que davantage.

On était en 1938. Léon Blum, chef du gouvernement, avait constitué le Front populaire. Dès le mois d'août 1936, on avait vu affluer sur les routes des gens étranges accourus des villes vers les campagnes. Deux cent mille travailleurs, selon la TSF, avaient quitté la région parisienne pour fêter les premiers congés payés de l'Histoire. La

Marie sans terre

France appartenait aux socialistes, ce qui inquiétait le milieu rural, attaché à la notion de propriété.

On parlait aussi de Franco, de la guerre d'Espagne, de Hitler, de Mussolini. Marie ne s'intéressait pas à ce grand remuement du monde. Elle n'y comprenait rien et ne désirait pas en savoir davantage. Elle abandonnait volontiers aux autres tous ces politiciens et compagnie qui décidaient de l'avenir du pays sans demander leur avis aux pauvres gens. Avis qu'elle aurait été bien en peine de donner car, si désormais Marie savait lire couramment, elle préférait les faits divers et les romans-feuilletons de *Ouest-Eclair* aux informations. Et aux éclaircissements pittoresques sur la politique qu'Albert apportait en les accompagnant du mouvement incessant de ses grands bras, Marie préférait les vérités toutes simples de la nature.

Un après-midi de mai, alors qu'assise sur son âne Marie s'engageait dans l'herbage où paissaient ses bêtes, elle croisa un tout jeune homme qui, une faux couchée sur l'épaule, se dirigeait vers Louvières.

— *Boujou'!*

— *Boujou'!*

Le jeune homme s'arrêta, jeta un œil à Martin, flatta sa courte crinière.

— Tu vas à la traite?

— Oui.

— C'est bien. Comment tu t'appelles?

Marie réprima un sourire. L'inconnu s'intéressait à elle. «Tu vas à la traite?» Quelle question! Où pouvait-elle bien aller avec un *bourri* chargé de cannes?

Elle se laissa glisser à terre, saisit Martin par la bride avant de répondre :

— Marie. Et toi?

Marie sans terre

— Moi, c'est Julien, répondit le jeune homme sans cesser de fixer Marie.

Il respirait avec difficulté, comme s'il avait couru. Marie sut plus tard qu'il avait été hypnotisé en la voyant ce jour-là.

Elle questionna :

— T'es pas d'ici, toi? C'est la première fois que je te vois.

Des rides coururent sur le front de Julien quand il haussa les sourcils.

— Je viens d'arriver dans le pays. Je travaille à Vierville, chez le père Postel, une ferme en pleine cambrousse. Et toi, t'es trayeuse chez qui?

— Les Letellier, à Asnières.

— Ils sont braves?

— Faut pas se plaindre.

Malgré l'heure avancée, des serpents de brume montaient des fossés et des halliers, rampaient sur l'herbage, s'effilochaient autour des chevilles des jeunes gens et des pattes du bétail alors qu'un grand soleil triomphait dans un azur sans nuages. Marie connaissait bien ce phénomène, éternel conflit entre une terre se souvenant de l'hiver et un ciel rêvant de l'été.

Julien souleva le béret basque qu'il portait pour se tamponner le front avec un mouchoir à carreaux rouges et blancs qu'il avait exhumé de la poche de son pantalon de toile brune.

— Et ils te payent bien?

— Avec des élastiques, comme toi, sûrement, répondit Marie, mais je suis nourrie et logée.

Une ombre glissa dans le regard de Julien. Marie remarqua alors qu'il avait les yeux bleus.

71

Marie sans terre

— Oui, tout comme moi. Bon, c'est pas tout ça, mais faut que j'y aille. Je ne suis pas payé à rien faire !

— Moi, itou, conclut Marie.

Julien lui offrit un dernier sourire, se dandina un peu, osa :

— On se reverra peut-être ? On n'habite pas loin l'un de l'autre...

Après quelques secondes de silence oppressé, comme elle ne répondait pas, il ajouta :

— T'es bien jolie, tu sais !

Puis, la faux soigneusement assurée sur l'épaule, il tourna vivement les talons.

7

Marie dormit mal cette nuit-là. Elle se retournait sans
cesse dans son lit en pensant à Julien. Il lui avait dit
qu'elle était jolie et cet aveu l'avait bouleversée. Jusqu'alors, chaque fois qu'un garçon lui avait tourné ce
compliment, c'était dans l'espoir d'obtenir davantage.
Or, Julien avait rougi jusqu'aux oreilles avant de fuir.
Marie s'efforçait de se souvenir de son visage. Tout était
flou dans sa mémoire. Elle n'aurait su décrire la forme de
ses oreilles, de son nez, de son menton ; elle se souvenait
qu'il était de taille plutôt moyenne et portait un béret
noir. Elle avait cependant été frappée par son regard, non
pas que ses yeux fussent particulièrement beaux, mais elle
y avait lu de la candeur et de la bonté.

Pour la première fois de sa vie, Marie aurait osé jurer
qu'elle venait de rencontrer un homme dénué de mauvais calcul et de méchanceté. L'avenir allait lui donner
raison. Car elle le revit. Chaque fois que son travail le
permettait, Julien s'arrangeait pour passer près des herbages où Marie allait soigner ses vaches. Julien lui avoue-
rait plus tard qu'il était triste lorsqu'il avait « raté la
trayeuse » ! Quelquefois, s'il en avait le loisir, il s'attardait
près d'elle, observait ses mains expertes presser les pis

Marie sans terre

gonflés, écoutait le lait gicler dans les bidons, et il en profitait pour lui confier des bribes de sa vie. Des bribes, car il était obligé de filer rapidement de crainte de perdre son emploi.

Au fil du temps, Marie apprit que Julien était né en 1919, dans une petite maison isolée dans un chemin creux à la lisière d'un hameau situé non loin de Longueville. Ses parents, des ouvriers agricoles, assuraient des emplois occasionnels dans une ferme des environs. Deuxième de dix enfants, Julien avait trois frères et six sœurs. Malgré la misère ambiante, il avait fréquenté l'école de Longueville jusqu'à l'âge de dix ans. Il avait interrompu sa scolarité à la fin de la septième, son père et sa mère ayant déménagé pour Formigny où ils avaient trouvé une place à temps plein dans une exploitation agricole.

Autant Marie avait vécu avec horreur les premières années de son enfance, autant Julien en parlait avec émotion. L'école pour lui évoquait des moments de liberté et d'indicible bonheur. Celle-ci était pourtant éloignée de chez lui de plus de trois kilomètres qu'il fallait parcourir quatre fois par jour. Treize kilomètres à pied, chaussé de vilains sabots ou de savates percées bourrées de chiffons, qu'il avalait joyeusement, rognant quelques centaines de mètres en utilisant des voies de traverse.

Après avoir quitté le chemin flanqué de haies sauvages où se nichait sa maison, il vérifiait qu'aucun taureau ne paissait alentour puis, se faufilant entre les barbelés des clôtures, il traversait les herbages, longeait les champs cultivés, dérobait une pomme tombée à terre dans un verger, quelques cerises débordant d'une propriété, se gavait de mûres à la bonne saison, et s'arrêtait souvent la bouche barbouillée et l'estomac en vrac pour baisser la

Marie sans terre

culotte afin d'évacuer le trop-plein de ses charmantes rapines.

Parfois aussi, il ne résistait pas à la tentation de grimper dans un arbre, orme, châtaignier, chêne, dans l'espoir d'admirer le nid douillet, ingénieusement et joliment tissé de brins d'herbe, de crins et de plumes, d'un chardonneret. Peut-être y trouverait-il des œufs, des oisillons ? Il ne fallait pas avoir le vertige car, à la différence des moineaux, ce passereau reconnaissable aux couleurs vives et harmonieuses de son plumage, à son goût prononcé pour les graines de chardon et à ses petits cris d'appel pour rester en permanence en contact avec ses semblables, méprisait les haies pour nidifier en altitude. Que d'accrocs dans les vêtements, que de genoux lacérés par les ronces, les barbelés, les branches traîtresses ! Que de souvenirs aussi !

Julien n'en arrivait pas pour autant en retard à l'école. Car, pour lui, quel plaisir d'apprendre ! Il savait lire, écrire, compter, résoudre des problèmes de robinets qui fuient, de trains qui se croisent. Il était le premier à brandir son ardoise vers le plafond de la classe avec la réponse juste lors des séances de calcul mental. Il connaissait tous ses départements par cœur, vous expliquait où la Seine, la Loire et le Rhône prenaient leur source, évoquait Bertrand du Guesclin, Napoléon Bonaparte et Louis XIV comme s'il les avait rencontrés la veille. Il enregistrait tout sans effort, affirmait-il, et Marie sentait qu'il ne mentait pas car, lorsqu'il lui contait Longueville, ses joyeux chapardages, son visage s'emplissait de bonheur.

Il n'avait pu, hélas !, poursuivre sa scolarité jusqu'au certificat d'études primaires. Issu d'une famille pauvre, il lui fallait travailler afin de ne plus être une bouche à nourrir. La maisonnette où il vivait ne comptait que deux

Marie sans terre

chambres où les enfants s'entassaient par quatre, les deux derniers dormant dans la salle à manger, près du lit des parents, installé non loin de la cheminée. Il n'était pas facile de manger à sa faim tous les jours. Dans l'exploitation où Gaston Lefèvre, le père de Julien, et Valentine, sa mère, étaient employés comme journaliers, les patrons accueillaient chaque dimanche à leur table la famille Lefèvre tout entière afin de faire oublier aux parents qu'ils étaient payés en monnaie de singe.

C'est ainsi que Julien et ses frères et sœurs assistèrent à des scènes inoubliables. A la ferme, à l'exception de Valentine, tout le monde buvait, Gaston comme les patrons, leur fils et les quatre ou cinq ouvriers agricoles qui, bon an, mal an, besognaient avec eux. C'était à celui ou à celle qui déclencherait une rixe. Les bagarres allaient en effet bon train. Au moindre prétexte, on s'envoyait des horions, on se crêpait le chignon, on s'allongeait de violents coups de sabots dans les jambes ou dans les parties. Parfois une chaise volait, sitôt freinée par les belligérants, car on ne doit pas abîmer du matériel qui coûte cher et qui ne vous a rien fait. A plusieurs reprises, pressés contre Valentine, tout au fond de la pièce, les enfants purent voir la patronne elle-même s'écrouler sous la table, rouée de coups.

Gaston participait activement à ces pugilats, car il était à sa progéniture ce que Prudence était à Marie, une épave crainte et détestée par les siens. En revanche, tous aimaient leur mère. Emu, Julien confia à Marie que Valentine était belle, douce, courageuse, intelligente. Elle possédait une machine à coudre à pédale dont elle se servait d'une façon magique. La nuit, après ses journées, elle dessinait et cousait elle-même des vêtements pour toute la famille.

Marie sans terre

Quand Marie s'étonna qu'une femme aussi parfaite ait pu épouser un poivrot violent comme Gaston, le visage de Julien s'assombrit. Il avoua alors dans un murmure que Valentine avait un pied bot et que ce handicap avait éloigné d'elle d'éventuels soupirants.

Un après-midi, après la traite, Julien raccompagna Marie jusqu'à la ferme. Elle lui confia à son tour ce qu'avait été sa vie. Lorsqu'elle évoqua son enfance vagabonde, les yeux de Julien s'embuèrent. Il pressa timidement l'épaule de la jeune fille pour la réconforter.

— C'est fini, va. Maintenant, t'as à boire, à manger, t'es plus à la rue ! Et puis, je suis là !

Elle s'arrêta, étonnée.

— Tu es là, grand bêta, dit-elle pour masquer son émotion, tu es là, tu veux m'aider et tu ne m'as même jamais embrassée !

Le visage de Julien s'illumina.

— Il n'est pas trop tard pour réparer cet oubli ! s'écria-t-il.

Et, jetant sa timidité aux orties, il s'avança vers Marie, la prit dans ses bras pour l'embrasser avec une douceur qui chavira l'esprit de la jeune fille. Après un instant, trop court, ils s'écartèrent l'un de l'autre, car le travail n'attend pas.

Mais ce n'était que partie remise. Ils se revirent presque chaque jour. Tout était prétexte pour que leurs chemins se croisent, ne serait-ce que quelques minutes. Ils échangeaient des baisers passionnés qui, au fil du temps, confirmaient qu'ils souhaitaient davantage.

Après plusieurs semaines, les mains de Julien se hasardèrent prudemment sur les seins de Marie. Elle ne les repoussa pas. Au contraire, elle laissa échapper de petits soupirs d'aise. Un soir de septembre où ils s'étaient

Marie sans terre

retrouvés au carrefour de la Croix-Mitard, il lui demanda si elle l'aimait.

— Je crois, oui, répondit Marie, effrayée de sentir son cœur galoper dans sa poitrine.

Ils s'étaient allongés dans les herbes hautes, derrière une haie touffue surplombée par un chêne.

— Tu crois ou tu en es sûre ?

Appuyé sur un coude, une joue posée dans la paume d'une main, Julien contemplait Marie d'un air anxieux.

Elle ne voulut pas le faire languir davantage.

— J'en suis sûre, grand bêta !

Pour le lui prouver, elle l'attira contre elle. Il refusa l'étreinte, s'agenouilla les fesses sur les talons et, les sourcils froncés, le visage tendu, il commença à arracher des brins d'herbe un à un avant de déclarer d'une voix hésitante :

— Voilà, on se connaît depuis bientôt un mois. Je pense toujours à toi. Ça ne m'était jamais arrivé. On est bien ensemble.

Il aspira anxieusement l'air autour de lui, plongea ses yeux bleus dans ceux de Marie.

— Si tu es d'accord, j'aimerais te marier.

Marie s'agenouilla à son tour pour mieux le regarder.

— C'est pas que je ne veux pas, dit-elle, mais j'ai vingt et un ans, toi tout juste dix-neuf ! On n'a pas de bien et pas un sou devant nous !

Il opina du front avec gravité.

— C'est vrai et je dois filer à l'armée bientôt. Mais je ne serai pas toujours dans une ferme. J'ai de l'ambition. Tout ce que je te demande, c'est de m'attendre. Veux-tu bien ?

Marie se redressa sur les genoux, l'enlaça, posa sa tête sur son épaule.

Marie sans terre

— Je veux bien. Je t'attendrai.

Elle ébaucha un sourire malicieux, voilé de tendresse.

— Ce ne sera pas bien difficile, il n'y a pas beaucoup de garçons de mon âge par ici ! En plus, t'as de la chance, ils ne sont guère intéressants !

Il contempla les yeux gris-bleu, la taille joliment dessinée, les seins opulents et fermes si fiers d'exister, et il sombra.

— Ah, Marie !

Ils roulèrent dans l'herbe en riant, échangèrent beaucoup de baisers et quelques larmes qui ressemblaient étrangement à un peu de bonheur.

Pour Marie, les jours se suivaient dans un rêve éveillé. C'était un mois de septembre fréquenté par un soleil estival, et les oiseaux eux-mêmes, dans leur gaieté, semblaient se tromper de saison. Jamais Marie ne s'était sentie aussi en forme et jamais elle n'avait abattu autant d'ouvrage. Julien l'avait demandée en mariage ! Par là, il la hissait vers la lumière. On la désirait autrement que pour la basculer dans le foin ou dans un lit. On la désirait pour toujours ! Elle n'était plus uniquement deux jambes et deux bras condamnés au labeur. Elle avait rencontré celui qui donnait un sens à sa vie.

Un après-midi où Julien avait volé quelques minutes à son patron — qu'il lui rendrait au centuple ensuite — pour la rejoindre à l'herbage, Marie lui proposa un rendez-vous pour le lendemain soir à dix heures, à la lisière d'une châtaigneraie, d'un bosquet de châtaigniers plutôt, qui avait déjà été complice de certains de leurs ébats amoureux.

Ce jour-là, elle se leva comme d'habitude à quatre heures et demie. Tout en avalant une tartine de pain

Marie sans terre

beurré et un bol de lait, elle observait les allées et venues du commis occupé comme chaque matin à préparer pour les cochons et les canards une pâtée composée d'orties cueillies la veille, soigneusement hachées puis mélangées à de la farine et du lait.

La traite finie, elle se jeta comme une ogresse sur le petit déjeuner, s'empiffrant de soupe, d'œufs sur le plat et de harengs grillés devant les patrons et le grand valet médusés. Elle fila ensuite nettoyer les *burets*, lessivant le sol à grande eau avant d'aider le commis à charrier la litière sale de l'écurie pour la remplacer par de la paille fraîche, et à remplir mangeoires et abreuvoirs pour les chevaux.

La traite de l'après-midi terminée, Marie astiqua ses cannes avec soin, seconda Rose à la cuisine pour préparer le repas puis, le souper expédié, elle s'éclipsa dans sa chambre.

Après avoir choisi sa plus belle robe — ce n'était pas difficile, elle n'en possédait que deux —, elle se dirigea vers la laverie. Elle se déshabilla en chantonnant, empoigna un broc d'eau, qu'elle versa ensuite dans un grand baquet prévu pour les ablutions du personnel. Tout en se frictionnant vigoureusement avec du savon, Marie jeta un coup d'œil envieux au vaste chaudron de fonte rempli d'eau chaude entretenue par un feu permanent, réservée à la lessive et au nettoyage des instruments de la ferme.

Ce soir-là, Marie accomplit sa toilette avec davantage de soin que de coutume puis, ayant enfilé sa robe et des sabots neufs vernis qui ne lui servaient que dans les grandes occasions, elle regagna sa chambre. Elle demeura un moment devant le petit miroir accroché au mur pour vérifier l'ordonnancement de ses cheveux ramenés en chi-

Marie sans terre

gnon, admira l'éclat de son teint rehaussé par la joie de se sentir aimée ; enfin, l'œil brillant, sûre de son succès, elle se dirigea vers la porte, regarda alentour avant de s'aventurer dans la cour.

La nuit était tombée depuis un moment déjà. Les oiseaux s'étaient tus. Des champs montait la paisible et puissante respiration des bovins dans l'obscurité. Pour l'avoir parcouru des milliers de fois, Marie connaissait par cœur le chemin conduisant au bosquet de châtaigniers où elle avait donné rendez-vous à Julien. Tous les sens en alerte, elle avançait hardiment, un solide bâton de coudrier à la main, prévu en cas de mauvaise rencontre, peu probable dans cette région sans histoires. Ses sabots résonnaient joyeusement sur la terre battue.

Quand elle arriva au bosquet, une silhouette se dessina dans la pénombre. Une voix s'informa :

— C'est toi, ma belle ?

— Oui.

Julien enlaça Marie, huma la bonne odeur de savon de Marseille, approuva :

— Hum, tu sens le propre !

— C'est pour toi, mon homme, dit Marie.

Ils s'allongèrent sur l'herbe à la lisière du bosquet après que Julien eut écarté du dos de la main les bogues piquantes jonchant le sol. L'humidité s'était emparée de la nuit. Marie n'y prêta point attention, son esprit vagabondait ailleurs.

Julien émit un petit rire.

— *Boudiou*, on va avoir le cul mouillé !

Puis il se pencha au-dessus de Marie pour l'embrasser. Ce fut un long baiser passionné et tendre, tandis que la main de Julien s'aventurait avec légèreté sur les seins de la jeune fille. Elle la repoussa au moment où une chouette

Marie sans terre

qu'ils n'avaient pas remarquée dans l'obscurité quittait lourdement la tête du châtaignier le plus proche dans un ululement plaintif.

— Tiens, s'écria Julien, c'est signe de chance pour nous deux!

En même temps, il cherchait à distinguer le visage de Marie dans l'obscurité.

— Tu ne veux pas que je te caresse, pourtant tu voulais bien avant?

— Avant, c'était avant, acquiesça Marie en posant un doigt mystérieux sur ses lèvres, oui, j'aimais bien un petit peu, mais ce soir j'ai envie de plus puisque tu me dis que tu veux me marier. Seulement, je voudrais savoir si tu es sincère, je voudrais savoir ce que tu veux dire quand tu me dis : je t'aime.

D'un coup de reins, Julien s'assit près d'elle. Il observa un moment les étoiles qui se frayaient de plus en plus difficilement un chemin dans un ciel laiteux avant de répondre :

— Ben, ça veut dire que je t'aime!

— Oui, mais comment? Moi aussi, j'aime. J'aime le soleil, j'aime la soupe aux choux, le lapin aux lardons, j'aime mon *bourri*, mes *vaqu'*, toi aussi je t'aime, mais comment on sait qu'on aime un homme ou une femme autrement que des belles chaussures vernies, une moque de cidre, du camembert ou des tripes à la mode de Caen?

Julien s'agita auprès de Marie. Il resta silencieux un instant. Enfin, d'une voix grave, il commença :

— Comment je t'aime, j'en sais rien. Ce que je sais, c'est que depuis que je te connais, il me manque quelque chose dès que tu n'es pas là. Je suis content parce que je pense à toi et en même temps je suis malheureux parce que tu es absente. Je rêve de vivre toute ma vie près de

82

Marie sans terre

toi, d'avoir des petiots avec toi, des petiots qu'on aimerait aussi fort que moi je t'aime. Je voudrais me réveiller chaque jour dans le même lit que toi.

Il haussa les épaules, assena une claque pensive sur l'une de ses cuisses.

— Voilà comment je t'aime ! Je ne sais pas si l'amour c'est ça, mais c'est comme ça que je le sens. Avec toi, ce que je veux, ce n'est pas un incendie dans une grange, qui brûle tout sur son passage et s'éteint aussi vite qu'il s'était allumé. Ce que je veux, c'est nous deux pour toujours.

Il tourna la tête vers elle, inquiet soudain.

— Pour toujours ? médita Marie.

Puis :

— Si l'amour c'est ce que tu dis, alors c'est que je t'aime aussi, parce que ce que je ressens c'est tout pareil que toi !

Elle écarta les bras pour l'accueillir avant de conclure :

— Tu avais raison, la chouette c'est signe de bonheur pour nous deux. Ce soir, j'ai décidé d'être ta femme puisque, à présent, je sais que tu es sincère et que tu m'épouseras. Mais fais attention quand même, je ne voudrais pas hériter d'un petit *pouchin d'r'haie* !

— N'aie pas peur, Marie, triompha Julien, je serai prudent !

Il s'allongea à nouveau près d'elle, retroussa sa robe avec précaution. Des amies averties avaient déclaré à Marie que la première fois c'était toujours décevant. Ce ne fut pas le cas.

Un instant plus tard, Julien explorait son ventre avec une délicatesse infinie. Il sembla à Marie que la terre s'entrouvrait, qu'elle s'engouffrait dedans. Un plaisir inouï inonda sa chair. Elle ne vit plus le ciel, les étoiles effacées

Marie sans terre

par la brume, les ramures des châtaigniers frissonnant au-dessus d'eux.

Enfin elle savait qu'elle n'était plus seule, qu'elle aussi, après des années de misère, de souffrance, elle avait droit au bonheur.

L'avenir allait bientôt se charger de mettre de l'ordre dans ses illusions.

8

Pendant plusieurs jours, Marie ne dormit plus. Elle pensait sans cesse à Julien et elle en frissonnait de bonheur. Elle trouvait beau tout ce qui l'entourait : le chien Brutus, un colosse noir comme l'enfer, mélange indéfinissable de griffon et de labrador, tenu à la chaîne parce que, tueur-né, il aurait dévoré les volailles, le cô[1] hautain, les oies parfois agressives, les sautes d'humeur de ses patrons et du grand valet, le ciel qui, une fois de plus, avait viré à la grisaille et à l'humidité.

Elle ne rêvait que d'escapades nocturnes avec celui qu'elle avait choisi. Elle sentait confusément qu'elle ne pouvait exister qu'avec lui. C'était la première fois qu'elle rencontrait autant d'équilibre et de douceur chez un de ses soupirants.

Pendant ce temps, autour de Marie, fins de mois difficiles, orages non voulus, récoltes médiocres, quotidien sans relief rythmaient la morosité des jours. Certains, dont Julien et Albert, le grand valet, commençaient à prêter attention aux rodomontades des chefs d'Etat et aux inquiétantes rumeurs selon lesquelles le monde allait bientôt être bouleversé.

1. Coq.

Marie sans terre

Vers la mi-septembre, Julien annonça à Marie que, suite à la tension existant entre Tchèques et Sudètes et à l'inflexibilité de Hitler, la France avait rappelé trois cent mille réservistes sous les drapeaux. Quelques voix chuchotèrent alors dans l'entourage de Marie qu'une nouvelle guerre risquait d'éclater. Julien s'intéressait d'autant plus à ces événements qu'il devait bientôt partir sous les drapeaux. Entre deux rendez-vous avec Marie et son travail, il écoutait la TSF le soir avec ses patrons et leur empruntait les gazettes locales pour disséquer les dernières nouvelles. Nouvelles auxquelles Marie ne comprenait rien, sinon que, s'ils se concrétisaient, les événements annoncés retiendraient loin d'elle plus longtemps que prévu celui qu'elle aimait.

Quelques jours plus tard, alors qu'une pluie grise et froide couvrait toute l'Europe, Julien apprit que, suite à l'échec de l'entrevue de Godesberg entre Hitler et Chamberlain, la Tchécoslovaquie mobilisait. La semaine suivante, d'une voix funèbre, il avoua à Marie qu'après une brève entrevue entre Chamberlain, Daladier et Bonnet à Londres, ce dernier avait déclaré aux journalistes que la guerre était inévitable.

Alors que Marie sanglotait en songeant que Julien risquait d'être tué en allant combattre les Allemands, une grande information courut sur les ondes. Réunis à Munich, Daladier, Chamberlain, Mussolini et Hitler avaient signé le 30 septembre un traité sauvant la paix, et cinq cent mille Parisiens s'étaient massés pour acclamer Daladier entre l'aéroport du Bourget et l'Elysée, se pressant autour de lui au risque de l'étouffer.

Le sourire revint sur les figures des exploitants agricoles d'Asnières, inquiets à la pensée de voir des bras déserter leurs fermes pour partir au front, d'autant qu'après des

Marie sans terre

récoltes médiocres le prix du blé avait remonté, passant de 180 francs le quintal en 1937 à 204 francs en cette année 1938.

Toutes ces savantes considérations auraient totalement échappé à Marie si Julien ne s'y était intéressé. Eprise d'un homme pour la première fois de sa vie, elle n'écoutait que sa passion et le bouleversement de ses sens.

Mars 1939 était arrivé. Avec lui, la tension entre les grandes nations avait atteint son point extrême et dans quelques jours Julien partirait rejoindre sa caserne tout près de Lille dans une unité de l'infanterie.

Le jeune homme s'efforçait sans grande illusion de rassurer Marie.

— T'inquiète pas, lui disait-il, Hitler va se dégonfler, il n'y aura pas la guerre. Dans deux ans, je serai de retour et je t'épouserai. Et puis il y a les permissions !

Son œil se voilait de tendresse.

— Et on se fera de gros câlins comme aujourd'hui !

Il la serrait dans ses bras, buvait ses larmes.

Durant les deux semaines qui précédèrent le départ de Julien, ils échangèrent de furtives étreintes, s'allongèrent plusieurs fois dans la paille d'une grange, une fois même dans la petite chambre de Marie au milieu de la nuit. Julien investissait alors le corps de la jeune fille avec une surprenante délicatesse, mêlée soudain à une fougue proche de la violence, inhabituelle chez lui, comme si avant de la quitter il avait voulu laisser une empreinte indélébile dans sa chair.

Il sembla à Marie qu'à plusieurs reprises Julien s'était séparé d'elle un peu tard ; il lui sembla aussi que la faute venait d'elle. Il allait partir. Inconsciemment, comme lui, elle voulait s'imprégner de sa présence au plus profond de ses sens. Plus tard, à l'âge des souvenirs, Marie affir-

Marie sans terre

merait que ce mois de mars 1939 avait été la plus belle période de sa jeunesse.

Les vaches mises au pré, Marie nettoyait les étables quand, un jour de début avril, un autocar emporta le jeune conscrit vers la gare de Bayeux. Ils s'étaient juré mille choses la veille. Il avait promis de lui écrire souvent. Elle lui avait avoué, au bord des larmes, qu'elle ne répondrait pas à ses lettres parce que, si elle savait lire, elle ne savait hélas pas écrire. Or, dans la ferme, les seuls qui auraient pu le faire à sa place étaient son patron et Albert, et elle n'avait aucune intention de leur livrer sa vie intime en pâture.

Jusqu'alors Marie et Julien s'étaient rencontrés en secret et n'avaient confié leur idylle à personne. Secret de polichinelle. A la campagne, tout se sait. Un œil rôde derrière chaque fenêtre, derrière chaque haie, voire en d'autres lieux plus inattendus. Après le départ de Julien, les langues se délièrent. Le *goujart*, les ouvriers agricoles, le grand valet s'en donnèrent à cœur joie.

— Dites donc, commentait l'un, vous savez le petit ami de la Marie, il est pas d'ici, je sais pas qui c'est mais ce que je sais c'est que c'est une fine braguette !

— Eh oui, approuvait un autre, paraîtrait même qu'il aurait élu domicile avec sa belle sous le grand chêne, pas loin de la Croix-Mitard !

Des regards se croisaient, égrillards ou bonhommes, au-dessus de la table à l'heure des repas ou dans la cour quand Marie passait, vaquant à ses occupations.

Marie remâchait sa peine et sa rancœur en subissant leurs railleries. Ils disaient cela par malice, sans véritable méchanceté, simplement pour montrer qu'on ne la leur faisait pas, qu'ils étaient au courant de tout.

Marie sans terre

Les patrons, d'ailleurs, haussaient parfois le ton, le visage courroucé.

— Vous n'avez pas autre chose à faire que de sortir des sottises ! s'exclamait Rose. Vous feriez mieux de vous occuper de vos puces !

— Si c'est pas malheureux d'entendre ça ! renchérissait Georges Letellier en hochant sa crinière blanche d'un air consterné.

Et tous deux adressaient à Marie un sourire apitoyé.

Trois semaines s'écoulèrent, puis un jour le facteur entra dans la salle à manger au moment du repas de midi. Un sourire énigmatique flottait sur sa figure.

— *Boujou'*, la compagnie ! lança-t-il. J'ai une lettre pour Marie. Elle vient de Lille.

Tous les regards convergèrent vers lui.

— Des nouvelles de fine braguette ? ironisa le grand valet.

— Albert, tonna le père Letellier, ça suffit maintenant ! Puis, la voix radoucie, se tournant vers le facteur :

— Vous êtes bien en retard aujourd'hui, Louis, c'est plus l'heure du café. On vous offre une moque de cidre ?

La lettre sur son cœur, Marie se leva de table et s'esquiva vers sa chambre. Au passage, elle longea la niche près de laquelle Brutus était attaché. Celui-ci tira sur sa chaîne en voyant Marie, se redressa sur ses pattes arrière, et resta ainsi debout en équilibre pendant quelques instants, la gueule ouverte sur des crocs étincelant au soleil, gémissant doucement en quête d'une caresse.

Tout le monde craignait Brutus, personnel et animaux. Petit, il avait égorgé plusieurs volailles, s'était attaqué à des chèvres et des porcelets, avait foncé sur les jarrets du bétail, provoqué l'écart affolé des chevaux. Prisonnier d'une solide corde, il l'avait dévorée pour semer à nouveau

Marie sans terre

la terreur dans la cour, bondissant sur tout ce qui bougeait, menaçant même les humains qui cherchaient à s'interposer. Plusieurs raclées n'ayant pas suffi à le dresser, les patrons s'étaient résignés à le mettre à la chaîne, au bout de laquelle il croupissait depuis bientôt trois ans.

Seul Georges Letellier s'approchait de lui pour nettoyer ses déjections, remplir sa gamelle de nourriture et lui gratter distraitement le crâne entre les deux yeux en proférant toujours la même phrase : « Sacrée maudite carne, va ! »

Tous les autres en avaient donc peur. Sauf Marie. Dès son arrivée à la ferme, la jeune fille avait été frappée par le sort misérable du chien. Elle s'était approchée de lui tout en jaugeant d'un œil aigu la longueur de la chaîne. Brutus avait bondi, sitôt arrêté, hurlant, écumant, les babines retroussées sur des crocs impressionnants enduits d'une salive grasse qui s'égouttait lourdement sur le sol.

Albert était arrivé en courant.

« Attention, Marie ! T'approche pas ! Ce chien est fou, dangereux !

— Fou et dangereux, je ne sais pas, avait répondu Marie, malheureux sûrement ! Si c'est pas une pitié de voir des bêtes traitées de cette façon !

— Va dire ça au patron et tu verras si tu gardes ta place longtemps !

— Je ne lui dirai rien, mais je lui montrerai que ce chien n'est pas pire que les autres ! »

Elle avait tenu parole. Huit jours plus tard, Brutus se roulait sur le dos pour mendier une caresse et mangeait dans la main de Marie. Devant la stupeur du père Letellier, Albert avait lancé, avec un haussement d'épaules admiratif :

Marie sans terre

— On aura tout vu. La belle et la bête! V'là que Brutus est amoureux d'une femme, à présent!

Depuis, lorsqu'elle traversait la cour, Marie effectuait souvent un détour pour saluer son ami ou lui offrir une gâterie.

Ce jour-là, Marie ne s'arrêta pas. Elle se contenta de passer devant Brutus en brandissant joyeusement sa missive.

— Regarde! Il m'a écrit! Je te raconterai!

Brutus émit un grand soupir fataliste puis, dans un grondement puissant, il s'affala sur le sol, le museau posé sur ses pattes avant entrecroisées pour regarder s'éloigner celle qu'il aimait.

Parvenue dans sa chambre, Marie s'assit au pied de son lit avec son précieux courrier. Elle hésita un moment avant de l'ouvrir. La lettre était épaisse, impressionnante.

Marie se décida enfin à décacheter l'enveloppe. Emue aux larmes, elle contempla l'écriture, large, déliée, puis elle lut lentement, avec gravité.

Ma Marie,
Me voici finalement dans une caserne de l'armée française. C'est vraiment une autre vie que celle de la ferme. Chez nous, il faut obéir au patron. Ici, quand on est deuxième classe, il faut obéir à tout le monde! C'est à qui donnera des ordres. Tout est passible de punitions, le lit mal fait, les godillots mal cirés, le salut non réglementaire, les cheveux trop longs, le calot mal placé.
Je n'ai pas pu t'écrire plus vite, ma Marie, parce que nous subissons un entraînement incroyable au cas où on devrait partir en guerre. Ici, la guerre, tout le monde en parle, mais personne ne sait si on la fera. L'adjudant nous dit qu'il faut nous

Marie sans terre

préparer au cas où, histoire de flanquer une pâtée à ces cons de Fritz !

J'espère, moi, qu'elle ne se fera pas, car tu me manques. J'ai beau être fatigué avec tout ce qu'on nous fait faire, je me réveille quand même la nuit en pensant à toi et je t'appelle à voix basse. Je suis presque sûr que tu m'entends dans ton lit et que tu me réponds.

Je dors dans un dortoir. Nous sommes douze. Mon voisin de chambrée s'appelle Pierre. C'est un Normand du pays d'Auge. Il a le brevet supérieur et il parle comme un livre. Il est très gentil avec moi. On cause du pays, même si lui n'habite pas dans une ferme. Il travaille à Lisieux, au Crédit agricole.

Il connaît un poète qui vit là-bas, au Breuil-en-Auge, dans un petit manoir du XVIe siècle, et qui est paysan comme nous. Enfin pas comme nous, lui c'est le patron. Pierre m'a prêté un livre de ce poète qui s'appelle André Druelle. Ce recueil s'intitule : La terre est en sève [1].

J'ai recopié un de ses poèmes pour toi. Lis-le, tu verras, tu penseras à nous. En tout cas, moi, je l'ai lu, relu, je trouve ça très beau, tellement vrai, et il m'a tellement fait penser à toi !

Je suis obligé de te laisser, ma Marie. Ça va bientôt être l'extinction des feux et demain nous devons faire une marche de cinquante kilomètres avec tout le barda sur le dos.

Une chose est certaine : si la guerre éclate et qu'on court après les Boches, avec notre entraînement, on les rattrapera parce qu'on courra plus vite qu'eux !

Je t'embrasse, ma Marie, tu me manques et je t'aime, oui, tellement, tellement fort !

Ton Julien

---

1. Editions du Sagittaire, 1936.

Marie sans terre

P.S. Vivement ma première permission, que je puisse enfin te serrer à nouveau dans mes bras.

Suivait le poème d'André Druelle que Marie lut avec avidité.

NOÉMIE

Ecoute, Noémie, écoute.

Cette nuit, ton père décampe,
Tes jeunes frères dormiront
Et ta mère a d'autres... zoin, zoin,
Ecoute, Noémie, écoute!

Le valet au cabaret s'est
Vanté qu'il découcherait — tu
N'as pas peur que les chevaux
Aboient et le chien me connaît,
Il nous léchera sous la paille,
Tâte la nuit, comme elle est douce.

Si tu ne viens pas ce soir, gare!
J'en ai assez de bâiller, bête,
Tu t'es laissé trop peloter,
Je me veux en toi tout à fait,
Ne t'en va pas, si tu me quittes,
Je courtiserai Marie, ah!

Ecoute, Noémie, écoute,
Ce soir ou jamais, crois-moi.
Le berger lui-même s'en va,

Marie sans terre

Il a dit que ses brebis pour-
Raient bien se garder toutes seules,
Mais qu'à Noël il se soûlait !

Je t'aime, tu m'aimes, eh bien,
Viens ! tu mettras tes bas de soie,
Ton corsage en jersey qui saigne.
Non ? As-tu peur de te friper ?
La paille est douce comme un lys
Et tu verras si je m'y noie !

Buse ! Aurais-tu d'autres galants ?
Si je savais qui tu courtises,
Pour me venger j'inventerais
Que je t'ai vue avec ta sœur...
Allons ! tu pleures, tu as peur ?
Le péché... quel péché, nigaude ?

Crois-tu donc que les curés
Ne jouent jamais au bilboquet ?
Tu ris, sournoise, à l'étouffée...
Mais je sais ce qui te chatouille,
Nette avant, nette après — car moi,
Je connais plus d'une combine.

Ecoute, Noémie, écoute,
Sous le lit du charretier,
Oui, j'ai caché du flan au lait,
Plus une chemise à la noix
Plus un pantalon soie-soie et
De l'eau-de-vie au patron — oui !

Marie sans terre

Nous fêterons Noël, bon Dieu!
L'eau-de-vie est de qualité,
Tu verras quel velours en feu,
C'est de la fine réserve
Pour ta mère à ses amoureux,
Nous trinquerons à leur santé!

Tu ris, fine garce, tu ris...
Mais ris plus bas, j'entends du bruit...
Hein? Noémie, tu as compris,
Après dîner, à l'écurie?...
Je t'attendrai, Noémie, dis-
Moi oui... Noémie, c'est «oui», dis...

Julien avait raison. Ce poème était beau, parlait à Marie comme à une amie. Elle l'apprit par cœur par la suite pour pouvoir le réciter à Brutus, à Martin, à ses vaches, dans les prés, dans la cour, les étables, l'écurie, partout où ses pas la portaient, afin de mieux penser à celui qu'elle aimait. Noémie, c'était elle. Le poème ne disait pas si la jeune fille avait cédé ou non. Marie, si. Avec transport. Avec amour. Elle allait le payer bientôt. Huit semaines après le départ de Julien, n'ayant pas eu ses règles, secouée par les nausées, elle se rendit à l'évidence.

A la façon de beaucoup de jeunes campagnardes de ce temps-là, dans quelques mois, Marie hériterait d'un petit poussin de haie.

DEUXIÈME PARTIE

9

Marie était enceinte d'un enfant qui viendrait trop tôt. Quand elle alla annoncer la nouvelle à sa mère, celle-ci se contenta de hausser les épaules et lui conseilla de supprimer le fœtus pendant qu'il était encore temps. Marie lui répondit qu'il n'en était pas question. Le petit était un petit de l'amour et, son service militaire fini, son père l'épouserait.

— Tu es folle, ma *file*, répliqua Prudence. Il va y avoir la guerre, ton Julien, puisque tu l'appelles Julien, il est pas près de revenir au pays, et puis de toute façon il n'a pas un sou vaillant. Il est aussi fauché que toi. C'est pas comme ça qu'on rend un *éfant* heureux !

Marie avait espéré un peu de réconfort. Elle partit en claquant la porte. Hélas, sa mère avait raison. Malgré l'isolement de la campagne, les rumeurs d'une Europe en ébullition arrivaient jusqu'à Marie, de plus en plus pressantes. A la TSF, Hitler vomissait ses menaces et ses imprécations et, l'oreille rivée au poste, Albert et le père Letellier affirmaient qu'il y aurait bientôt la guerre.

En juillet, Marie reçut une brève missive de Julien lui signalant qu'il n'avait pas eu une minute de répit devant lui pour lui écrire et qu'il partait avec toute sa compagnie

Marie sans terre

pour une destination inconnue. Il l'aimait, bien sûr, mais, en raison des nouvelles alarmantes et de la tension régnante, il ignorait s'il obtiendrait une permission pour venir la voir. Il lui jurait néanmoins un éternel amour.

Entre-temps, le ventre de Marie avait prospéré. Chacun remarqua *qu' all' était tumbée su' un piquet*, ce qui signifiait qu'elle était enceinte. Chacun aussi se doutait de qui était le père. On n'avait aperçu Marie de loin qu'avec un seul homme, ça ne pouvait être que lui. Curieusement, personne ne se moqua de Marie ni ne lui jeta la pierre. Rose et Georges Letellier s'arrangèrent même pour alléger un peu son labeur au fur et à mesure que la grossesse avançait.

Marie espérait toujours que les oracles locaux se trompaient lorsqu'ils annonçaient l'imminence d'un conflit armé. Malheureusement, l'avenir allait leur donner bientôt raison. Marie était affairée dans la laiterie à verser de la crème dans la baratte à pilon, ce 1er septembre 1939, quand Albert jaillit dans la cour et cria :

— Les Allemands ont envahi la Pologne ! Ça y est, c'est la guerre !

Comme pour confirmer ses dires, au même moment, le tocsin de la mobilisation générale sonna dans l'église d'Asnières.

Georges Letellier et le commis accoururent aux nouvelles de l'écurie où ils charriaient de la paille fraîche pour les litières des chevaux, alors que Marie surgissait de la laiterie. En voyant la jeune fille, Georges la contempla avec bonté.

— Ma pauvre Marie, dit-il, tu n'es pas près de retrouver ton amoureux !

Comprenant qu'elle allait se trouver mal, il l'attrapa par la taille, la serra contre lui, puis il l'entraîna vers la

Marie sans terre

cuisine où il la fit asseoir sur une chaise. Une gorgée de calva plus tard, offerte à Marie pour colorer ses joues, le père Letellier se pencha vers elle, lui tapota affectueusement la nuque.

— Va te reposer un peu dans ta chambre, la patronne te remplacera.

Le surlendemain, Hitler recevait les ultimatums de l'Angleterre et de la France. Dès lors, avec la mobilisation générale, les campagnes commencèrent à se vider des bras qui assuraient leur prospérité.

Courageusement, Marie continuait d'assumer son labeur, tout en pleurant et récitant d'une toute petite voix aux animaux et aux arbres qui voulaient bien l'entendre : «Ecoute, Noémie, écoute», comme si ce beau poème avait pu conjurer le mauvais sort. Ainsi elle se souvenait de celui qu'elle aimait, qui était parti pour la guerre, qui ne savait pas qu'elle attendait un petiot de lui et qui ne reviendrait peut-être jamais.

Elle en oubliait quelquefois de s'arrêter près de Brutus pour lui distribuer un peu de nourriture ou d'affection. Le comportement du chien avait changé. Il observait la jeune fille d'un regard attentif, les oreilles dressées, tendu sur les jarrets, la truffe haute, vigilant et calme. Si elle s'approchait de lui, il ne tirait plus sur sa chaîne. Il attendait patiemment la caresse désirée, fixant Marie de ses splendides prunelles noires, encerclées par un iris couleur châtaigne. Parfois, Brutus humait le ventre arrondi, les yeux mi-clos, comme s'il avait voulu se pénétrer du changement profond qui allait bouleverser l'existence de Marie.

Martin, lui aussi, semblait comprendre que Marie allait avoir un enfant. Il marchait moins vite vers les herbages, accordant avec prévenance son pas sur celui de sa maî-

Marie sans terre

tresse; il posait plus souvent sa tête contre sa joue et demeurait ainsi immobile. Et Marie se réchauffait de l'amour de ces animaux que l'on dit bêtes, et qui étaient toute sa vie.

Les semaines se succédèrent. Curieusement, malgré la tension qui régnait jusqu'à Asnières, les hostilités ne s'étaient toujours pas déclenchées. Des rumeurs circulaient, annonçant que les Allemands engageraient sans doute une offensive à l'automne, mais la nature, cette année-là, se chargea de les dissuader car le mauvais temps se leva.

En septembre, Marie avait reçu une troisième lettre de Julien dans laquelle il lui avouait qu'il avait espéré lui faire la surprise de revenir en Normandie pour assurer les fenaisons, comme ça avait été le cas pour beaucoup de soldats issus de l'agriculture, son but étant surtout de la revoir; malheureusement, il était finalement resté cantonné dans sa caserne. Aux dernières nouvelles, il attendait, du côté de Sedan, le déclenchement de l'offensive. Il aimait Marie bien sûr, plus que jamais; mais il regrettait qu'elle ne sache pas écrire afin de recevoir de ses nouvelles. Des nouvelles, Marie en aurait eu à lui donner! Elle était enceinte de lui, et il l'ignorait. Le terme d'ailleurs commençait à approcher.

Un matin de novembre, par un jour de pluie sans fin, Marie perdit l'équilibre et presque connaissance alors qu'elle était occupée à traire les vaches à l'étable. Rose fit aussitôt atteler une carriole et dépêcha Albert pour accompagner Marie jusqu'au car qui l'emmènerait à l'hôpital de Bénouville, bourg situé entre Ouistreham et Caen où, comme à l'hôpital-hospice d'Alençon, un service particulier était réservé aux filles mères. Si certaines d'entre elles ne désiraient pas garder leur enfant, celui-ci pouvait

102

Marie sans terre

être pris en charge par une œuvre d'assistance. Cela fait, Rose expédia le commis prévenir Prudence que sa fille était en route vers la maternité pour accoucher.

Lorsqu'elle arriva à Bénouville, les secousses de l'autocar aidant, rouge de honte, mais heureusement secondée par deux passagères assises à ses côtés, Marie avait perdu les eaux. Introduite dans la salle de travail où patientaient une sage-femme et deux sœurs, elle accoucha sur-le-champ d'une fille de quatre kilos cent qu'elle appela Marceline.

Quand la sage-femme posa le bébé sur sa poitrine, Marie le pressa doucement dans ses bras puis, l'écartant un peu d'elle, elle détailla le petit visage fripé aux yeux clos, cherchant vainement une ressemblance avec Julien et elle. Devant sa déception, la sage-femme la rassura :

— Ne vous inquiétez pas, il faudra plusieurs jours, voire plusieurs semaines, avant que vous puissiez trouver une ressemblance. Vous ne vous en êtes peut-être pas rendu compte parce que vous êtes robuste et dure à la souffrance, mais elle a eu du mal à passer et sa tête va changer de forme. En attendant, confiez-la-moi pour que je la nettoie et que je l'habille. Elle était bien au chaud dans votre ventre et elle risque de prendre froid.

Marie lâcha Marceline à regret, comme si déjà on avait voulu la lui enlever. Pendant que les sœurs soignaient Marie, celle-ci contemplait les gestes précis de la sage-femme assurant la toilette de l'enfant puis l'enveloppant dans des habits cédés par la maternité car elle n'avait pas eu le loisir de se rendre à Trévières ou à Bayeux pour acheter de la layette, tant les travaux de la ferme sont exigeants, les patrons près de leurs sous, et surtout parce que Marceline venait de pointer le bout de

Marie sans terre

son nez trois semaines avant terme, bouleversant tous les projets.

Les soins au bébé achevés, la sage-femme le déposa dans un berceau placé près de Marie et, lorsque la jeune femme lui demanda de lui passer sa fille, elle lui déclara en souriant :

— Un instant, s'il vous plaît, je dois m'occuper encore un peu de vous. Et puis vous aurez désormais toute la vie pour le bichonner si vous décidez de le garder !

Marie détourna la tête afin que la sage-femme ne voie pas les larmes courir dans ses yeux. Bichonner, hélas, cela ne se produirait pas. La maternité quittée, Marceline partirait chez une nourrice à Asnières. Une bonne dame, assurait-on à Marie, bien sous tous rapports. Du bon lait, de la gentillesse à revendre, ne demandant pas trop cher et ne maltraitant pas les enfants. Le bonheur, quoi ! Sauf pour Marie. Sauf pour Julien qui n'était pas là, qui avait filé on ne sait où !

« Sedan, c'est loin, songeait Marie. Et ta petite *file*, Julien ? Et ta petite *file* ? Ça y est, elle est née ! Elle t'attend, elle a besoin de toi ! J'ai besoin de toi. Mais toi, t'es à la guerre. Une guerre qui n'existe pas puisque personne ne se bat ! Et tu sais même pas que tu es papa !»

Et Marie se mit à maudire toute cette *quienne* de vie, comme on dit chez nous, ces *quiens* d'Allemands qu'elle n'avait jamais vus mais qui abîmaient son existence. Elle en était là de ses sombres pensées quand une sœur glissa enfin Marceline dans ses bras.

— Tenez, prenez-la, nous allons vous conduire dans votre chambre.

Marceline blottie contre sa joue, on emmena Marie, allongée sur une civière, par de longs couloirs blancs jusqu'à une grande chambre vide prévue pour quatre per-

Marie sans terre

sonnes. On l'installa sur le lit le plus proche de la porte puis, après les recommandations d'usage, on la laissa seule avec Marceline dont on avait placé le petit berceau de bois près d'elle.

Pendant deux jours et deux nuits, Marie connut le bonheur. Un bonheur entrecoupé de pleurs parce qu'elle allait être seule, du moins pour un temps. Si cet étrange conflit où les adversaires ne se livraient aucun combat se poursuivait, la guerre finirait bien par s'arrêter d'elle-même, essoufflée de n'avoir jamais commencé, et Julien reviendrait. Ensuite, on verrait. Ils n'avaient pas de situation, mais ils étaient jeunes tous les deux, vigoureux, et à deux le malheur paraît moins grand.

Et Marie chuchotait des mots doux à Marceline tout en lui donnant le sein que le nourrisson buvait à petits coups avides entrecoupés de sourires d'ange et de sommeils béats.

— *Boujou', ma file,* lui disait-elle, tu as bien dormi? Ton papa est pas là, mais il va revenir bientôt, et il t'aimera et on sera heureux tous les trois.

Il semblait alors à Marie que les yeux encore mi-clos de Marceline s'entrouvraient davantage dans l'espoir de voir arriver celui que sa mère évoquait avec tant d'anxiété, d'impatience et de passion.

C'est ce moment que choisit Prudence pour entrer dans la chambre. Avertie par le commis, elle venait faire connaissance avec le nouveau-né.

— *Boujou',* maman.

— *Boujou', ma file.*

Prudence se pencha au-dessus du berceau, y laissa errer un regard indifférent.

— C'est un gars ou une *file*?

— Une *file.*

105

Marie sans terre

— Comment elle s'appelle?
— Marceline.
— Et tu vas la garder?
— Dame oui, quelle question!
— *Un pouchin d'r'haie! Un éfant qu'a pas d'père?*
Marie était allongée dans le lit. Elle se redressa brusquement, s'assit, tassa l'oreiller dans son dos, prête au combat.
— Marceline a un père! Il est à la guerre. Il m'aime, et il reviendra bientôt!
Prudence s'affala sur une chaise placée au chevet de Marie. Les deux femmes étaient seules dans la pièce. Ses yeux sombres enfoncés dans ceux de sa fille, Prudence haussa le ton :
— Il te l'a dit?
— Quoi?
— Qu'il t'aime, qu'il reviendra pour t'épouser, qu'il est content d'avoir un *éfant* de toi et qu'il a pas dégotté une autre *file* pour chahuter derrière les *r'haies*?
— Maman!
Prudence s'était levée. Elle se mit à tourner autour du lit à pas saccadés, les yeux rivés sur le sol, la mâchoire dure. Les mots sortaient de sa bouche avec une lenteur calculée afin que chacun d'eux porte son juste poids de méchanceté.
— T'as un *éfant* de personne. T'as pas voulu le faire passer, t'as eu tort. Maintenant, écoute ta vieille mère. Cet *éfant*, confie-le aux sœurs de l'hôpital, elles en trouveront bien l'usage. Si tu le gardes, tu signes la fin de tes derniers beaux jours.
Marie écoutait sa mère avec un détachement voisin de la curiosité. Durant toutes ces années elle avait subi Prudence par peur d'abord, ensuite avec honte et dégoût.

106

Marie sans terre

Jamais celle-ci ne l'avait aimée et Marie savait qu'elle ignorait les notions les plus élémentaires de la morale ou des vertus chrétiennes. Elle lui avait donné la vie, certes, mais par inadvertance, pas par amour, et elle avait passé le plus clair de son temps à lui reprocher d'exister. Aussi Marie ne fut pas étonnée quand sa propre voix s'éleva tout à coup dans la chambre. Une voix paisible qu'elle avait retenue pendant vingt-deux ans, tant elle avait été habituée à courber l'échine.

— Mes derniers beaux jours ? Quels derniers beaux jours ? Les seuls beaux jours que j'ai connus, je les ai connus avec Julien, le père de Marceline, et tu voudrais que j'abandonne notre *file* ? Ah, ça non ! Mais maintenant tout change. En tout cas pour toi. Je garde la petiote, elle me coûtera une nourrice parce qu'il faut bien que je travaille pour nous deux. Et toi, c'est plus la peine de t'arrêter à la ferme pour me voler mes sous. Je suis majeure à présent, et si tu veux te saouler au cidre ou au calva, faudra que tu retrousses tes manches plus souvent qu'à ton tour !

Dès les premiers mots, Prudence avait cessé de déambuler dans la pièce. Les mains sur ses hanches épaisses, campée près du lit, elle contemplait Marie bouche bée.

— Qu'est-ce que tu dis ? Tu causes à ta mère tout de même !

— Ma mère ? Quelle mère ? Celle qui m'a obligée à dormir dans les fossés quand j'étais petite et qui m'a volé mes économies ensuite ? Celle qui me conseille de laisser mon bébé aux sœurs ? Allez, va, tu n'es pas une mère et je ne veux plus te voir !

Pendant un moment, il sembla que Prudence allait se trouver mal. Le teint était cireux, les yeux roulaient dans leurs orbites comme dans les périodes de folles cuites.

107

Marie sans terre

Elle agrippa le dossier du lit à deux mains, feignant un étourdissement, ouvrit la bouche à plusieurs reprises en quête d'air, puis, comprenant que tout était dit, elle balança une grosse claque sur le mur le plus proche, jeta un regard dédaigneux sur le berceau où dormait Marceline et siffla :

— Puisque c'est comme ça, adieu ! T'es bien une grosse salope comme ton père !

Sur ces propos mystérieux, Prudence claqua rageusement la porte de la chambre et Marie entendit ses pas nerveux décroître dans le couloir.

10

Quelques semaines après son accouchement, Marceline placée chez une nourrice à Asnières, Marie reprit son labeur. L'hiver approchant, les bêtes restaient à l'étable, exigeant des litières propres que l'on changeait deux fois par jour. Dès cinq heures du matin, Marie assurait la première traite de ses vaches, alignées à la chaîne dans l'étable. Le petit déjeuner pris, elle les sortait ensuite, seule, dans l'herbage le plus proche. Seule, pas tout à fait. Elle avait, pour l'aider à les guider, Tête-en-l'Air, une laitière garce à traire, comme le soulignait plaisamment Marie, distribuant volontiers des coups de sabot quand on s'approchait d'elle pour lui dérober son lait, mais qui, en raison peut-être de ses cornes pointues, s'était imposée comme chef de file à tout le troupeau.

Il fallait la voir se planter au milieu des carrefours conduisant aux pâturages, le mufle dressé, interdisant le passage aux rares piétons, vélos et voitures à cheval ou à moteur qui circulaient dans cet endroit perdu, jusqu'à ce que toutes ses congénères soient passées. Elle braquait ensuite un regard dominateur sur Marie avant de reprendre sa marche d'une allure posée en balançant gravement sa queue blanche, tachée de brun.

Marie sans terre

De retour à la ferme, secondée la plupart du temps par Germain, le commis, Marie nettoyait les étables et les *burets*, charriant de la paille, du lisier et des seaux d'eau comme un homme, oubliant son ventre encore fragile, sa tête qui tournait. Elle s'occupait ensuite du linge à la laverie ou aidait la patronne à la laiterie, observant Rose occupée à faire un beurre dont elle était très fière et qu'elle ne laissait à personne le soin de confectionner.

Puis Marie ramenait les vaches à l'étable pour les traire à nouveau. Pas une minute, pas un dimanche, pas un jour de repos pour respirer et surtout courir voir Marceline chez sa nourrice. Comme la plupart des employés des fermes de l'époque, Marie ne profitait pas des congés payés, ne fêtait ni Noël ni la nouvelle année, dont elle entendait parler mais qui étaient réservés à certains maîtres et aux gens de la ville.

Pendant tout l'hiver, Marie pensa quotidiennement à Julien. Elle confiait ses inquiétudes à Brutus et à Martin. Elle était sans nouvelles de lui depuis qu'il lui avait annoncé son départ pour Sedan. Lui était-il arrivé quelque chose? L'avait-il oubliée? Ce n'était pas impossible. Il ignorait qu'elle avait un enfant de lui et, chacun le sait, le temps efface les souvenirs.

Avec les premiers beaux jours, Emma, la nourrice, passait quelquefois dans les pâturages où Marie avait l'habitude d'aller prendre soin de ses bêtes. La jeune femme pouvait alors voir sa petite fille et lui glisser dans l'oreille quelques mots doux. Moment éprouvant pour Marie. Lorsqu'elle s'approchait de Marceline, celle-ci se blottissait contre l'épaule d'Emma, lançant à sa mère un regard fixe et noir où se lisait la crainte. Marie savait que cela ne s'arrangerait pas avec le temps. Ou si peu. Pour l'enfant, elle était une étrangère aux manières brusques, à la voix

Marie sans terre

forte qui commande aux vaches et au *bourri*. Les gestes dont Marceline avait besoin, les gestes de tous les jours, la tendresse, c'était sa nourrice qui les lui dispensait.

Lorsque Marceline et Emma quittaient le pâturage, Marie remâchait sa détresse et son amertume. Il lui arrivait cependant de soupirer de bonheur si elle avait réussi à arracher un sourire à sa fille.

Le malheur a-t-il une fin ? Marie l'espérait ardemment en pensant sans cesse à Julien. Mai 1940 était survenu dans une atmosphère lourde de menaces et le conflit s'engagea. Bien que peu au fait des subtilités de la guerre, grâce aux informations de la TSF et aux conversations du personnel de la ferme, Marie s'efforça de suivre le déroulement des opérations.

Le 10 mai, les Allemands avaient fait irruption en Hollande ; le 13, ils franchissaient la Meuse et s'enfonçaient dans les Ardennes en direction de Sedan. Sedan où, aux dernières nouvelles, était caserné Julien ! Julien en première ligne ! Le père de Marceline affrontait l'ennemi !

Marie ne dormait plus. Malgré toute sa bonne volonté, elle n'assimilait pas toutes les informations que la presse écrite, la radio ou les gens vomissaient dans la fièvre autour d'elle. Marie ignorait l'histoire de France et la géographie. Elle savait toutefois que le Boche était l'ennemi héréditaire, que la France avait vécu la guerre de 14-18 contre lui. Elle savait aussi que Hitler était un dangereux va-t-en-guerre et que les hostilités dureraient sans doute longtemps. Elle ignorait par ailleurs la position des villes françaises et plus encore celle des Etats encerclant les frontières.

Un soir après le souper, voyant Marie agacée de ne pas comprendre l'évolution des événements et la succession de revers que le pays subissait, Albert alla dans sa

111

Marie sans terre

chambre chercher le *Dictionnaire des Mots et des Choses* en trois volumes de Larine et Fleury, datant de 1904, puis, posant un exemplaire sur la table, il le feuilleta d'un geste sûr et l'ouvrit sur plusieurs cartes représentant la France et l'Europe. Fascinée, la jeune femme regardait les doigts du grand valet courir sur le papier tandis que, penché en avant, son long nez frôlant le livre, il expliquait à son auditoire, groupé respectueusement autour de lui, la supériorité de la stratégie allemande.

Marie se familiarisa ainsi avec la position des différentes nations environnant la France, elle comprit où se situaient Sedan, Lille, Paris, Marseille, la ligne Maginot dont on parlait tant. Lorsqu'elle s'étonna de ne pas trouver Asnières-en-Bessin sur la carte, tous explosèrent de rire.

— Tiens, là c'est Caen, expliqua Albert, c'est la plus grande ville de Normandie, et pourtant c'est juste un petit point sur la carte, alors Asnières et ses quatre-vingts âmes !

Un frémissement parcourut Marie. Décidément, elle était bien sotte !

— Tu vois, poursuivit Albert en tiraillant rêveusement le lobe d'une de ses vastes oreilles, la France mesure à peu près mille kilomètres de la frontière belge à la Méditerranée. Si tu décidais de la traverser à pied sans t'arrêter pour manger et dormir, en parcourant cinq kilomètres à l'heure, il te faudrait...

Il s'interrompit un instant, contempla le plafond avec intensité. Tous l'écoutaient, les yeux rivés sur lui.

— ... deux cents heures pour y arriver !

Georges secoua sa crinière blanche, la bouche pincée, très impressionné.

— On dira ce qu'on veut, mais c'est beau le savoir !

112

Marie sans terre

— Oui, ajouta Marie, mais c'est pas tout ça, si vous voulez que je traverse le pays à pied pour vérifier si ce que tu dis est vrai, y faudra que le patron m'offre d'autres sabots !

Elle leva une jambe pour montrer comment elle était chaussée.

— Ceux-là, ils ont un petit air chagrin !

Tous s'esclaffèrent.

— Dis donc, Marie, riposta Georges, comme tu y vas ! Les temps sont durs. J'ai deux ouvriers partis au front et on ne sait pas de quoi demain sera fait.

Puis, détournant la conversation :

— Bon, l'heure tourne, moi je vais me coucher.

Ordre déguisé, rappelant qu'il faudrait sauter tôt du lit le lendemain. Tous se levèrent pour le suivre.

Une fois seule dans sa chambre, Marie dressa le bilan des derniers événements qu'elle avait retenus. Français et Britanniques avaient pénétré en Belgique. Une division allemande et son général avaient crevé les lignes françaises et atteint la mer près d'Abbeville. Affolée, une foule de réfugiés s'était jetée sur les routes, ralentissant la circulation des troupes, ce qui n'avait pas empêché les Allemands de parvenir jusqu'à Boulogne et Dunkerque, d'où Anglais et Français tentaient de s'échapper vers la Grande-Bretagne.

Albert, toujours lui, en avait conclu qu'il n'y avait que des généraux pour s'imaginer que les Allemands attaqueraient la ligne Maginot alors que le bon sens exigeait qu'ils passent par la Belgique pour envahir la France.

Ce soir-là, plus que jamais, Marie pensa à Julien. Où était-il ? Survivrait-il au déluge ? On disait que les avions et les chars du Führer se déplaçaient plus vite que la lumière et détruisaient tout sur leur passage. Couchée

Marie sans terre

dans son lit, les yeux grands ouverts dans l'obscurité, Marie se mit à réciter « Ecoute, Noémie, écoute... ». Mais le cœur n'y était pas. Elle s'interrompit bien vite, essuya quelques larmes, songea à Marceline, à elle-même, si seule, puis elle pria le bon Dieu afin qu'il se décide un bon coup à lui venir en aide.

Il ne l'entendit pas, pas plus qu'il n'entendit les plaintes d'une Europe en guerre. Les jours suivants apportèrent leur cortège de désespoir.

Même dans ce coin de campagne du Bessin isolé des grandes villes, les réfugiés accouraient, assurés d'être éloignés des gares, des rassemblements de troupes, des méfaits de la DCA et des tirs en piqué des avions allemands. Femmes, enfants, hommes, adolescents, de toutes provenances, de toutes classes sociales, encombraient les routes et les chemins, qui à pied, poussant une brouette ou une charrette à bras, qui à vélo, qui à motocyclette, qui en carriole à cheval, qui en voiture à moteur, belle ou non. Tous étaient chargés de leur nécessaire mais aussi des objets les plus insolites, souvent inutiles dans une fuite destinée à échapper à la mort. Ainsi, outre des matelas, des ustensiles de cuisine, des valises et des sacs bourrés de vêtements, éberluées, les vaches alignées le long des haies virent défiler pendant près de deux mois, débordant des carrioles et des toits des voitures, des objets précieux pour ceux qui les portaient, surtout sans doute parce qu'ils étaient lourds de souvenirs : un trombone, des accordéons, un violon, des tableaux, des statuettes, des colifichets de toutes sortes. Tous ces pauvres gens cherchaient un gîte pour passer la nuit, avant de poursuivre une course qui les acculerait bientôt, irrémédiablement, à la mer toute proche.

Les Letellier en accueillirent plus d'un. Réconfortés par

Marie sans terre

une bonne soupe, du pain, du lard, une bouillie de sarrasin et un peu de solidarité, ils racontaient les escadrilles de chasse, les bombardements, l'abandon des immeubles et des biens, les séjours dans les classes des écoles, les salles d'attente des gares, dans les cinémas ou les mairies, le désordre indescriptible d'une France occupée à perdre la guerre. Car pour eux qui avaient fui, il était clair qu'il ne pouvait en être autrement.

Début juin, les Allemands avaient conforté leur poussée en direction de Paris et des arrières de la ligne Maginot. Les yeux vibrant d'excitation, Albert pointait un doigt au-dessus d'une carte étalée sur la table de la salle pour expliquer la prodigieuse avancée allemande. Mi-juin, il annonça d'une voix sinistre que le gouvernement français avait quitté Paris pour Tours puis Bordeaux. Fier de son savoir et de son esprit d'analyse, il lançait des noms à la tête de son auditoire fidèlement regroupé autour de lui : Mussolini, Weygand, Goebbels, Reynaud, Pétain...

Tous ces gens étaient pour la plupart totalement étrangers à Marie qui ne connaissait des Français que les habitants d'Asnières, et de la France que le clocher de son église. La seule chose qu'elle retint de ce grand chambardement, c'est que Paul Reynaud, président du Conseil, venait de donner sa démission et laissait la place au maréchal Philippe Pétain.

Deux jours plus tard, le maire du village s'engouffra en voiture à moteur dans la cour de la ferme pour annoncer que les forces allemandes étaient entrées dans Caen et qu'elles ne tarderaient pas à occuper Asnières.

Le 22 juin au soir, l'oreille collée au poste de TSF, la France entière apprit que l'armistice avait été signé dans

Marie sans terre

un wagon à Compiègne, en présence de Pétain et du Führer Adolf Hitler.

Albert éteignit la radio d'un geste brusque, enfonça jusqu'aux oreilles sa casquette qu'il ne quittait jamais.

— Et ils ont osé signer cette saloperie d'armistice dans le wagon où on avait signé la capitulation allemande du 11 novembre 1918! gronda-t-il. Vous rendez-vous compte? Ils viennent de le dire!

Georges Letellier se laissa tomber sur une chaise, assena un coup de son énorme poing sur la table. Son regard résumait toute la détresse ambiante.

— J'ai honte, j'ai honte d'être français!

Des grognements accompagnèrent ces propos, secouèrent les poitrines des hommes autour de lui, des larmes mouillèrent les paupières.

— Hé, Germain, ordonna Georges en se tournant vers le commis, va nous chercher une bouteille de calva à la cave! On va boire un coup pour essayer d'oublier tout ça!

Marie ne partageait pas l'amertume de son entourage. Gagner, perdre, c'était là des histoires d'hommes. Elle retenait une seule nouvelle : la guerre était finie. Bientôt, Julien serait de retour.

11

Le lendemain de ce jour mémorable, alors que l'aube pointait à peine, alertée par les aboiements de Brutus, Marie découvrit, stationnant dans la cour, une colonne de blindés allemands. Elle courut sur-le-champ toquer à la porte de ses patrons pour annoncer l'incroyable nouvelle. Quelques secondes plus tard, Georges apparut sur le palier, les cheveux ébouriffés, ajustant les bretelles de son pantalon de toile sur une chemise grise, enfilés à la hâte.

— Va vite réveiller Albert et les autres ! cria-t-il à Marie. Qu'ils verrouillent les portes des *burets*, de l'étable et de l'écurie et enfermez les volailles, sinon ils vont tout nous voler !

Un instant plus tard, tous étaient dehors, trop tard pour tenter quoi que ce fût. Des dizaines de soldats, vêtus d'uniformes gris ou verts, circulaient un peu partout. Un grand officier blond, aux yeux gris dans la lumière indécise du matin, s'approcha d'eux et d'une voix gutturale leur parla en français :

— N'ayez pas peur, nous ne vous voulons aucun mal. Nous sommes corrects. Corrects. Nous voulons seule-

Marie sans terre

ment de l'eau, du pain et des œufs. Le plus de pain et d'œufs possible. Nous paierons ce que nous prenons.

Un sourire adoucit son visage las sur lequel courait une barbe de plusieurs jours.

— Nous sommes des soldats, pas des bandits.

Remarquant de l'étonnement sur les figures de ses interlocuteurs, il ajouta :

— J'ai été étudiant deux ans à Paris. J'aime votre langue, j'aime votre pays.

Fasciné, Georges Letellier observait les pattes noires à tête de mort argent, fixées sur le col de l'officier, caractéristiques des corps de l'armée blindée allemande, et la croix de fer et l'insigne pour combat blindé, sur la poche poitrine gauche.

« Combien de temps on va subir cette humiliation ? » songea-t-il amèrement. Réprimant un soupir, il marmonna entre ses dents :

— Tu aimes tellement notre langue et notre pays que tu veux nous les barboter !

L'officier se pencha en avant, l'oreille tendue.

— Vous dites ?

Georges désigna le puits derrière lui.

— Je disais : vous pouvez prendre toute l'eau que vous voulez. Nous, on va voir ce qu'on peut trouver en pain et en œufs.

— Et en beurre.

— Et en beurre.

L'officier claqua des talons.

— Merci, monsieur.

Puis il s'éloigna pour donner ses instructions.

Une heure plus tard, leurs provisions payées, les Allemands quittèrent la ferme dans un ordre parfait sans avoir commis d'exactions.

118

Marie sans terre

Dérouté, Georges regardait les billets danser dans sa main. Après un moment de méditation, il enfourna l'argent dans sa poche, haussa les épaules puis, après un sonore «Je m'attendais à pire!», il trottina vers la salle à manger où Rose avait servi le café.

Ainsi, l'Allemand s'installait à Asnières. Dans les premiers temps, il se comporta avec correction, du moins pour ce que les habitants de l'exploitation agricole et des environs purent en juger tant ils étaient isolés. Les champs cernaient la ferme des Letellier, et seuls les villages voisins, la TSF et la presse écrite pouvaient procurer quelques nouvelles fraîches. De toute façon, l'horloge des saisons imposait son rythme aux paysans, prisonniers des bêtes et des récoltes.

Dès le début de l'occupation, en bons Normands, les Letellier se contentèrent d'attendre pour voir, tout en s'efforçant de subsister le mieux possible. La récolte de pommes de terre de 1940 avait été bonne mais, avec la présence des forces allemandes, elle devint vite rare et chère. Entre-temps, ces dernières s'étaient emparées de tous les points sensibles : centraux téléphoniques, gares, casernements où ils avaient installé leurs propres soldats. Hôtels, établissements scolaires, immeubles, maisons particulières, châteaux étaient réquisitionnés pour héberger officiers et troupes. Par chance, ou parce qu'une hygiène douteuse y régnait, aucun Allemand ne vint loger à la ferme.

Comme partout ailleurs, nul à Asnières n'était censé ignorer l'heure du couvre-feu, la circulation réglementée et surtout l'interdiction de capter la radio anglaise, la seule à fournir des informations échappant à la censure allemande. *Ouest-Eclair* et *L'Avenir*, journaux implantés dans la région, étaient devenus, au dire de Georges et

Marie sans terre

d'Albert, des feuilles de chou à la solde des Allemands. Avec le temps, leur pagination allait se réduire en raison de la pénurie de papier.

Dès juillet 1940, viande, beurre, fromage furent taxés, la carte pour le pain instituée ; quelques mois plus tard, ce fut le tour de la viande, du sucre, des pâtes, du riz, du café, du savon et de l'huile.

Vivant à la campagne, les Letellier et leurs employés supportèrent beaucoup mieux les restrictions que les gens de la ville. A la ferme, tous mangeaient à leur faim ; même si le beurre, les œufs, les pommes de terre manquèrent assez vite en raison du prélèvement obligatoire en faveur des troupes allemandes, du développement du marché noir et d'une invasion de doryphores, véritable fléau pour la culture des pommes de terre, ils se consolèrent avec les topinambours, les rutabagas et la viande à la carte. Et puis le patron continuait de sacrifier le cochon et un veau de temps en temps. Un patron qui avait certes des qualités mais aussi des défauts et qui, durant toute la guerre, subtilisa sans scrupule à ses domestiques leurs bons de rationnement concernant l'habillement, les chaussures et le sucre. C'est ainsi que chez les Letellier le personnel traversa l'occupation avec des bottes trouées ou des sabots proches de rendre l'âme.

Marie, entre-temps, s'était installée dans l'attente. Chaque jour, elle guettait le passage du facteur ou espérait un signe de Julien. Elle priait vainement un Dieu sourd. Torturée par l'angoisse, elle imaginait pour Julien le pire et le meilleur. Le pire : il avait été tué durant l'offensive allemande ; le meilleur : on disait que six mille agriculteurs issus du Calvados avaient été faits prisonniers par les vainqueurs et emmenés en Allemagne pour remplacer les bras des paysans d'outre-Rhin partis sur diffé-

Marie sans terre

rents fronts servir leur pays et leur Führer. Peut-être était-il parmi eux ? Peut-être allait-il lui envoyer des nouvelles bientôt ? Une voisine de la nourrice de Marceline avait reçu une lettre de son mari, ouvrier agricole prisonnier en Allemagne. Si Julien était vivant, il n'y avait plus qu'à attendre.

A plusieurs reprises, Marie pensa se rendre à Formigny pour rencontrer les parents de Julien. Peut-être savaient-ils ce qu'il était devenu ? Mais sa timidité et sa fierté l'en empêchaient. Julien ne lui avait-il pas dit que Gaston, son père, était violent ? Allait-elle se présenter à lui en lui annonçant qu'il était le grand-père de sa fille et que son fils ne lui écrivait pas ? Pourquoi la croirait-il ? Les mois se succédèrent. Marie cessa d'attendre le facteur. Elle cessa également d'envisager d'aller voir la famille de Julien.

On arrivait au printemps 1941 après un hiver rigoureux. Marie était parvenue plusieurs fois à s'éclipser quelques heures pour aller chez la nourrice de sa fille. Marceline commençait à marcher, trottinant d'une chaise à l'autre, tournant autour de la table, babillant avec Emma, jetant des regards effarouchés à sa mère lorsqu'elle s'approchait d'elle pour l'enfermer dans ses bras ou l'embrasser. Marie repartait le cœur lourd, soucieuse de ne pas montrer ses larmes aux gens qu'elle croisait.

12

Il ne revint pas. Marie ne reçut aucune nouvelle. Il lui fallut admettre qu'il avait disparu en juin 1940 lors des combats. On arrivait en décembre 1942. Le comportement des Allemands, supportable au début de l'occupation, commençait à se dégrader. Si certains continuaient à se fournir en œufs et en viande auprès des fermes à des coûts exorbitants entraînant la flambée des prix au marché noir, d'autres n'hésitaient pas à saccager ou à voler sans vergogne les provisions dont ils avaient besoin. Ajoutant au malheur des exploitants agricoles, leurs chevaux paissaient en liberté dans les herbages, supprimant d'autant la bonne herbe nécessaire au bétail.

Jusqu'alors Asnières avait connu ce qu'Albert nommait avec componction la Wehrmacht, mais depuis quelque temps, revenues du front de l'Est pour se reposer, des troupes de la Waffen SS, beaucoup plus turbulentes que les troupes régulières, faisaient monter la tension. Se joignait à elles une Gestapo de plus en plus pointilleuse, dont les membres, reconnaissables à leur grande gabardine noire, semaient la terreur.

Pour ceux qui vivaient dans les villages et les bourgs avoisinants, les soldats casqués et armés défilant dans les

Marie sans terre

rues, paradant, chantant, claquant des bottes, rappelaient sans cesse qu'ils étaient les maîtres de la France et qu'ils s'y installaient pour mille ans.

Le pire pour les patrons était l'appel à la main-d'œuvre lancé pour construire le mur de l'Atlantique. L'organisation Todt, chargée de l'édification de ce mur le long du littoral, avait dans un premier temps utilisé les volontaires. Ceux-ci étant trop peu nombreux, bien que payés, les Allemands avaient réquisitionné les ouvriers du bâtiment pour bâtir blockhaus, casemates et fortifications. La main-d'œuvre faisant toujours défaut, fin 1942, les Allemands requirent alors des ouvriers agricoles, parfois même des agriculteurs.

Ainsi Arnaud, employé chez les Letellier, quitta l'exploitation contre son gré. Ainsi, Aimé Auguste, cantonnier à Asnières, fut embauché à sa place comme journalier. C'était un homme de trente-sept ans, de taille moyenne, mince mais musclé, dont les cheveux châtains couronnaient une figure étroite, adoucie par de malicieux yeux bruns. Actif à l'ouvrage, Aimé se faisait remarquer par une bonne humeur quasi permanente et un goût prononcé pour les facéties.

Grâce à lui, l'atmosphère se détendit un peu. Journalier, il assumait en priorité sa charge de cantonnier du village ; le reste du temps, il participait aux corvées des champs et à l'entretien du matériel agricole. S'il n'était pas rémunéré, il était en revanche nourri matin, midi et soir, et même le dimanche. Sitôt la messe finie, il n'hésitait pas en effet à venir retrousser ses manches à la ferme jusqu'à la tombée de la nuit.

Maréchal-ferrant de formation, Aimé était capable de cercler les roues des tombereaux et des carrioles sans que cela coûte au patron ; bricoleur-né, il travaillait le bois

123

Marie sans terre

avec une habileté surprenante, réparant des chaises, des fauteuils, des objets de toutes sortes, et nul mieux que lui, pas même Albert, ne savait confectionner une meule qui résisterait aux intempéries ou charger les foins sur la charrette afin qu'elle ne verse pas dans les chemins creux.

Souvent, lorsqu'il passait près de Marie, Aimé lui tenait des propos drôles, pas toujours très raffinés mais aimables. Il lui demandait comment se portait la petite Marceline, s'inquiétait des bobos de la fillette, applaudissait à ses joies. Poussait-elle bien ? Avait-elle toutes ses dents ? Marie était-elle satisfaite de sa nourrice ?

Aimé avait choisi de s'installer près de Marie au bas bout de la table au moment des repas. Il causait fort pour se faire entendre, multipliait les pitreries, et souvent Marie sentait le regard de son voisin glisser sur elle pour s'assurer qu'elle riait de ses plaisanteries.

Marie comprit très vite que, à sa façon, Aimé lui faisait la cour et que, sous des dehors extravertis, il dissimulait une grande timidité. Cela lui plaisait assez. Elle répondit bientôt à ses sourires et, pour lui signifier qu'il retenait son attention, elle s'esclaffait devant ses drôleries. Il connaissait un nombre incalculable de devinettes, blagues ou dictons normands qu'il avait patiemment récoltés au fil du temps dans différents journaux et almanachs, et qu'il lançait à la tête d'un auditoire bienveillant, sinon complice.

Il commençait toujours par les devinettes.

— Qui monte au ciel, sans ailes, sans échelles ?

On se grattait les cheveux ou le nez. Les réponses fusaient, toutes plus inventives les unes que les autres.

— La fumée, concluait Aimé d'une voix sentencieuse. Bon, maintenant... Vert comme pré, blanc comme neige, barbu comme chèvre ? Qu'est-ce que c'est ?

Marie sans terre

On donnait finalement sa langue au chat.

— Le poireau... Je viens au monde sur le bord du chemin en montrant le poing à tout le monde. Qui suis-je ?

La fougère, bien sûr.

— Un petit trou sans fond fait pour un membre long. Toute fille bien sage en désire l'usage ?

Des rires cascadaient. On regardait les dames par en dessous. La réponse tombait, décevante :

— Un anneau de mariage... Qui fait le tour du bois sans y entrer jamais ?

Et la réponse, comme une évidence :

— Les cercles de tonneau.

Suivaient les dictons et sentences.

> *Quand mouche vole en janvier*
> *Prends-y garde, métayer :*
> *Serre ton foin au grenier.*
> *Soleil au jour de Saint-Hilaire*
> *Rentre du bois pour ton hiver.*

> *Les louis d'or se cueillent à la rosée du matin.*

> *S'il tonne en février*
> *Point de cidre au cellier.*

> *Qui bien mange, fiente et dort n'a jamais peur de la mort.*

> *Le céleri rend la force au vieux mari.*

> *N'y a point d'feignants à table.*

> *Si les Rameaux sont mouillés*
> *Pluie aux foins, pluie aux blés !*

> *Amour de reins, amour de rien.*

Marie sans terre

Evoquant une fille facile :

> *Elle a un cœur d'artichaut*
> *Elle en donne une feuille à tout le monde.*

> *Pour faire un bon mariage,*
> *Faut un homme fait et une femme à faire.*

> *Si elle n'est pas comme il faut, elle est comme il en faut.*

> *S'il tonne au mois de juin*
> *Année de paille et de foin.*

> *Il n'y a pas d'vieux chaudron qui n'trouve sa crémaillère*
> *Ni de vieille marmite qui n'trouve sa casserole.*

> *Juillet beau et chaud, prépare tes tonneaux.*

> *Tant vaut l'homme, tant vaut la terre.*

> *Matin tonnant, signe de vent.*
> *Tonnerre au soir, il va pleuvoir.*

Son œil empli de malice, Aimé terminait souvent sa démonstration avec une histoire dont il certifiait qu'elle lui était réellement arrivée, ce qui ajoutait à la saveur de ses propos. Ainsi :

— J'étais au marché de Trévières, l'autre jour. Y avait un vieux qui portait un panier plein à ras bord de légumes. Pan ! V'là un poireau qui tombe par terre. Je me baisse pour le ramasser. « Monsieur, monsieur, votre poireau est tombé », que j'lui dis. Le vieux s'arrête, regarde

Marie sans terre

le poireau que je lui tendais, hausse les épaules et me sourit. «Oh, mon pauvre petiot, c'est plus une affaire, y a *bi* longtemps qu'il est tombé!» Si vous aviez vu ma tête, il était si comme il faut. Je suis devenu rouge comme une pivoine!

Un après-midi gris et froid de janvier, Aimé pénétra dans l'étable, chichement éclairée par deux fenêtres à meurtrière, où Marie trayait les vaches. Il s'approcha d'elle, son béret à la main, s'arrêta pour l'observer dans la lumière diffuse puis, grattant le sol avec la pointe d'un de ses godillots, il osa.

— Voilà, Marie, je voulais te voir seule, fit-il en toussotant. Tu as sûrement remarqué que tu me plaisais bien. Alors, si je te plais bien aussi, j'aimerais t'épouser.

Il se racla la gorge, tortilla son couvre-chef entre ses gros doigts, toussota à nouveau.

— Je suis un gars sérieux, ce n'est pas pour la bagatelle. C'est pour vivre ensemble tous les deux.

Penchée en avant, son bonnet de coton frôlant les pis, Marie était occupée à traire Tête-en-l'Air. Elle se redressa sur son tabouret pour se tourner vers Aimé. Comme on se désintéressait d'elle, Tête-en-l'Air protesta en cognant le sol de ses sabots avant d'émettre un long meuglement plaintif.

Le rouge envahit les joues de Marie. La demande en mariage d'Aimé la flattait. Il était loin de lui être indifférent; en même temps, elle se revoyait trois années en arrière, évoquait irrésistiblement Julien. Julien, ses yeux emplis de passion, son sourire amoureux, sa promesse de l'épouser, Marceline, sa fille. «Ecoute, Noémie, écoute...»

Marie sans terre

Les larmes submergèrent les yeux de Marie. Aimé se méprit :

— Alors, c'est oui ?

Marie étouffa un long sanglot, détourna le regard puis, saisissant les pis de Tête-en-l'Air, elle reprit sa traite. Le bruit du lait giclant dans le bidon semblait rythmer l'instant.

— Je ne sais pas. C'est trop vite. Je ne m'y attendais pas. Il y a ma *file*. Et tu n'es pas le premier.

Aimé haussa les épaules. Curieusement, l'hésitation de Marie lui redonnait de l'assurance. Il posa une main sur l'épaule de la jeune femme.

— Je ne suis pas pressé. Ta *file*, Marceline, j'y ai pensé. Je la prends aussi. Elle sera comme ma *file*. Tu sais, j'ai du bien. Oh, pas un grand ! On n'est pas sorti de la cuisse de…, je ne sais plus comment il s'appelle, mais j'ai une petite maison d'ouvrier qui appartient à ma mère, entre la mairie et l'église, pas loin du presbytère, et qui me reviendra plus tard. Elle n'est pas bien grande, mais suffisante pour quatre. Il y a trois pièces et une cuisine. Il y aurait une chambre pour ma mère, une pour ta *file*. Nous, on dormirait dans la salle. Il y a un lit près de la cheminée. Tu rentrerais chez toi tous les soirs et ma mère garderait Marceline dans la journée au lieu de la placer chez la nourrice.

Marie opina du bonnet avec gravité, les yeux noyés de larmes.

— Tu es un bon gars, Aimé, et ce que tu me dis me touche beaucoup et tu ne m'es pas indifférent. Tu es drôle, aimable et plutôt joli garçon. A se demander d'ailleurs ce que tu peux bien trouver d'intéressant à une *file mère* comme moi. Mais je ne veux pas te mentir. J'aime toujours le père de Marceline et je n'arrive pas à l'oublier.

Marie sans terre

Il y eut un silence. Après cet aveu, Marie contempla fixement les flancs de Tête-en-l'Air puis reprit son ouvrage.

Aimé bougea derrière elle. Marie sentit qu'il reculait de deux pas. Sa voix monta, grave, triste, comme s'il partageait sa peine.

— Tu es bien honnête, Marie, et bien jolie. C'est pour ça que je suis tombé ébloui de toi. Mais tu sais, ton amoureux, je crois qu'il ne reviendra plus. On m'a dit qu'il était aux premières loges à Sedan, en juin 1940. Et même s'il était vivant, il ne t'a plus donné signe de vie, ça veut dire qu'il t'aurait oubliée.

Il hésita un instant, se tut avant de reprendre d'une voix lénifiante :

— Tu sais, je ne dis pas ça pour te causer de la peine, je te le dis parce que je crois que c'est la vérité. Et je te le dis aussi parce que tu es jeune, pleine de sève, et parce qu'il peut y avoir un peu de bonheur devant toi.

Marie se leva afin de passer à la vache suivante. Son tabouret dans une main, un seau dans l'autre, elle pivota vers Aimé. Elle avait cessé de pleurer et les larmes commençaient de sécher sur ses pommettes légèrement marquées, malgré son jeune âge, par la force du soleil et des intempéries.

— Tu as peut-être raison, Aimé, on m'a déjà dit ce que tu me dis et je suis flattée que tu veuilles me marier. Mais laisse-moi un peu de temps pour réfléchir.

Elle lui décocha un sourire, le plus charmeur qu'il lui était possible d'ébaucher dans l'état de surexcitation où elle se trouvait.

— Tu sais, s'il n'y avait pas eu Julien, je t'aurais dit oui tout de suite !

La figure d'Aimé s'éclaira.

Marie sans terre

— Alors, c'est peut-être ?

— Peut-être. Je te dirai ça dans quelques jours. Maintenant, laisse-moi finir mon ouvrage, sinon je vais me faire houspiller.

Aimé enfonça son béret sur sa tête. Il huma avec délices l'odeur de bouse de vache et de paille chaude qui s'exhalait subtilement de la terre. Il se tourna vers la porte de l'étable ouverte sur la nuit qui commençait à tomber.

— A tout à l'heure, Marie. Au souper, je m'assiérai encore auprès de toi.

— Ça me fera plaisir. A tout à l'heure. Mais pour l'instant, tu ne parles de rien à personne. Promis ?

Il leva un bras sans se retourner.

— Promis. A présent, je peux bien te le dire : je suis fou attiré par toi !

Et il disparut dans l'obscurité.

13

Deux mois plus tard, le 10 avril 1943, Marie épousait Aimé Auguste. Moins de deux semaines après leur conversation dans l'étable, elle lui avait dit oui. La sagesse, plus que les sentiments, la poussait à ce choix. Aimé avait raison, Marceline aurait enfin un toit, un père. Elle-même n'aurait plus de frais de nourrice et surtout, la maison des Auguste étant peu éloignée de la ferme, elle rentrerait chez elle tous les soirs, et même s'il lui faudrait repartir à l'aube elle verrait sa fille tous les jours et aurait enfin une vie de famille. Et puis, Marie devait bien se l'avouer, Aimé était loin de lui être indifférent.

Trois personnes et Marceline assistèrent à leur mariage. Angèle, la belle-mère de Marie, et deux témoins : Albert, le grand valet, qui trouva une poignée d'heures pour assister aux offices religieux et civils mais ne resta pas pour déjeuner, la ferme manquant de bras, et Claude, un ami d'Aimé que Marie ne devait jamais revoir par la suite. Auparavant, Marie avait étudié le catéchisme et fait sa communion car elle ne pouvait imaginer de se marier sans le consentement de l'Eglise.

Marie s'habitua très vite à sa nouvelle demeure. Aimé ne lui avait pas menti. Il avait du bien, du moins il en

Marie sans terre

aurait après la mort de sa mère puisqu'il était enfant unique. Certes la maison était ancienne, pas bien grande, mais elle était plutôt confortable. La salle principale, vingt-cinq mètres carrés tout au plus, aux murs blanchis à la chaux, éclairée par deux petites fenêtres à croisillons, disposait d'une importante cheminée qui allait devenir le lieu de ralliement de la famille qui venait de se créer. C'est là que tous se retrouveraient le soir pour se réchauffer auprès de l'âtre, tricoter, ravauder, lire le journal et échanger les nouvelles de la journée. A l'intérieur du foyer, on remarquait un potager, un trépied pour poser marmites, casseroles et poêlons, et une robuste crémaillère, indispensable pour suspendre les chaudrons réservés à la cuisson des aliments ou à chauffer de l'eau. Une crémaillère qui ne servait pratiquement plus, Angèle préférant préparer les repas dans une marmite posée sur un poêle en fonte placé dans un coin de l'âtre.

D'un côté de la cheminée, près du coffre à bois, on avait casé le *chouquet,* billot sur lequel était plantée la serpette servant à couper les branches de fagot. De l'autre côté se dressait un lit alcôve à deux places surmonté d'un cadre avec corniche d'où tombaient d'amples rideaux destinés à isoler et à préserver l'intimité de ses occupants.

Aucune armoire, dont les Normands sont si fiers, n'embellissait cette pièce. En contrepartie, en face de la cheminée, encadrant une demoiselle, horloge à balancier long et à taille de guêpe, d'où son nom, deux crédences, placards encastrés dans l'épaisseur de la pierre et fermés par des portes en sapin ouvragé, la remplaçaient. Un vaisselier chargé d'ustensiles de cuisine en bas, d'assiettes, verres, moques à cidre, tasses et couverts en haut, somnolait contre un autre mur.

Une table rectangulaire en chêne, posée sur la terre bat-

Marie sans terre

tue, encerclée par six chaises, avait investi le centre de la pièce, captant la fragile lumière issue des fenêtres. Une lampe à pétrole, ne servant plus depuis des années, était suspendue au-dessus d'elle près d'une ampoule électrique dépourvue d'abat-jour.

Enfin, devant la cheminée surmontée d'un crucifix, un fauteuil recouvert d'un tissu qui avait dû être marron, aux accoudoirs de bois lustrés par le temps, un tabouret et un banc à dossier attendaient qu'on vînt leur rendre visite.

Le soir venu, Marie coucha Marceline dans la chambrette qui lui était réservée, deux mètres sur deux. La petite avait pleuré presque toute la journée. Pour elle, Marie et Aimé étaient des inconnus. Lorsqu'elle se vit couchée dans un lit étranger, elle appela « Mama, Mama! », sa nourrice Emma.

Aimé pressa la main de Marie.

— Ne t'inquiète pas, c'est une affaire de quelques jours et puis elle s'habituera.

Il enlaça étroitement sa femme, lui jeta un regard malicieux dans lequel flottait une sorte de gourmandise.

— Maintenant au lit, tu m'as fait languir assez longtemps!

— Il fallait bien, répondit Marie, j'ai été prise une fois. Je voulais être sûre que tu ne me racontais pas des boniments uniquement pour la bagatelle!

Aimé lui décocha une tape friponne sur les fesses.

— Et t'avais bien raison, mais à présent il faut rattraper le temps perdu!

La petite calmée, ils sortirent de la chambre. Assise dans le fauteuil devant l'âtre, Angèle les attendait. Aimé s'approcha de sa mère, plaqua un baiser sur son front.

— Voilà, maman, on va se coucher. Tu fermeras bien la porte parce qu'on va faire du bruit!

133

Marie sans terre

Le visage d'Angèle, qu'à sa demande Marie allait appeler aussi maman, s'éclaira d'un sourire bon enfant. Agée de soixante-cinq ans, madame Auguste était une petite femme frêle, dont la figure maigre, assaillie par les rides, et les yeux d'un bleu de porcelaine semblaient rassembler toute la gentillesse du monde.

— Vous savez, Marie, il va en avoir des choses à vous dire cette nuit, souffla-t-elle. Je suis même étonnée qu'il ait été si sage avec vous !

Elle marqua une pause, fouilla dans ses souvenirs. Marie l'observait, un peu intimidée, comme si en entrant dans cette maison qui devenait la sienne elle profanait celle d'une autre.

— Depuis qu'il vous connaît, il s'est bien rangé, reprit-elle, mais avant ses petites amies l'appelaient Aimé Désiré-des-femmes ou Joli Cœur !

Un léger gloussement fit trembloter les rides sur ses joues.

— Mais, vous verrez, c'est un bon garçon, et j'espère qu'il vous rendra heureuse.

Elle se leva, déposa un baiser furtif sur le front de sa bru.

— Bonne nuit, Marie, bonne nuit, Aimé.

Elle se signa, grave soudain.

— Et que le bon Dieu vous protège !

Puis elle tourna les talons pour regagner sa chambre.

Aimé se massa ostensiblement les cheveux et le front d'une main.

— Te voilà prévenue maintenant, je plais bien aux dames !

Il éclata d'un rire joyeux.

— Ce n'est pas ma faute, je suis né comme ça !

134

Marie sans terre

Puis, un doigt solennel pointé vers le plafond, il conclut sobrement :

— Si tu veux, toi aussi tu peux m'appeler Joli Cœur !

Marie l'empoigna par un bras, l'entraîna vers le lit clos, ouvrit les rideaux avant de le pousser sur la couette où il s'écroula les bras en croix, le ventre secoué par un gros rire.

— Je vais t'apprendre, moi, si tu t'appelles Joli Cœur ! Joli Cœur, Joli Cœur ? Non mais, pourquoi pas Joli Prétentieux ?

Elle avait ôté ses souliers, les premiers qu'elle portait depuis sa naissance, empruntés pour l'occasion à sa belle-mère ; ils l'avaient fait souffrir toute la journée parce qu'ils étaient trop petits et aussi parce qu'elle n'avait pas l'habitude. Elle fit ensuite glisser sa robe avant d'éteindre la lumière puis, après avoir cherché à tâtons son chemin, elle se faufila sous la couette. Personne. Profitant de l'obscurité, Aimé s'était esquivé.

Au moment où Marie allait protester de ses facéties, il fondit sur elle pour achever de la dévêtir. Elle n'eut pas besoin d'explications pour comprendre qu'il était nu.

— Et ta mère, s'inquiéta Marie, elle va nous entendre ?

— Pas de danger, elle a l'habitude.

— Comment ça, elle a l'habitude ? se révolta Marie.

Elle sentit l'homme se tortiller dans les draps de grosse toile près d'elle.

— Je dis ça pour blaguer. Mais ne te fais pas de soucis, ma mère, dès qu'elle est couchée, elle dort.

— Oui, mais un soir de noces elle doit bien tendre l'oreille ?

— On va bien voir, elle a horreur que je fasse ça ! Si elle l'entend, tu entendras aussi ma mère.

Marie n'eut pas le temps de demander à quoi Aimé fai-

Marie sans terre

sait allusion. Un pet monstrueux déchira l'espace, bousculant les carreaux des fenêtres.

— Oh ! s'écria Marie, d'une voix dans laquelle stupeur et déception se mêlaient à un inextinguible fou rire.

— Tu vois, elle a rien dit, elle dort.

— Tu fais ça souvent ? s'inquiéta Marie.

— Non, seulement le soir de mes noces !

— Le soir de tes noces ? Bandit !

— Excuse-moi, j'étais ballonné avec tout ce qu'on a mangé. Ça va mieux maintenant.

— J'espère ! J'espère aussi que c'est la dernière fois !

— Promis, ma Marie. Promis, juré, mais avoue qu'il était vraiment beau et que notre Angèle est vraiment sourde comme un pot !

— Ça, c'est vrai, elle ne risque pas d'entendre grand-chose...

Ils devinrent graves tout à coup. Leurs mains se cherchèrent. Il y eut un grand silence. Un grand remuement. Bientôt ils ne firent plus qu'un.

Ainsi commença la seconde histoire d'amour de Marie. Aimé Désiré-des-Femmes était un homme aimable, gentil avec la petite, attentif à plaire à Marie, habile dans les gestes de l'amour, et pendant plus d'un an la jeune femme savoura un bonheur sans nuages, à tel point qu'elle ne pensait presque plus à Julien, et lorsqu'elle y pensait c'était sans peine. Oui, Marie vivait un certain bonheur, alors qu'autour d'eux l'occupation devenait de plus en plus oppressante.

Convaincue que Marceline ne connaîtrait jamais son vrai père, Marie se désintéressait désormais des informations tronquées concernant l'évolution de la guerre. Il n'en restait pas moins que chacun autour d'elle com-

Marie sans terre

mentait les grands événements. Elle-même ne pouvait ignorer que le conflit avait basculé en faveur des Alliés en février 1943 avec la chute des Allemands à Stalingrad. Albert et Georges délaissaient volontiers les programmes de variétés de Radio Paris, avec le jazz, Django Reinhardt, Stéphane Grappelli, Maurice Chevalier et Charles Trenet, pour écouter religieusement la BBC qui les renseignait sur les revers des forces de l'Axe. Au cours de l'été débuta le pilonnage d'aérodromes par les Anglais, annonçant peut-être ce que les Français, dégoûtés par les excès de l'occupant, appelaient le débarquement.

Comme la plupart des femmes n'ayant pas d'emploi, Angèle était contrainte, contre rémunération, de laver le linge de plusieurs soldats allemands. Quand ceux-ci passaient chez elle pour le porter ou le récupérer, elle les interrogeait. Tendus, agacés, ils réfutaient ses questions.

« Un débarquement ? Quel débarquement ? Il n'y aura pas de débarquement. L'Allemagne gagnera la guerre ! »

On apprit bientôt qu'un commando d'une trentaine d'Anglais avait effectué un raid dans la nuit du 12 au 13 septembre sur la côte, à Saint-Laurent-sur-Mer, à quelques kilomètres à peine d'Asnières-en-Bessin. Certes, ils y avaient laissé plusieurs morts et quelques prisonniers, mais cela présageait que des événements importants se préparaient, d'autant que le ciel bourdonnait de plus en plus des incursions des avions britanniques, dont certains lançaient des tracts à l'intention de la population civile. Fin septembre, une nuée d'entre eux tomba sur Asnières au beau milieu de la nuit. Ils indiquaient les horaires et les longueurs d'onde à sélectionner sur la BBC pour pouvoir y suivre les informations en français.

Aimé en récupéra un devant la porte de la maison qu'il

Marie sans terre

referma prestement, car déjà des ordres claquaient dans les rues et les Allemands couraient en tous sens pour les ramasser. Il n'aurait pas fait bon être surpris à lire un de ces tracts. L'arrestation était immédiate, la punition de plus en plus sévère.

Partout, même à Asnières et dans les environs, on mesurait l'anxiété, la nervosité et la lassitude des Allemands. Des troncs d'arbres, apportés en charrette de la forêt de Cerisy, transformés en «asperges de Rommel» ou en pieux, étaient plantés dans les champs sans pommiers par les requis afin d'empêcher ou de limiter l'atterrissage d'avions ou de planeurs alliés.

Les plages de Vierville et de Saint-Laurent n'étaient pas en reste. Interdites à la population civile après les revers allemands, celles-ci connaissaient depuis la fin de l'année 1943 une activité fiévreuse et intense, selon les rumeurs qui circulaient à la ferme des Letellier. Avec 1944, casemates, réseaux de barbelés, champs de mines sur la côte, fossés antichars, asperges de Rommel coiffées d'une mine destinée à faire exploser d'éventuelles péniches de débarquement, hérissons tchèques coulés à leur base dans le béton pour éviter qu'ils roulent dans les vagues, mur de béton longeant le littoral, défiguraient le paysage.

Pire, les Allemands n'hésitaient pas à raser les villas du front de mer pour favoriser les angles de tir des positions côtières. L'hôtel Legallois, si fier de dominer la plage de Vierville, avait été détruit en partie pour y construire une casemate armée d'une pièce de 88 mm. Plus heureux, l'hôtel du Casino, situé un peu en retrait du précédent, fut préservé pour servir de local de repos à la troupe.

En mars 1944, les habitants d'Asnières furent sommés de déposer leurs appareils de TSF, leurs fusils de chasse

Marie sans terre

ou toute autre arme à la mairie de la commune, tout contrevenant risquant le poteau d'exécution.

Quelques jours plus tard, faute de volontaires pour renforcer les défenses côtières et creuser des tranchées pour se protéger des bombardements, le bruit se répandit que les Allemands allaient organiser une rafle à Asnières et dans les environs afin de trouver de la main-d'œuvre. Les hommes du village, Aimé en premier, s'esquivèrent dans un champ éloigné afin de s'y cacher. Toute la nuit, Marie entendit la troupe arpenter les rues, cognant aux portes, fulminant contre ces maudits Français dénués de toute conscience civique.

D'autres aussi, et pour une raison bien différente, manquaient de conscience civique. Il ne fut pas rare, durant ces longues années d'occupation, de voir des soldats allemands quitter la paille et la chaleur d'une grange ou d'une écurie en rajustant leurs pantalons et leurs ceinturons après avoir fait admirer poutres et solives à quelque fille facile en échange de cadeaux, d'argent ou de promesses. Certaines d'entre elles allaient même, affirmaient alors les mauvaises langues, jusqu'à dénoncer des résistants, voire des gens du voisinage affichant plus ou moins ouvertement leurs opinions antinazies. C'est ainsi que plusieurs personnes furent arrêtées par la Gestapo, dont certaines seraient parmi les quatre-vingt-sept fusillés de la prison de Caen, un certain 6 juin 1944.

A la ferme, cette année 1944 s'ouvrit comme la précédente s'était terminée. Les travaux des champs et l'entretien des bêtes se poursuivaient malgré la pression allemande et la menace d'un débarquement que tous ou presque espéraient, tout en sachant qu'il apporterait avec lui son lot de malheur et de destruction. Suite à un raid géant d'avions sur le Pas-de-Calais, Albert certifia, avec

Marie sans terre

sa superbe habituelle, que les Alliés débarqueraient dans cette région. Il se ravisa ensuite en apprenant que les Allemands avaient inondé des milliers d'hectares de terre dans le Bessin et que les asperges de Rommel croissaient et se multipliaient dans la plaine de Caen.

Allemands s'affairant sur le littoral et creusant des tranchées dans les environs, tracts alliés pleuvant du ciel qui annonçaient de lourdes attaques aériennes, zone côtière du Calvados déclarée zone de combat et évacuée en certains endroits, collaborateurs soudain silencieux, tout indiquait que le grand affrontement ne tarderait plus.

C'est cette période troublée par d'incessants bombardements sur la côte que Tête-en-l'Air, vache régissant la circulation du troupeau de Marie sur les routes, choisit pour mettre bas. Depuis plus d'un mois, Marie surveillait la future maman. Avant tout le monde, elle avait remarqué que sa vache amouillante commençait à se casser [1]. Son expérience lui indiquait que la venue du veau était imminente et, délaissant pour une nuit le lit chaud près d'Aimé, elle avait posé une paillasse dans un coin de l'étable pour surveiller sa laitière préférée.

Vers trois heures du matin, munie d'une lampe tempête, elle traversa vivement la cour, caressa au passage la tête de Brutus qui tirait sur sa chaîne puis, s'engouffrant dans la ferme, alla toquer à la porte de la chambre de ses patrons.

— Georges! C'est le moment! Tête-en-l'Air va avoir un petiot!

Un grommellement lui répondit. Des pas lourds s'af-

---

1. Deux muscles, de chaque côté de la queue s'affaissent au moment du vêlage.

Marie sans terre

fairèrent de l'autre côté de la cloison. Un rai de lumière éclaira le bas de la porte.

— J'arrive !

Quelques instants plus tard, Rose, Georges, Albert, Germain, le *goujart* et deux ouvriers agricoles, les yeux engourdis de sommeil, trempés par la pluie qui s'était mise à tournoyer emportée par des bourrasques de vent, pénétraient dans l'étable munis de longes de chanvre et de deux *varots*, gros bâtons en bois d'orme servant à fixer les longes pour assurer une bonne prise au moment du vêlage.

Georges observa la vache, mesura l'espace d'un regard circulaire.

— Y a pas assez de place ici, dit-il. Marie, emmène Tête-en-l'Air dans la cour.

Marie saisit la longe.

— Viens, ma douce, tu vas voir, il n'y en a pas pour longtemps.

Docile, pour une fois, comme si elle avait compris qu'elle ne pouvait pas se passer du secours des hommes, Tête-en-l'Air la suivit.

La pluie avait cessé mais le vent tournait toujours en bourrasque. Après s'être lavé les mains dans un seau et avoir frictionné un de ses bras avec de l'huile pour qu'il glisse mieux, Georges s'approcha de la vache et, pendant que Marie relevait la queue de Tête-en-l'Air, il l'enfonça jusqu'à l'épaule à l'intérieur de la naissance [1] pour voir si le veau se présentait bien.

— Ça va, dit-il afin de rassurer l'assistance, le museau et les pattes avant sont devant, mais je crois que c'est un gros !

---

1. Expression normande pour désigner la vulve.

Marie sans terre

Il tira un moment sur les pattes dans l'espoir de les faire sortir, hocha négativement la tête.

— Passez-moi une longe !

Il farfouilla un instant dans la vulve, plaça un nœud coulant qu'il compléta d'un tour mort entre le jarret et le sabot.

— Passez-moi l'autre longe !

La deuxième patte ayant subi le même sort, on fixa les deux longes ramenées à l'extérieur sur les *varots* prévus à cet effet.

Tous s'affairaient autour de Tête-en-l'Air qui meuglait doucement.

— Calme, ma belle, calme, psalmodiait Rose en flattant le crâne de la vache.

— Y serait temps de la coucher, déclara Albert en tiraillant sur son long nez d'un air soucieux.

Georges serra ses puissantes mâchoires.

— Tu as raison, ça risque d'être dur. Le veau est vraiment costaud !

Il se tourna vers le commis.

— Germain, va chercher une solide *pouque* et grouille-toi !

Le *goujart* revenu, on glissa le sac, que des mains robustes tenaient aux quatre coins, sous le ventre de la vache pour la soulever et la déséquilibrer pendant que Marie halait à l'avant la longe fixée sur les cornes et que Rose effectuait une tirade sur le veau par l'arrière. Tête-en-l'Air tomba sur les genoux, puis, assistée par Albert qui la tenait vigoureusement par les cornes pour qu'elle ne puisse pas se redresser, elle se laissa aller sur le côté.

Alors les hommes empoignèrent les *varots*, entortillant les longes autour de leurs poignets, et, tandis que Georges penchait son immense carcasse au-dessus de la naissance et s'agenouillait pour essayer de dégager le museau du veau, tous tirèrent pendant que, couchée sur le sol, Marie résistait de ses deux pieds sur l'arrière de la vache pour l'empêcher de bouger.

Cédant devant l'impressionnante traction et les contractions de la mère qui poussait, les pattes, la tête et l'avant du veau apparurent, hésitèrent un instant au niveau des hanches puis, par une heureuse circonstance, car il arrivait que les pattes arrière aient du mal à bien se présenter, tout suivit.

Marie se redressa et se précipita afin de nettoyer le nouveau-né avec de la paille pendant que Rose, un large sourire aux lèvres, lui ouvrait la gueule pour y introduire un peu de gros sel destiné à lui faire rejeter les impuretés qu'il aurait pu ingurgiter.

Pendant ce temps, Georges et Albert aidaient Tête-en-l'Air à se relever. Quand elle fut debout enfin, titubante, Marie s'approcha d'elle avec un seau pour lui prendre un peu d'*amouille*, lait très épais impropre à la consommation des hommes mais dont il était de tradition d'accorder quelques gouttes au jeune veau.

La pluie s'étant remise à tomber, on cala le nouveau-né dans une brouette tapissée de paille et on l'emmena avec sa mère trouver refuge dans l'étable où d'autres soins leur seraient donnés. On avait évité d'appeler le vétérinaire, c'était bien, mais il fallait également que Tête-en-l'Air offre du bon lait. Pour cela, Rose lui frictionnerait la mamelle avec de la fleurette [1], efficace pour éviter toute inflammation risquant d'entraîner une mammite.

---

1. Crème obtenue par écrémage du lait et contenant 10 à 12 % de beurre.

14

Mai 1944 se termina dans une tension extrême. Les alertes se multipliaient, apeurant les bêtes dans les champs. Les Allemands étaient partout. Fin mai, une dizaine d'entre eux vinrent encadrer et aider des Français requis pour creuser des abris près de la ferme.

Marie les observait de loin tout en vaquant à ses occupations. Vers cinq heures du soir, alors qu'accompagnée de Martin elle s'en allait traire les vaches, elle croisa l'un d'eux qui marquait une pause, adossé au mur d'une grange où l'on remisait le foin. Il contemplait fixement un ciel bas où la pluie menaçait. C'était un tout jeune homme, long, efflanqué, perdu dans une tenue trop large pour lui, au visage pas encore tout à fait sorti de l'enfance. Marie fut frappée par l'expression de souffrance qui assombrissait ses traits.

— Ça ne va pas, lui demanda-t-elle, vous êtes malade ?

Il sursauta, pivota vers Marie comme s'il était pris en faute puis, voyant qu'il s'agissait d'une jeune femme, il respira profondément, se décolla du mur, avoua, les yeux brouillés de larmes :

— Je ne reverrai jamais plus mon père et ma mère.

Marie sans terre

Il s'éloigna ensuite, d'une longue démarche déhanchée, rejoindre ses compagnons qui avaient repris leur travail.

Quelques jours plus tard, à un officier d'une escouade venue réquisitionner des cochons et du fourrage, Georges Letellier demanda :

— Croyez-vous que les Anglais et les Américains débarqueront par chez nous ?

L'officier lui décocha un regard méprisant avant de tourner les talons.

— Non, ils ne débarqueront pas. Ni ici, ni ailleurs. Ils savent que nous sommes invincibles !

Le surlendemain, vers quatre heures et demie du matin, alors que Marie et Aimé s'étaient levés pour partir travailler, un bruit assourdissant emplit le ciel, et des bombardements qui allaient durer deux jours commencèrent.

— Vite ! s'écria Aimé. Va chercher la petite, je vais réveiller maman ! On les emmène avec nous, il y aura moins de danger à la ferme que dans le village !

En un tournemain, ils ramassèrent quelques vêtements, leurs maigres économies, et, tandis qu'Angèle trottinait près de son fils, Marie prit Marceline dans ses bras et ils s'élancèrent au-dehors. Heureusement, les tirs ne visaient pas Asnières mais la côte et ils parvinrent chez les Letellier sans encombre.

Déjà, ouvriers agricoles et patrons s'étaient réfugiés dans les abris creusés par les Allemands quelques jours auparavant. Apparemment, ces derniers avaient fui ou gagné un front qui semblait se circonscrire aux plages voisines car le ciel tremblait et s'éclairait avec violence au-dessus des villages du littoral et sur la pointe du Hoc.

Quand ils sautèrent dans la tranchée, Albert se tassa contre le mur pour leur faire de la place.

Marie sans terre

— Quel jour sommes-nous ? demanda-t-il.

— Mardi 6, répondit Marie, désarçonnée par une pareille question en un tel moment.

— Eh bien, reprit-il, il faudra se souvenir de ce jour, parce que cette fois, on y est, c'est le débarquement et on est aux premières loges !

Georges Letellier se massa le nez avec le pouce et l'index d'un air perplexe.

— Ça ne fait que commencer ; je me demande bien qui gagnera, et à entendre ce qui tombe, je me demande bien si demain on sera encore de ce monde pour le savoir !

Il y eut un silence dans le tumulte. Nul ne disait mot, chacun guettait l'impact des bombes et des obus, cherchant à deviner où ils tombaient. Ils étaient une vingtaine dans l'abri, entassés pêle-mêle, les gens de l'exploitation mais aussi ceux d'une ferme située à quelques enjambées de là.

— Les pauvres *vaqu'*, dit finalement Marie, on les a vues dans les champs en venant, elles couraient dans tous les sens. Y en a même qui divaguaient sur la route. Et dans le noir, allez donc savoir à qui elles sont !

Marthe, la trayeuse de la propriété voisine, une femme petite mais vigoureuse, à la tête ronde ramassée dans les épaules, se leva d'un geste brusque.

— Y faut y aller, dit-elle. On peut pas les laisser comme ça ! Il faut les rassurer. Et puis il faut absolument les traire sinon elles vont tourner malades, surtout celles qui viennent de vêler et qui ont trop de lait !

— Et toi, tu seras tuée ! s'interposa le père Lefort, son patron. Tiens, écoute et regarde, ça se rapproche !

Comme pour lui donner raison, une violente explosion, suivie d'un incendie, illumina le ciel à moins de trois cents mètres de là.

Marie sans terre

— C'est tombé tout près de l'église, commenta Aimé en serrant nerveusement ses mains l'une contre l'autre. C'est peut-être chez nous ?

— Ou ailleurs, c'est pas facile à juger, médita sobrement Albert, ce qui est sûr, c'est qu'il restera plus grand-chose quand tout sera terminé !

Aimé hocha la tête. Il jeta un regard à Marie, contempla la petite Marceline endormie dans ses bras, grimaça un sourire.

— Les petiots quand même, dit-il, le ciel peut bien nous choir dessus, ça leur est bien égal !

Avec la levée du jour, un jour semblable aux précédents, secoué par le vent, brouillé de grisaille et de pluie, il leur sembla que le spectacle auquel ils assistaient était moins irréel. Le ciel tonnait toujours mais il fulgurait moins et on pouvait voir, surgissant des nuages, les avions alliés pilonner la côte et les environs.

L'un d'eux, touché par la DCA allemande, s'enflamma avant d'aller s'écraser à deux kilomètres de là, en direction de Formigny.

En fin de matinée, le maire d'Asnières, monsieur de Brunville, se glissa quelques instants dans la tranchée pour leur confirmer que la mer était noire de navires alliés et que le véritable débarquement avait bien commencé.

Les heures s'écoulaient. Nul n'avait bougé. Tous scrutaient le ciel, chacun se demandant qui allait l'emporter. Pour l'heure, d'après ce qu'ils pouvaient observer de leur abri, la ferme n'avait pas subi de dommages et l'on n'avait remarqué aucun mouvement de troupes allemandes dans les environs.

Vers treize heures, le ventre creux, ils guettaient toujours les nuages quand un veau puis deux vaches passèrent devant l'abri, dans un trot éperdu.

147

Marie sans terre

Marthe se redressa.

— C'est des *vaqu'* à nous, dit-elle, elles ont quitté leur herbage. Y faut absolument les ramener et les traire ! J'vas chercher l'*bourri* et les cannes !

Elle se tourna vers son fils, un jeunot de quinze ans qui somnolait près d'elle, la tête enfouie sous un oreiller pour tenter de s'isoler du vacarme, le secoua.

— Allez, Gaston, viens voir par là si j'y suis ! Je vais avoir besoin d'un coup de main pour rattraper les fuyardes !

Elle s'élança hors de la tranchée, suivie par le jeune homme.

Le père Lefort se redressa lui aussi.

— Tu es folle, la Marthe ! cria-t-il. Il pleut des bombes et des obus de partout ! Tu vas te faire tuer ! Reviens !

Il s'élança à son tour hors de l'abri pour les rejoindre et leur faire entendre raison. Il arrivait près d'eux quand une explosion coucha sur le sol une dizaine de pommiers, Marthe, son fils et le père Lefort.

La fumée dissipée, il fallut se rendre à l'évidence, tous trois étaient morts et bien morts. Les mâchoires se crispèrent, des larmes roulèrent sur les joues, balayées à grands revers de manches. On s'empressa auprès de madame Lefort qui, après un hurlement de désespoir, voulait à tout prix aller chercher son mari.

Ils profitèrent d'une accalmie en fin d'après-midi pour ramener les cadavres dans la tranchée. Madame Lefort s'agenouilla près d'eux pour prier. Les femmes présentes l'imitèrent, égrenant leur chapelet, pendant que les hommes se hasardaient à l'extérieur de l'abri afin d'aller mesurer l'ampleur des dégâts.

Ils avaient à peine fait quelques pas qu'ils se tapirent derrière une haie. Une douzaine de chars allemands s'en-

Marie sans terre

gageaient dans la cour des Letellier. Chacun se demanda alors si les Alliés avaient été refoulés. L'angoisse au ventre, ils attendirent la suite des événements. On entendait les moteurs tourner. Enfin, au bout d'un quart d'heure, les blindés rebroussèrent chemin avant de disparaître à un carrefour.

— Des Panzer Mark IV et V, résuma Albert au comble de l'excitation en les voyant s'éloigner, et deux Tigres! Les Alliés ont du souci à se faire!

Les hommes hochèrent gravement la tête puis ils s'aventurèrent de nouveau au-dehors, jusqu'à pénétrer à leur tour dans la cour de la ferme sans que Brutus, aplati dans sa niche, terrorisé, manifeste son plaisir de les revoir. Ils rentrèrent dans la maison, en revinrent bientôt avec du jambon, du pain, du fromage, du cidre et du lait qu'ils distribuèrent aux réfugiés de la tranchée. Tous étaient rassurés : les dégâts matériels paraissaient insignifiants eu égard au déluge de feu qui était passé au-dessus d'eux.

Celui-ci continuait, d'ailleurs. Il allait durer deux jours, mais désormais ils étaient assez aguerris pour savoir s'ils couraient des risques ou non. Crépitements de mitraillettes, lancers de grenades et coups de fusils indiquaient que les Alliés avaient réussi à débarquer et que les combats avaient changé de nature.

Le soir tombé, les hommes se concertèrent et, les bombardements s'étant espacés, ils décidèrent de regagner les exploitations.

Georges prêta des brouettes pour transporter les dépouilles de Marthe, son fils et monsieur Lefort à la ferme voisine en coupant à travers champs afin d'éviter les mauvaises rencontres, puis tous rentrèrent pour soigner les bêtes. Epouvantés, les cochons se pressaient

Marie sans terre

convulsivement les uns contre les autres et à chaque déflagration venue de l'extérieur ils se mettaient à tourner sur eux-mêmes en grognant. Dans l'écurie, le cuir couvert de sueur, les chevaux hennissaient et ruaient des quatre fers dans les bat-flanc à chaque détonation.

Vers vingt-deux heures, on n'entendit plus que le ronflement des moteurs d'avions isolés, les tirs de la DCA, et on voyait le ballet des projecteurs dans le ciel. Manifestement, les combattants reprenaient leur souffle.

C'est à ce moment-là, alors que Marie venait de coucher Marceline à l'étage dans la chambre de ses patrons, que l'on frappa violemment à la porte. Tous se dévisagèrent, puis Georges s'avança pour ouvrir. Une douzaine de grenadiers allemands s'engouffrèrent dans la pièce. Il y eut un instant de flottement. Stupéfaite, anxieuse, Marie contemplait les soldats. Ils portaient une veste de combat en treillis vert roseau, un pantalon gris-vert, et, au lieu de bottes, ils étaient chaussés de bottillons, surmontés de guêtrons en toile. Un maillage en fil de fer sur leurs casques d'acier permettait sans doute d'y fixer un camouflage. Chacun exhibait sur son dos un étui cylindrique cannelé pour masque à gaz, une gourde, une tente de cantonnement pliée, un sac à pain en toile verte, mais surtout ils pointaient de façon menaçante sur les occupants de la pièce le KAR 98K, fusil d'infanterie standard de l'armée allemande durant cette guerre.

Après avoir vérifié que les Français étaient bien seuls, ils se laissèrent tomber sur les chaises et les bancs voisins et, posant sur la table des bidons de cinq litres qu'ils avaient apportés avec eux, ils réclamèrent à boire.

Georges adressa un signe de tête à Germain et à Marie.

— Emmenez-les à la cave et remplissez leurs gourdes de gros *bair*.

Marie sans terre

Une dizaine d'Allemands les suivirent et, pendant que le commis et Marie remplissaient leurs récipients à ras bord, ils se précipitèrent pour lamper aux robinets du cidre vieilli en fût.

Ce fut donc une douzaine de grenadiers allemands éméchés qui, après avoir comparé le contenu d'une vingtaine de tonneaux entourant le pressoir, quittèrent la ferme une demi-heure plus tard en rasant les murs. A aucun moment, le *Feldwebel*, l'adjudant-chef qui les dirigeait, n'avait répondu aux questions des Français concernant les combats, mais le comportement de ses soldats, leur façon de jeter sans cesse des coups d'œil craintifs vers la porte ou par les interstices des fenêtres colmatées, indiquait clairement qu'ils étaient traqués.

— Avec ce qu'ils viennent d'écluser, ils sont pas près de tirer droit! commenta Albert en se frottant vigoureusement les mains, tandis qu'un rire satisfait secouait ses épaules.

Il y eut un long silence. Rose avait allumé une simple bougie pour ne pas attirer l'attention sur la ferme et on se distinguait à peine dans la grande pièce peuplée d'ombres chinoises. Aimé s'était assis sur un banc près de Marie et, lui d'ordinaire assez pudique, avait enlacé sa femme par la taille, marquant ainsi qu'il entendait la protéger.

Marie le repoussa, un peu gênée, étonnée aussi par ce geste auquel elle n'était pas habituée tant, depuis sa plus tendre enfance, elle avait appris à lutter et à se débrouiller seule pour survivre. Pour masquer son émotion elle se redressa, se dirigea vers la porte et, alors que chacun l'observait avec curiosité, elle déclara :

— Bon, eh bien, je m'en vais traire les *vaqu'*!

151

Marie sans terre

Rose réagit la première. Elle s'élança vers la jeune femme, la saisit aux épaules.

— Non, vous n'allez pas faire ça ! Vous avez vu ce qui est arrivé à notre pauvre Marthe et aux autres ?

Aimé s'avança à son tour vers Marie. Il prit ses mains, les pressa avec force.

— Tu es folle, s'écria-t-il, tu vas y laisser tes os !

— Et votre petite *file,* Marie ? insista Rose, le front barré d'inquiétude, votre petite *file,* s'il lui arrivait quelque chose, vous y avez songé ?

Marie hocha la tête.

— Il n'arrivera rien. Je serai prudente. Et puis s'il m'arrivait quelque chose, elle a un père maintenant.

Aimé leva le nez au plafond.

— Un père, comme tu y vas ! Un père, ça ne remplace jamais une mère. Et puis les bombardements peuvent reprendre à tout moment !

Comme pour lui donner raison, un vacarme énorme secoua le ciel et les fondations de la ferme tout entière.

— Tu vois, triompha nerveusement Aimé, je te le disais !

Marie se dégagea de son étreinte, posa une main sur le loquet de la porte. Rose avait lâché son épaule, s'était éloignée de deux pas quand Aimé avait saisi les mains de sa femme.

— Mes bêtes ont besoin de moi. Elles souffrent et elles ont peur.

— Qu'est-ce que tu en sais ? bougonna Aimé, dans une ultime tentative pour la retenir.

Les yeux gris-bleu de Marie glissèrent sur le visage de son époux.

— Je le sais parce que je suis une bête moi-même. Je

Marie sans terre

le sais parce que je connais mieux le langage des animaux que celui des hommes...

Aimé pivota vers les autres pour les prendre à témoin.

— Vous avez vu ? J'aurai tout fait pour la retenir !

Un sanglot rauque roula dans sa poitrine. Il regarda à nouveau Marie.

— Tu as raison, tu n'es qu'une bête, une vraie bourrique, mais prends quand même bien soin de toi.

Puis, alors que Marie s'aventurait dans l'obscurité du dehors, il tourna les talons pour rejoindre les patrons et les ouvriers qui s'étaient regroupés autour de la table en vue d'une frugale, ultime et anxieuse collation.

15

Une fois dans la cour, Marie scruta le ciel d'où s'échappaient toujours les vrombissements menaçants d'avions, entrecoupés de tirs de DCA ou de déflagrations. S'étant accoutumée au danger, elle longea les murs de la ferme jusqu'à l'écurie où elle s'arrêta pour charger les cannes sur le dos de Martin.

Celui-ci semblait moins affolé que lorsqu'elle s'était précipitée pour le voir, quelques heures auparavant. Elle le rassura à nouveau avec des caresses, un morceau de pain rassis et une carotte puis elle l'entraîna avec elle en le tirant par la bride. Pas question de grimper sur son dos au risque d'offrir une trop belle cible aux balles ou aux éclats d'obus perdus !

— Viens, mon Martin, viens ! Les hommes sont fous mais ils ne te feront pas de mal. Ça, je te le promets !

Il la suivit docilement tout en jetant des regards effarés vers un ciel où s'entrecroisaient rayons de projecteurs et nuages de fumée. Un quart d'heure plus tard, sous une pluie battante, Marie avait gagné le pâturage où, la veille, elle avait amené ses vaches. Dès qu'elle eut franchi la haie la séparant du chemin, plusieurs d'entre elles se précipitèrent à sa rencontre en laissant échapper des meuglements d'angoisse et de reproches parce qu'on les avait abandonnées.

Marie s'efforça de les calmer en leur parlant dans l'oreille et en flattant leurs dos puis après les avoir mises au *tierre,* car elles étaient trop énervées pour accepter la traite, elle appela doucement les autres :

— Petiotes, petiotes, petiotes, ti, ti, ti, ti, ti, venez ! Marie est là ! Brunette, Blanche-Neige, Tête-en-l'Air ! Ti, ti, ti, ti, ti !

En vain. Sur seize vaches et génisses, quatre avaient fui, deux cadavres gisaient dans l'herbage. Tête-en-l'Air, sa laitière préférée, et son veau avaient disparu.

Marie procéda à la traite des rescapées, leur parlant pour les rassurer tout en surveillant leurs brusques écarts afin de ne pas recevoir un mauvais coup. Les ayant ensuite libérées de leurs chaînes, elle chargea les cannes sur Martin et ils repartirent vers la ferme. Malgré les risques, elle avait décidé de passer par la route dans l'espoir de retrouver quelques-unes de ses vaches enfuies.

Une pluie froide noyait toujours les formes du dehors. Transie, Marie s'abrita un moment sous un orme. C'est alors qu'elle fut frappée par le silence, réalisant soudain que depuis des heures elle n'avait pas entendu le cri ou le chant d'un seul oiseau. Tout s'était tu devant la fureur des bombardements. Oui, alors que le ciel s'embrasait et bourdonnait au-dessus d'elle, Marie était abasourdie de silence !

La pluie ayant enfin cessé, elle poursuivit son chemin. Quelquefois, un frémissement dans une haie, le reniflement puissant d'une vache lui faisaient détourner la tête à la recherche de l'une de ses protégées. Mais elle n'en reconnut aucune parmi celles qu'elle croisa.

Finalement, au carrefour précédant la ferme, elle

Marie sans terre

découvrit les cadavres de Tête-en-l'Air et de son veau, jetés sur le bord du talus. Une mare de sang coagulé au milieu de la route, des traces de pneus et de verre de phares de voiture laissaient présumer que, soucieuse de protéger son rejeton, Tête-en-l'Air avait décidé une fois de trop de régler la circulation. Peut-être même, dans sa folle intrépidité, avait-elle foncé sur une colonne ennemie en fuite ou se portant vers le front ? En tout cas, elle était morte et bien morte. Marie s'approcha d'elle, contempla longuement son crâne ensanglanté. Elle avait dû y aller de bon cœur avec ses cornes avant qu'une rafale de mitraillette, traversant tout son flanc gauche et son cou, mette un terme à sa vie. Son petit, couché contre elle, avait subi le même sort.

Oubliant le danger, le miaulement des rafales de DCA, les bombardements et la folie des hommes, Marie se mit à pleurer puis, sans hâte, collée contre le flanc de son *bourri*, elle poursuivit sa route, se disant que tout cela était sans importance. Qu'elle n'était pas importante non plus, et que si elle venait à être tuée là, à l'instant, nul ne s'en apercevrait.

Martin avait remarqué la détresse de sa maîtresse. Tout en cheminant à son côté, il posa doucement sa joue contre son épaule, la poussa un peu comme pour lui dire : « Eh ! Qu'est-ce que tu as ? Je suis là, moi ! » Marie pressa sa tête contre la sienne, éclata pour de bon en sanglots et murmura :

— Oh, mon amour ! Mon gentil amour !

De mémoire de Marie, elle ne se souvenait pas d'avoir une seule fois prononcé cette phrase devant un homme. Sa pudeur le lui interdisait. Seule Marceline avait eu droit à ces mots qui transcendent les sentiments.

Marie sans terre

Lorsque Marie rentra à la ferme, personne n'était couché. Tous guettaient anxieusement son retour. On se précipita vers elle, on la félicita, on la gronda un peu, on la traita de folle avec admiration, Aimé la pressa dans ses bras puis on lui demanda des nouvelles du dehors. Elle leur rapporta ce qu'elle avait vu. Les visages s'assombrirent.

La nuit était tombée depuis longtemps, les bombardements se rapprochaient, abandonnant la côte pour les terres. Une longue veillée commença. A tout moment, ils risquaient d'avoir à regagner les tranchées pour s'abriter et mieux valait être prêts.

Le déluge de feu se poursuivit toute la nuit et le lendemain. Patrons et personnel agricole partageaient leur temps entre les tranchées et les occupations quotidiennes. Parfois, des camions, des voitures allemandes ou des blindés, groupés ou isolés, passaient à toute allure devant la ferme avant de s'enfoncer dans les terres.

Le 7 juin, dans l'après-midi, alors qu'elle pénétrait dans la buanderie, Marie se retrouva face à un soldat de la Waffen-SS qui avait perdu son unité. Il pointa sa mitraillette sur elle et la suivit jusque dans la maison, où, profitant d'une accalmie, hommes et femmes s'étaient réunis dans l'attente des événements. Il se planta au milieu de la salle, les menaçant de son arme.

— J'ai faim, dit-il. *Schnell!*

Ils l'observèrent pendant que Rose lui préparait une collation à base de viande de porc et de rutabagas. Agé d'une cinquantaine d'années, il portait la tenue de camouflage, modèle feuillage de platane au printemps de la Waffen-SS, et un casque recouvert d'un couvre-casque en toile du même ton. Ses vêtements poudreux, déchirés par endroits, indiquaient qu'il avait dû se dissimuler dans

Marie sans terre

les fossés et ramper dans des haies et des taillis tapissés de ronces et de barbelés. Sur son visage harassé se lisaient tout à la fois peur, haine et détermination. Quand l'assiette arriva, il fit reculer tout le monde vers la fenêtre, s'installa en bout de table puis, sa mitraillette posée devant lui, il se mit à manger goulûment à grandes bouchées bruyantes.

— Où en est le débarquement ? le provoqua soudain Albert. Les Alliés ont réussi ?

Georges lança un regard noir à son valet pendant qu'une sueur glacée coulait le long de plusieurs échines. Le soldat était aux abois et ses réactions imprévisibles. Heureusement, la nourriture et une moque de cidre semblaient l'avoir un peu apaisé. Il se contenta de braquer un doigt sur Albert puis d'un ton méprisant il déclara :

— Ça ne vous regarde pas !

Il allait poursuivre son repas quand, venu de la cour, le roulement caractéristique de chenilles de char monta jusqu'à eux. Le SS se redressa d'un bond, empoigna sa mitraillette, tout en indiquant d'un geste le fond de la pièce.

— Tous contre le mur ! lança-t-il avant de se précipiter vers la fenêtre.

Ils obéirent. Aimé avait eu le temps de jeter un coup d'œil au-dehors.

— C'est un tank américain, souffla-t-il. Les Américains ont débarqué !

Un sourire radieux éclaira tous les visages. Ce char était le premier signe tangible de la présence alliée sur le sol français. Jusqu'alors ils n'avaient vu qu'avions, bombes, obus et rayons de projecteurs zébrer le ciel.

Accroupi sous la fenêtre, l'Allemand avait saisi une grenade.

Marie sans terre

— Vite, murmura Georges, on ne peut pas le laisser faire !

D'un signe, il fit comprendre aux autres de le suivre. Dix secondes plus tard, ils encerclaient le soldat.

— Non, ordonna Georges, pas de grenade !

Et, comme le SS pointait de nouveau sa mitraillette vers eux, il conclut :

— Si vous tirez, vous ne pourrez pas tous nous tuer et c'est nous qui vous tuerons. Et de toute façon, en entendant les détonations, le tank détruira la maison et nous avec.

— Hum ! grommela rageusement l'Allemand.

Puis, sans plus se soucier de l'assistance, il jeta à nouveau un coup d'œil à l'angle de la fenêtre.

Après quelques minutes d'une angoissante attente, le char s'éloigna enfin en direction de Louvières. Sans un mot, le soldat ouvrit la porte, balaya la cour d'un regard circulaire avant de filer en longeant les murs. Ils le virent entrer dans le grenier à grains pour s'y cacher. Le lendemain, il avait disparu. Se fit-il prendre, fut-il tué ? Ils ne le surent jamais.

Le 7 au soir, sous les acclamations enthousiastes de la foule, les troupes américaines pénétrèrent dans Asnières et dans certains hameaux avoisinants, distribuant chewing-gums, chocolat, cigarettes, oranges, poignées de main aux hommes, baisers aux femmes et aux enfants éblouis.

Prisonnière des soins à donner aux animaux, Marie ne participa pas à la liesse des jours suivants, d'autant que, çà et là, de solides poches de résistance allemande subsistaient et que des fusillades continuaient de crépiter un peu partout. Un matin, un soldat allemand, âgé de dix-sept ans tout au plus, tomba dans le fossé séparant

159

Marie sans terre

un herbage de la ferme. Albert et Georges se précipitèrent vers lui. Il était vilainement blessé au ventre et son sang s'échappait à flots malgré un bandage dont Albert lui ceignit la taille. Une secouriste volontaire d'Asnières, accourue pour lui apporter les premiers soins, s'évanouit en découvrant la plaie béante. Aimé et trois ouvriers se dévouèrent pour emmener le malheureux sur un brancard de fortune jusqu'au camp américain le plus proche où se dressait une infirmerie de campagne.

De retour à la ferme, leurs visages étaient graves. Ils avaient laissé le blessé entre les mains des médecins. Dix minutes plus tard, ils avaient entendu un coup de feu et ils ne pouvaient s'empêcher de se demander si les Américains n'avaient pas exécuté le jeune homme, condamné sans doute, afin de mettre un terme à ses souffrances...

Plusieurs jours s'écoulèrent. Au grondement des avions légers ou lourds sillonnant le ciel répondait celui des convois alliés circulant sur toutes les routes pour aller consolider les positions conquises ou s'engager sur les fronts où résistaient les Allemands.

L'un des premiers réflexes des gens du village avait été de récupérer les postes de TSF réquisitionnés en mars afin de suivre la progression des Alliés en Normandie mais aussi sur l'ensemble du territoire. C'est ainsi qu'ils apprirent après coup les bombardements de Valognes, Tilly-sur-Seulles, Caen, Falaise, Saint-Lô, Vire, Lisieux, et la libération de Bayeux dès le 7 juin par les Britanniques. Devant le déferlement de matériel et d'hommes, les moyens gigantesques mis en jeu, il ne faisait plus de doute que les Alliés allaient définitivement débarrasser la France du joug allemand et la joie submergeait les cœurs même si, les nouvelles se précisant, on apprenait que des

Marie sans terre

villes entières avaient été détruites, voire rasées de la carte.

Un cousin de Georges, résidant à Vierville, passa à vélo à la ferme une semaine après le 6 juin. Il conta l'incroyable boucherie qui s'était déroulée sur la côte, les assauts successifs, la victoire enfin sur un site que l'on allait surnommer Omaha la Sanglante. Utilisant les chemins déminés, balisés par des bandes blanches, une partie de la population était descendue sur la plage dès le lendemain de la bataille pour satisfaire sa curiosité mais surtout pour permettre aux Américains de nettoyer le village et ses environs des nids allemands sans risquer d'être atteinte. Les villageois étaient restés des heures sur la plage, contemplant sans bouger les incessants mouvements de troupe et de matériel se faufilant entre les obstacles posés par les Allemands et les épaves de toutes sortes : camions amphibies, Jeep, chars calcinés ou disloqués, péniches et barges de débarquement détruites ou embossées sur le sable, et les centaines de morts que l'on avait alignés sur le talus de galets dans l'attente d'un lieu de sépulture.

De nombreux enfants étaient là. L'un d'eux avait demandé à son père en désignant du doigt les cadavres :

«Dis, papa, qu'est-ce qu'ils font là, les messieurs ?»

Le père avait serré les dents, détourné la tête, pressé l'épaule du garçon.

«Ils sont fatigués, ils dorment.»

Le petit avait acquiescé avec un soupir d'aise.

«C'est normal qu'ils soient fatigués. Ils se sont bien battus, hein, papa ?»

Cette anecdote frappa Marie, plus que la mort de Marthe, de son fils et du père Lefort qu'elle connaissait et appréciait pourtant bien, plus que la mort de Tête-en-

Marie sans terre

l'Air et de son veau. Des hommes, accourus d'un pays lointain qu'elle était bien incapable de situer sur une carte, avaient traversé l'océan pour la délivrer et pour mourir sur une plage française. Des étrangers qui parlaient une autre langue, qui souriaient sous leurs grands casques en offrant des cadeaux alors que nombre de leurs camarades s'étaient éteints à leurs côtés, alors que demain ils seraient peut-être morts à leur tour. Et ces étrangers n'étaient pas seuls. D'autres avaient débarqué avec eux. Sur d'autres sites : des Canadiens, des Britanniques. Et elle réfléchissait tant à tout cela qu'elle en avait mal à la tête. Et trottait dans son esprit, la question que se posent bien des gens et à laquelle nul ne trouvera jamais de réponse : «Pourquoi tout ce sang? Pourquoi toutes ces destructions? Pourquoi le bon Dieu laisse-t-il faire tout cela alors que dans sa toute-puissance il pourrait si facilement l'empêcher?»

Un bon Dieu qu'elle s'entêtait d'autant plus à prier et à aimer qu'on l'avait privée de son message toute son enfance et qu'il lui avait fallu attendre son mariage pour faire sa communion.

16

Le dimanche après le débarquement, la Military Police installa un camp militaire dans un herbage situé non loin de la ferme Letellier. La présence des Américains en ce lieu devait rester pour Marie un de ses plus agréables souvenirs. Elle n'avait jamais dépassé le clocher de l'église d'Asnières de plus de cinq kilomètres depuis qu'elle avait cessé de vagabonder, son plus grand voyage s'étant effectué à Bénouville, quelques années auparavant, pour accoucher de Marceline.

Il en allait de même du personnel des exploitations agricoles voisines qui ne se déplaçaient que peu, à pied, à vélo, en voiture hippomobile, exceptionnellement en car, pour se rendre à la ville la plus proche. Les mieux lotis étaient les conscrits qui profitaient de leur service militaire pour découvrir d'autres mœurs, d'autres cultures, d'autres provinces, avant de revenir se fixer au pays.

Ainsi, pour Marie comme pour la plupart des employés de la ferme, avec leur technologie avancée les Américains apparaissaient un peu comme des êtres surnaturels issus d'une autre planète. Jeep, camions, chars, blindés de

Marie sans terre

toutes sortes hantaient les routes tandis que l'aviation alliée dominait définitivement le ciel.

Marie traversait le camp chaque jour pour aller traire ses vaches. C'est là qu'à vingt-sept ans elle vit des Noirs pour la première fois. L'effet de surprise passé, elle s'accoutuma très vite à leurs dents qui éclataient dans leurs bouches comme des soleils, car ils riaient volontiers lorsqu'ils la croisaient, émettant des ah, ah, ah! profonds et graves qui montaient de leurs poitrines jusqu'à leurs gorges.

Tous, Blancs ou Noirs, flattaient la nuque de Martin, tapotaient les cannes de cuivre impeccablement astiquées qui jetaient mille feux dans la lumière du jour, offraient à Marie des paquets de cigarettes, des oranges, des friandises dont ils semblaient ne savoir que faire; certains, dans un français approximatif, avec peut-être des pensées pas toujours innocentes, lui murmuraient des «Tu es belle», «Vous êtes belle», «Vous êtes mariée?», ou un plus explicite «Serez-vous libre ce soir lorsque tout le monde dormira?». C'était charmant, espiègle, jamais grossier, et jamais, au grand jamais, il n'y eut un seul geste déplacé. Il est vrai aussi que les sous-officiers veillaient.

La traite achevée, Marie ne manquait pas de repasser au milieu de cette ruche d'hommes affairés, gais, aimables et vivants. Elle aimait les observer. Ils avaient dressé des tentes de toutes tailles, les grandes dans les espaces découverts, les petites sous les pommiers. Marie s'étonnait de les voir se raser ou cuisiner dans leurs casques, reconnaissables aux initiales MP, écrites en majuscules et accompagnées d'une bande blanche, peinte sur leur pourtour.

Une fois de plus, Marie ne comprenait pas pourquoi ils étaient venus de si loin pour secourir la France au

Marie sans terre

risque d'être tués demain. Elle ne les en admirait que davantage. Combien de semi-remorques chargés de cercueils américains avait-elle aperçu ces jours derniers, traversant le village en direction du cimetière de Colleville-sur-Mer afin d'y déposer leurs funèbres fardeaux ? Subjuguée, Marie n'avait pas assez de ses yeux pour découvrir tout ce qui l'entourait, à tel point que son ouvrage s'en ressentait un peu.

Excédé, un jour Georges l'apostropha :

— Dis donc, Marie, il faudrait peut-être que tu besognes un peu plus à la ferme. Je sais bien que les Américains te nourrissent mais si tu continues comme ça je ne te paierai plus !

Une semaine auparavant, un gradé de la Military Police, grand, blond à la figure piquetée de taches de rousseur, avait demandé à Marie, dans un français hésitant et avec un sourire radieux, si elle avait un peu de lait à lui donner pour améliorer l'ordinaire de ses hommes.

— J'en ai, avait répondu Marie en désignant ses cannes, mais il n'est pas à moi, il faut que j'en cause à la patronne.

Et elle s'en était allée voir Rose.

— Grande bête, grommela celle-ci en éclatant en sanglots, tu oses me demander si tu peux leur donner du lait alors que nos plages sont couvertes de leurs morts ? Tu sais, ton lait, s'il y en avait eu trois ou quatre litres de moins, tu crois que je l'aurais remarqué ?

Et elle pressa Marie contre elle, mouillant son épaule de ses pleurs.

Marie partit alors bien vite rejoindre le jeune MP dans le camp pour lui offrir un bidon de lait.

— Et du bon, lui assura-t-elle pour se faire pardonner

Marie sans terre

de l'avoir fait attendre. Il sort tout droit du pis de la *vaqu'* !

Le MP observa Marie un moment. Il souriait d'une façon étrange, emplie de gravité, comme s'il était ailleurs. Il leva les yeux vers un ciel résolument gris avant de les reposer sur elle.

— Comment vous appelez-vous ?

— Marie.

— Moi, c'est John. Ma femme a votre âge.

— Ah ?

Elle demeurait interdite. Elle n'imaginait pas qu'un soldat en guerre puisse être marié. Elle ne posa aucune question, par timidité, de crainte aussi de l'importuner.

Il avait rangé le bidon de lait sur le sol près de sa tente. Ils étaient debout à deux pas l'un de l'autre. Le regard de John s'attarda sur les sabots de Marie.

— Vos pieds mesurent combien ? lui demanda-t-il après réflexion.

— Combien ils mesurent ?

Marie n'en savait rien. A part les souliers de sa belle-mère le jour de ses noces, elle n'avait jamais porté de chaussures.

— Je ne sais pas, dit-elle enfin.

— Ce n'est pas grave, la rassura John, nous allons trouver.

Il tourna les talons, s'engagea dans l'embrasure de la tente située derrière lui, lança des instructions en anglais.

Un MP sortit en trottinant, revint moins d'une minute plus tard avec une dizaine de paires de souliers vernis pour femme à la main.

— Essayez-les, conseilla John en s'asseyant sur le marchepied d'une Jeep en stationnement devant la tente, nous finirons par trouver votre taille.

Marie sans terre

— C'est pour moi ? s'étonna Marie. Mais il n'y a pas
de raison, le lait, il est à ma patronne !

John lui adressa un clin d'œil bon enfant.

— Le lait, il est à votre patronne mais c'est vous qui
l'avez apporté, et nous, nous sommes amis !

Une émotion qu'elle eut bien du mal à contenir gagna
Marie, roula douloureusement dans ses veines. Avec
quelques mots, cet étranger à l'accent chantant lui faisait
oublier que durant toute sa vie elle avait dû courber
l'échine.

— Bon, ben je vais essayer !

Elle ôta un de ses sabots. Le pied apparut, nu, sale de
plusieurs jours en raison des événements, peu propices à
la toilette. De la paille était coincée entre les orteils. La
honte submergea Marie, d'autant que le regard perspicace de John, braqué sur eux, ne lui avait pas échappé.
Elle les nettoya d'un doigt rapide puis enfila plusieurs
paires jusqu'à ce qu'elle choisisse celle qui lui allait le
mieux.

— Voilà, dit John avec un sourire connaisseur, je suis
content pour vous, Marie. Revenez ici autant que vous
voudrez mais à présent je dois m'excuser, j'ai des ordres
à donner.

Il quitta le marchepied de la Jeep, tapota son pantalon
pour en enlever la poussière, s'inclina devant Marie avant
de s'éloigner. Bien que peu au fait des galons de l'armée,
la jeune femme comprit alors qu'elle avait eu affaire à un
sous-officier ou à un officier de la Military Police.

Elle revit John à plusieurs reprises. Pressé par les événements, il ne lui accorda plus que quelques mots
aimables mais il avait laissé des consignes à ses hommes
pour qu'ils soient galants et généreux avec la jeune Française. C'est ainsi que Marie en vint à partager plusieurs

Marie sans terre

des repas de la troupe, qu'elle récolta des dizaines de paquets de cigarettes, elle qui ne fumait pas, et un nombre incalculable de cadeaux de toutes sortes : chocolat, café, chewing-gums, vêtements.

Elle ne sut jamais qui était exactement John. Les Américains qui l'entouraient n'en savaient pas plus qu'elle et d'ailleurs elle ne comprenait à peu près rien de ce qu'ils disaient. Il était sous-officier dans l'armée de l'Oncle Sam. Point final. Il quitta le camp, quelques semaines plus tard, pour une destination inconnue.

Marie pria un peu pour que le sort de la guerre l'épargne puis elle continua à approvisionner quotidiennement le camp avec quelques litres de lait. Elle était devenue la mascotte des Américains qui la saluaient gentiment d'un *Hello !* ou d'un baiser envolé du bout des doigts.

Cela dura jusqu'à la fin octobre 1944 puis, du jour au lendemain, la Military Police démonta les tentes avant de brûler tout ce qui restait de vêtements et de chaussures à distribuer aux populations, et qui avait souvent servi à alimenter le marché noir.

Bien que Marie se fût toujours comportée avec une correction exemplaire, Aimé n'avait pas apprécié cet intermède américain. En découvrant les souliers vernis que sa femme avait chaussés pour lui plaire, il lui avait même lancé, accompagnant son insulte d'un regard noir, que c'étaient là des godasses de putain. De putain qui ferait mieux de s'occuper de son *éfant* !

Ce jour-là, quelque chose se brisa en Marie. A aucun moment, elle n'avait eu la moindre mauvaise pensée en s'attardant dans le camp militaire. Elle le faisait à des heures où, de toute façon, elle ne s'occupait jamais de Marceline puisqu'elle travaillait à la ferme. Rien n'avait

Marie sans terre

changé, ni dans ses horaires, ni dans ses sentiments envers sa famille. Georges était le seul qui aurait pu lui reprocher quelque chose. Il l'avait fait à sa manière en retenant une partie de son salaire, une perte bien mince largement compensée par les généreux cadeaux qu'elle avait reçus.

Quelques jours à peine après l'installation de la Military Police, alors que Marie revenait de la traite du matin, deux somptueuses automobiles déversèrent une dizaine de résistants FFI, reconnaissables à leurs brassards tricolores.

Georges leur proposa de déjeuner avec le personnel et lui. Ils acceptèrent avec empressement et tous s'installèrent autour de la table de la salle pour se restaurer. Tout en avalant du pain et du lard, accompagnés d'un café additionné de chicorée, les résistants donnèrent des nouvelles du front. Ils évoquèrent la libération de Carentan, les violents combats, les villes et villages complètement détruits par les bombardements alliés, l'exode des civils. Pour la population locale qui avait subi la première l'épreuve du feu, en principe le danger s'éloignait. Certes, les Allemands résistaient encore, çà et là, mais ils finiraient par plier.

Les FFI se rendaient à Bayeux pour y rencontrer le général de Gaulle qui venait de débarquer à Courseulles. Ils annoncèrent au passage que l'école de Formigny avait été incendiée par les Allemands. Avant de fuir, ceux-ci avaient été informés que l'instituteur appartenait à la résistance et ils avaient découvert une cache souterraine sous la pelouse du jardin de l'école, contenant du matériel de renseignement. Prévenu à temps, l'instituteur avait décampé et rejoint les Forces françaises de l'intérieur.

Tout en éclairant leurs hôtes sur les derniers événe-

Marie sans terre

ments, les FFI regardaient avec envie monter au plafond la fumée des cigarettes offertes sans compter aux civils par les troupes américaines.

— Vous n'auriez pas quelques paquets en trop à nous céder ? demanda l'un d'entre eux. Parce que, aussi incroyable que cela puisse vous paraître, nous avons toujours été au combat et nous n'avons pas eu l'occasion d'en récupérer.

Les paysans se dévisagèrent d'un air interrogateur. Albert orienta son nez interminable vers les nouveaux venus avant de déclarer paisiblement :

— C'est pas qu'on voudrait pas, mais on a quasiment pas fumé pendant cinq ans et les Américains n'en donnent plus beaucoup.

Marie se leva alors.

— Moi, j'en ai cent cinquante paquets et je ne fume pas. Je peux vous les vendre, si vous voulez.

— Cent cinquante paquets ? s'étonna un résistant. C'est un chiffre, ça ! Vous avez fait du marché noir pour en avoir autant ?

— Elle livre du lait tous les matins au camp américain voisin, expliqua Rose, et ils lui offrent des cigarettes en échange pour la remercier.

— Hum, acquiesça celui qui semblait être le chef, c'est bien. Malheureusement, on ne peut pas vous les acheter. On n'a pas d'argent pour le moment. Après Bayeux, nous allons monter pour libérer Paris. Si vous nous cédez vos cigarettes, nous vous rapporterons un cadeau de là-bas.

Marie retint sa respiration. Paris ! C'était pour elle une ville mystérieuse, lointaine, dont on vantait le luxe et la beauté. Les yeux brillants, elle s'entendit murmurer :

— Bon, puisque vous n'avez pas d'argent, je vais vous

Marie sans terre

les donner, mais maudit celui qui s'en dédie, j'attendrai votre cadeau!

Les FFI approuvèrent en souriant.

— Ne vous inquiétez pas, promit l'un d'eux, Paris libéré, nous reviendrons tous par ici, nous sommes des enfants du pays!

Marie leur distribua cent vingt paquets de cigarettes et en conserva trente pour les offrir à Aimé. L'heure pressait. Les FFI montèrent dans leurs puissantes tractions avant et disparurent bientôt dans un nuage de poussière.

Trois mois plus tard l'un d'entre eux s'arrêta à la ferme. Marie était absente. Le résistant laissa comme promis un paquet à son intention. Marie dut s'asseoir sur un banc de la cour en le réceptionnant.

— Ah, les brigands!

Un petit étui à cigarettes, fabriqué dans un vilain métal argenté, pesait de toute sa médiocrité dans le creux de sa main. Un étui à cigarettes pour elle qui ne fumait pas!

Elle voulut en faire cadeau à Aimé. Il le prit, haussa les épaules avant de le jeter contre le mur de l'écurie où il se brisa.

— Voilà ce que j'en fais de ton étui! dit-il. T'aurais mieux fait de me donner tous tes paquets au lieu de les refiler à ces résistants de pacotille!

Il s'approcha des débris avec étonnement. Son projectile avait écrasé par hasard un hanneton qui se chauffait au soleil.

— Année hannetonneuse, année pommeuse, pronostiqua-t-il rageusement.

Et il s'éloigna à grandes enjambées, la fourche à la main.

17

Eloignée d'axes routiers stratégiques, l'exploitation Letellier ne connut pas ou peu la tragédie des exodes massifs qui jetaient les populations civiles dans toutes les directions. Ses habitants avaient été aux premières loges du plus grand débarquement de l'histoire ; or, paradoxalement, ils avaient subi relativement peu de dégâts. D'une façon générale, pendant toutes ces années, ils avaient moins souffert de la guerre que beaucoup d'autres.

Cétait comme si les désastres, les destructions d'une Normandie martyrisée avaient éclaté loin de leur porte. Il est vrai qu'ils ne possédaient aucune voiture automobile, que durant l'occupation il fallait des autorisations spéciales pour circuler et que, prisonniers des champs et du bétail, ils ne quittaient guère leur lopin de terre. Si l'on ajoute à cela une presse muselée, on comprend que la plupart d'entre eux ignoraient ce qui se déroulait à quelques kilomètres de chez eux.

Avec le débarquement et la retraite allemande, les déplacements étant devenus plus aisés, la prise de conscience de chacun se modifia. Georges, Albert, Aimé et quelques ouvriers agricoles exécutèrent des navettes

Marie sans terre

vers les plages d'Omaha Beach, à vélo ou en carriole, afin de juger de l'ampleur des destructions.

Ils assistèrent à la mise en place du port Mulberry construit devant Saint-Laurent par le génie. Trois gigantesques passerelles flottantes avaient été reliées à la plage par d'autres passerelles assez solides pour autoriser le passage de troupes, de blindés et de camions sortis du ventre des navires et destinés à approvisionner le front en hommes et en matériel.

Poussés par un pressentiment, Albert et Georges firent un saut en carriole à Vierville le 20 juin, jour succédant à une effroyable tempête. Ils en revinrent le front barré de tristesse. Les passerelles avaient été balayées par les vagues et le vent et précipitées sur les plages. Démantelés, les caissons de béton des jetées extérieures avaient dérivé avant de s'échouer un peu partout. Des bâtiments avaient coulé après avoir rompu leurs amarres. Une fois encore, un sort funeste avait frappé Omaha Beach.

Cette nouvelle jeta la consternation et la confusion dans les esprits. A la ferme, pendant deux jours on ne parla plus que de ça. On s'inquiétait. Profitant des revers de fortune des Alliés, les Allemands allaient peut-être rebrousser chemin. Puis on se rassura en apprenant que le port artificiel d'Arromanches avait partiellement résisté aux intempéries et qu'on s'empressait de le remettre en état.

Avec les mois, la guerre s'éloigna peu à peu. L'une après l'autre, les villes voisines étaient libérées avec, en contrepoint, leur stupéfiant cortège de destructions. Fidèles à eux-mêmes, Georges et Albert suivaient l'évolution des événements, grâce à la TSF, au quotidien *Ouest-France* qui avait succédé à *Ouest-Eclair* et au bihebdomadaire *La Renaissance du Bessin*, premier journal fran-

Marie sans terre

çais paru en France libérée dès le 23 juin, et qui ne comptait alors que deux pages. Mais quelles pages! Enfin les Normands recevaient des informations objectives concernant le déroulement des opérations!

Marie ne portait pas une attention soutenue à tous ces formidables bouleversements. Elle remarquait simplement que le Bessin reprenait peu à peu ses esprits et les vaches la paisible possession de leurs pâturages. Marie connaissait à nouveau les tracasseries quotidiennes, la douceur des fins d'après-midi ensoleillées et des secondes de bonheur qu'elle glanait précieusement, çà et là, auprès des siens, et auprès de Brutus qu'elle n'oubliait jamais de caresser au passage.

Marceline grandissait, élevée par Angèle. Marie rentrant tard le soir, la petite dormait déjà depuis longtemps. Cependant, avec une évidente élévation de cœur, Angèle parlait si bien de sa mère à Marceline que, lorsque Marie trouvait un peu de temps à consacrer à sa fille, elle n'avait plus la cruelle impression d'être une étrangère.

Marie attendait avec impatience que Marceline eût six ans pour l'inscrire à l'école du village. Elle désirait à tout prix que la fillette fût instruite pour échapper à un destin semblable au sien. Marie parlait souvent de l'école à Marceline. Lorsqu'elles passaient devant les grilles de la cour de récréation, elle lui disait :

«Tu vois, bientôt tu iras là avec les autres *éfants* et tu apprendras à lire, à écrire et à compter. Et peut-être qu'un jour, si tu écoutes bien le maître, tu iras dans une école encore plus grande. »

— Et mon petit frère, il ira aussi? questionna un jour Marceline en caressant le ventre de sa mère.

Marie sans terre

Marie retint un sourire, touchée par la douceur du geste.

— Je ne sais pas si c'est un petit gars ou une *file*. On ne le saura qu'à la naissance.

Car Marie était enceinte depuis quelques mois, pour le plus grand bonheur d'Aimé, de Marceline et du sien, et l'aboutissement de cet heureux événement était prévu pour le printemps suivant.

L'hiver survint, froid, pluvieux. Il y eut même un peu de neige, phénomène assez rare en Normandie. Noël approchait. Angèle et Aimé avaient l'habitude de le fêter, ayant toujours vécu dans une maison. Pour Marceline et Marie, ça allait être le premier. Ce ne fut pas une grande fête. Ils étaient pauvres, la guerre pesait toujours. Aimé tua une belle pintade, Angèle confectionna un gâteau aux pommes et décora un petit sapin avec quelques guirlandes, une étoile rouge posée sur sa cime et des boules multicolores chahutant sur les branches ; au pied de l'arbre, elle installa une petite crèche de Noël avec l'enfant Jésus, Joseph, la Vierge Marie, les rois mages, un âne et quelques moutons. Marceline contemplait ces merveilles avec de grands yeux ronds tandis qu'Angèle lui contait ce qu'elle connaissait de la vie du Christ.

Ils réveillonnèrent tard, le travail à la ferme et les soins aux bêtes n'attendant pas. Marceline s'était endormie sur les genoux de Marie, la tête blottie sur sa poitrine. Pour sa mère qui la regardait, ce visage empli de rêve à la pensée des surprises du lendemain était celui d'un ange. En grandissant, la fillette ressemblait de plus en plus à Julien. De lui, elle avait hérité le regard doux, la bouche ourlée et gourmande. Marie soupira. Malheureux Julien, trop tôt disparu. « Ecoute, Noémie, écoute… » Les vers du poème s'égrenaient sur ses lèvres sans qu'elle y prît garde, tan-

175

Marie sans terre

dis qu'elle contemplait avec mélancolie les bûches grisonnant dans l'âtre de la cheminée.

Assis devant elle, Aimé l'observait avec un sourire interrogateur.

— Qu'est-ce que tu marmonnes ? lui demanda-t-il.

Marie sursauta. Elle avait oublié l'instant.

— Oh, rien, un vieux poème, mais je ne me rappelle plus les paroles !

Aimé quitta sa chaise, contourna la table pour s'approcher de Marie. Penché au-dessus de son épaule, il l'embrassa tendrement dans le cou, tandis qu'une de ses mains caressait la nuque de la fillette endormie.

Marie se leva.

— Je vais la mettre au lit car elle commence à être lourde. Et puis elle va finir par écraser notre *éfant* !

Marceline couchée, ils installèrent ses cadeaux au pied du sapin : une poupée de chiffon confectionnée et habillée par Angèle, un petit landau en bois réalisé par Aimé, un ballon rouge, un sucre d'orge, une orange et une veste de laine tricotée par Marie à ses moments perdus.

Noël ou non, ils réveillèrent Marceline à quatre heures du matin pour la regarder découvrir ses cadeaux avant qu'ils ne partent à la ferme. Les yeux noyés de sommeil de la fillette ne le restèrent pas longtemps. Elle les ouvrit tout grands, s'agenouilla devant les présents, saisit la poupée, la pressa contre elle, poussa le landau, expédia une pichenette dans le ballon qui roula jusqu'au vaisselier, empoigna le sucre d'orge, le suça avec le respect de ceux qui n'en ont pas souvent puis, se relevant, elle embrassa ses parents et s'écria, parlant de sa poupée :

— Elle est belle, je vais l'appeler Clémentine !

Et elle lui appliqua un baiser sucré sur le front.

Marie adressa un petit signe de la tête à Angèle.

Marie sans terre

— Si vous pouviez la recoucher avec ses jouets, elle a encore sommeil.

Aimé attendait, debout près de la porte. Marie le rejoignit et, le loquet refermé, ils s'enfoncèrent dans la nuit épaisse et glacée. Malgré l'obscurité, ils distinguaient leur souffle qui formait des nuages de fumée en s'échappant de leurs bouches.˙

Aimé pressa le bras de Marie.

— C'est une brave petite *file* que tu as là.

Marie posa sa joue sur l'épaule de son époux.

— Eh oui, c'est une brave petite *file*! C'est son premier Noël, je suis sûre qu'elle s'en souviendra!

18

En mars 1945, Marie mit au monde un petit garçon qu'ils prénommèrent Michel. Un nouveau bonheur venait d'entrer dans la maisonnette. Grâce à Angèle, songeait Marie, Michel ne connaîtrait pas les affres de la nourrice et surtout il grandirait avec sa sœur dans un climat paisible.

En vérité, Michel n'allait pas avoir une mère mais trois : Angèle, Marceline et Marie. C'était un plaisir de voir la fillette s'occuper de son frère. Sur les conseils d'Angèle ou de sa mère, elle le changeait, le langeait, le bichonnait avec une tendresse toute maternelle. Elle le prenait même dans ses bras déjà vigoureux, le berçait en fredonnant des chansons en patois.

Bien qu'ils ne fussent pas du même père, la sœur et le frère se ressemblaient. Bruns tous les deux, ils affichaient les mêmes yeux noisette et la même égalité de caractère. Ils souriaient toujours et ne s'emportaient jamais sans raison. Quant à Aimé, père pour la première fois à quarante ans, il considérait son fils comme un don du Ciel.

Il y eut quelques mois d'intense bonheur, d'autant que la guerre se déroulait désormais hors des frontières de France, même si les Alliés et des prisonniers allemands

Marie sans terre

séjournaient toujours sur le territoire. Un important dépôt de munitions et d'explosifs, surveillé par la Military Police et situé à moins de deux cents mètres du bourg, laissait supposer que les Allemands n'avaient toujours pas dit leur dernier mot et qu'ils risquaient de revenir.

En mai 1945, la France entière apprit la fin de la Seconde Guerre mondiale. Mussolini avait été exécuté par des partisans, Hitler s'était suicidé, Berlin était prise, Russes, Américains et Anglais avaient établi leur jonction, et l'Allemagne avait capitulé sans condition.

La joie éclata dans le village. Le pommeau, le cidre et le calvados coulèrent à flots dans les chaumières. Enfin le pays allait vraiment renaître. Enfin on allait effacer cinq ans de privations et d'humiliations.

Et surtout, les prisonniers expédiés en Allemagne pour servir de main-d'œuvre et les réquisitionnés allaient revenir et reprendre leur place dans les usines et les campagnes françaises. Engagé comme journalier, Aimé serait obligé de chercher un emploi ailleurs que chez les Letellier mais il poursuivrait son métier de cantonnier et de garde champêtre à Asnières, le maire, monsieur de Brunville, étant satisfait de ses services.

Et l'on vit des fournées de prisonniers rentrer dans leurs foyers, après avoir été réceptionnés par des camions de l'armée américaine en gare de Bayeux et de Caen. Certains d'entre eux avaient annoncé leur arrivée imminente à leurs familles, d'autres non. Tous n'avaient pas vécu leur exil de la même manière. Les ouvriers agricoles avaient été conduits dans des fermes allemandes où ils avaient remplacé les bras des paysans partis servir le Führer. Ils avaient été mieux traités, dans l'ensemble, que

Marie sans terre

leurs camarades travaillant dans des usines ou internés dans des camps.

Un après-midi de la mi-juillet, Marie pénétra dans l'herbage où paissaient les vaches. Un soleil aveuglant rendait les bêtes nerveuses et elles accoururent vers la jeune femme, battant de la tête et de la queue dans l'espoir vain de chasser les nuées de mouches et de taons qui les assaillaient. Marie installa son tabouret et ses cannes près d'elles pour les traire puis elle commença par Douce, une vache qui portait bien son nom tant elle se prêtait avec une charmante nonchalance à la traite.

Taons, guêpes, abeilles, mouches, moustiques, hannetons, coccinelles et papillons s'étaient emparés des herbes, des haies et des talus constellés de pâquerettes, de jonquilles et de coquelicots. La nature environnante bourdonnait de milliers d'ailes d'insectes de toutes sortes, tandis qu'accablés par la chaleur, réfugiés sous les couverts, les oiseaux somnolaient.

C'est alors que derrière Marie, soudain, une voix d'homme murmura :

— *Boujou'!*

Marie sursauta comme si elle avait été piquée par un frelon. Elle se retourna d'un geste vif puis, la respiration coupée, elle resta pétrifiée.

— *Boujou'*, répéta l'homme avec un sourire mêlé d'anxiété.

Marie referma posément la canne dont elle se servait afin qu'une vache ne la renverse pas d'un coup de patte. Enfin, ayant repris son souffle, elle se leva et murmura :

— Julien...

C'était bien lui, en effet. Grandi, lui sembla-t-il, amaigri, mûri, rasé de près, vêtu d'une *blaude* grise tombant sur un pantalon de toile de la même couleur.

Marie sans terre

Elle demeurait immobile, méfiante.

— Je te croyais mort !

Un rire gagna le visage de Julien.

— Non mais, dis donc, on ne m'enterre pas comme ça !

Autour d'eux les bêtes s'impatientaient.

— Excuse-moi, dit Marie, mais il faut que je poursuive mon travail.

— Tu ne m'embrasses pas avant ?

Elle le dévisagea un moment, son esprit assailli par des sentiments contradictoires. Elle avait envie de le serrer dans ses bras, de le gifler, de lui chuchoter des mots tendres. Six ans, six ans sans une nouvelle !

— Si tu veux. Sur la joue.

Il l'observait, déconcerté.

— Sur la joue ?

— Oui, dame, je suis mariée !

Il recula d'un pas, s'immobilisa, foudroyé, sa figure vidée de son sang sous le hâle, ses grosses mains carrées inertes le long de ses hanches.

— Tu n'as pas reçu mes lettres ?

Il sembla à Marie que ses jambes se dérobaient sous elle. Elle se mit à marcher pour dissimuler son trouble.

— Si, deux, il y a plus de cinq ans, et depuis plus rien. J'ai pensé que tu étais mort ou que tu m'avais oubliée !

Il la suivait à longues enjambées désemparées et lentes.

— Ecoute, ce n'est pas possible ! Je t'ai envoyé au moins dix lettres pour te demander de m'attendre, et puis c'est vrai, j'ai moins écrit ensuite parce que tu ne me répondais pas !

Marie s'arrêta sous un pommier dont les branches croulant sous les fruits annonçaient une prometteuse récolte.

Marie sans terre

— Je ne risquais pas te répondre, je ne sais pas écrire.

Julien s'adossa contre le dos de l'arbre, secoua la tête, le front penché en avant, donna avec la pointe de ses sabots de petits coups de pied agacés dans l'herbe.

— Dans chacune de mes lettres, je te demandais d'aller voir l'instituteur du village ou le maire pour qu'il écrive à ta place.

— Puisque je te dis que je n'ai rien reçu ! Et puis d'abord où est-ce que tu étais donc passé ?

Julien leva les yeux, adressa à Marie une grimace désenchantée.

— C'est simple, en juin 1940, les Allemands nous sont tombés dessus près de Sedan. On a pris une déculottée sans rien comprendre à ce qui nous arrivait et j'ai été fait prisonnier avec toute ma compagnie. On m'a expédié en Allemagne, et comme j'étais ouvrier agricole on m'a placé avec un autre prisonnier dans une ferme du Wurtemberg, du côté de Ravensburg.

Marie jeta un regard soupçonneux à Julien.

— Tout ça, c'est bien beau, mais pourquoi je n'aurais pas eu tes lettres ?

— Je n'en sais rien. Le copain qui était avec moi a reçu régulièrement du courrier et des colis venus de France ; moi, j'ai reçu plusieurs lettres de ma mère, parfois des colis.

— Alors là, il y a un mystère ! remarqua Marie avec une amère ironie. Tu as écrit à ta mère, elle t'a répondu ; tu m'as envoyé des lettres et je ne les ai jamais vues ! Tu trouves ça normal, toi ?

Julien enfonça ses mains dans ses poches, shoota distraitement dans une pomme tombée de l'arbre.

— Non, je ne trouve pas ça normal. A moins que...

Il détourna la tête, gêné tout à coup. Il se décolla du

182

Marie sans terre

tronc de l'arbre pour arpenter l'herbage en décrivant de petits cercles autour de Marie puis, le nez pointé vers le sol, tout en marchant, il avoua :

— Voilà, la patronne, enfin je veux dire l'Allemande chez qui je travaillais, a perdu son mari à la guerre dès la fin 1940, et je me suis vite rendu compte qu'elle s'intéressait à moi.

— Et tu es tombé dans son lit ?

Julien se statufia avant de lancer un regard misérable à Marie.

— Non... Enfin, pas tout de suite. C'est arrivé deux ans plus tard. Tu ne me donnais aucun signe de vie, je pensais que la guerre ne finirait jamais, et j'ignorais si je pourrais rentrer en France un jour. Alors, elle ou une autre...

— Elle ou une autre !

Marie se laissa choir sous le pommier, terrassée soudain par une jalousie à laquelle elle n'avait pas droit puisque, de son côté, elle s'était mariée. Certes, elle croyait que Julien était mort. Lui, en retour, croyait qu'elle l'avait oublié ! Ils n'étaient coupables ni l'un ni l'autre. Le temps les avait séparés, voilà tout. Et il était trop tard désormais pour se retrouver.

— Et cette autre, reprit Marie, tu lui avais parlé de moi et elle s'est arrangée pour que je ne reçoive pas tes lettres. C'est bien ça ?

Julien s'assit près de Marie. Il contempla rêveusement un vol d'étourneaux se posant un peu plus loin dans le champ voisin au blé coupé la veille.

— C'est probablement ça. C'est elle qui postait notre courrier à la ville voisine.

— Bon.

Marie s'était relevée. Elle secoua sa robe et son tablier couverts d'insectes et de brins d'herbe.

183

Marie sans terre

— Voilà, on s'est tout dit. Je suis mariée, j'ai deux *éfants*, un loupiot et une *file*. Mon mari est gentil avec moi. A présent, il vaut mieux que tu me laisses. A la campagne, il y a des yeux partout. On pourrait nous voir et on pourrait jaser.

Julien se leva à son tour. Il adressa un petit sourire à Marie, hocha la tête.

— Tu as raison. Nous, c'est fini. Je peux te faire un baiser quand même ? Le dernier ?

Elle acquiesça, les sens en déroute, tout près des sanglots.

— Un seul. Sur la joue.

Il s'approcha d'elle. Ses lèvres se posèrent sur celles de Marie, ses bras entourèrent ses épaules. Ils échangèrent un baiser tendre, interminable, mouillé de pleurs. Elle le repoussa finalement, honteuse d'avoir si facilement cédé.

— Il ne faut plus, dit-elle. Mon mari est un homme bien honnête et je n'ai pas le droit.

— Ah, Marie, Marie, je t'aime tellement !

— Moi aussi, je t'aime, mais c'est trop tard. Ne reviens plus. Il ne faut plus nous revoir. Ça nous ferait trop de mal. A présent, laisse-moi. Je suis en retard, la patronne ne va pas être contente et elle aura bien raison !

Les laitières les avaient suivis. Elles se pressaient autour de Marie, réclamant la traite avec impatience.

— Adieu, Marie.

— Adieu, Julien.

Escortée par ses vaches, Marie se dirigea sans se retourner vers ses cannes, son tabouret et Martin qui l'attendait en broutant paisiblement une bonne herbe tout en battant des oreilles et de la queue pour chasser les taons qui, décidément, pullulaient cette année-là.

19

Julien parti, Marie reprit la traite, la tête ailleurs. Germain, le commis des Letellier, pénétra dans le pâturage avec une charrette chargée de barriques d'eau pour remplir les abreuvoirs.

Il braqua un œil sagace sur Marie.

— Dis donc, t'es pas vraiment en avance ! lança-t-il.

Puis il poursuivit son ouvrage sans plus se préoccuper d'elle. Au moment de remonter dans la charrette, il l'observa à nouveau avec étonnement.

— Ça a pas l'air d'aller, t'es sûre que t'as besoin de rien ?

Marie tira sur les pis de la vache qu'elle trayait avec agacement. Celle-ci répondit par un brusque écart.

— Non, tout va bien. J'ai presque fini.

A la ferme, Rose détailla Marie avec curiosité mais ne dit mot. Marie en déduisit qu'elle devait avoir une figure bien étrange. Cela devait être vrai, car lorsqu'elle rentra chez elle, le soir, Aimé lui demanda immédiatement ce qui était arrivé de si extraordinaire pour qu'elle ait ainsi la tête à l'envers !

Marie se laissa tomber sur une chaise.

— Julien est revenu !

Marie sans terre

D'un bond, Aimé quitta le fauteuil dans lequel il était assis. Ses yeux, habituellement malicieux, s'emplirent de soupçon.

— Tu m'avais dit qu'il était mort!

— Je le croyais. En réalité, il travaillait dans une ferme en Allemagne.

— Julien... Il est venu chez les Letellier?

— Non, à l'herbage cet après-midi.

— Tu lui as annoncé qu'il avait une *file*?

Marie soupira.

— Non, ça ne servirait à rien.

Aimé se planta devant sa femme, les poings sur les hanches, les mâchoires serrées.

— Comment, ça ne servirait à rien? Il va forcément l'apprendre. Tout le monde se doute ici que Marceline est la *file* de Julien!

Les yeux de Marie se réfugièrent dans le mur devant elle.

— Je n'ai pas pu lui dire. C'était déjà trop difficile de le revoir.

Aimé arpenta la pièce. La nuit était tombée. Les enfants dormaient. Assise sur le banc près de la cheminée, son maigre dos courbé au-dessus de l'aiguille, Angèle ravaudait un pantalon de son fils. Elle semblait absorbée par son travail mais il était évident qu'elle écoutait la conversation.

— Il n'y a que toi qui sais que Julien est le père de Marceline, reprit Marie. Je te l'ai dit parce que tu voulais m'épouser et que je ne voulais pas te mentir sur mon passé.

Elle désigna Angèle du menton.

— Maintenant, il y a toi et ta mère puisqu'elle a tout entendu.

Marie sans terre

Angèle leva le nez de son ouvrage. Marie fut frappée une fois encore par la bonté du visage de cette femme qui n'avait pourtant pas été épargnée par la vie.

— Ne vous inquiétez pas, Marie, la rassura Angèle, vous êtes heureuse avec mon fils et je sais qu'il est heureux avec vous. La preuve, notre Joli Cœur rentre directement à la maison le travail fini et ne papillonne plus. Aussi, ce n'est pas moi qui irai nuire à votre ménage. Je n'ai rien entendu, je ne sais rien.

Une lueur malicieuse éclaira ses yeux de porcelaine.

— Et je mourrai sans savoir !

— Bon, conclut Aimé, Joli Cœur ou non, il est temps d'aller se coucher !

Ils souhaitèrent une bonne nuit à Angèle, qui quitta son banc pour gagner sa chambre.

Aimé se déshabilla le premier. Nu, il se tourna vers Marie.

— Il ne s'est rien passé au moins ?

Une rougeur qu'il ne remarqua point dans la pénombre de la pièce monta aux joues de Marie.

— Bien sûr que non, grande bête !

Il tendit les mains vers elle, esquissa un sourire un peu contraint.

— Alors, viens !

Elle le rejoignit dans le lit. Il lui fit l'amour avec une fureur inhabituelle, comme s'il avait craint de la voir partir. Son plaisir pris, il demeura longtemps éveillé, les mains croisées derrière la nuque, les yeux rivés au plafond. Tous deux pensaient à Julien. Lui avec anxiété, elle avec un mélange de désarroi et de tendresse. Elle ne parvenait pas à oublier leur brève étreinte, son souffle soudain trop court lorsqu'il était apparu. Elle ne parvenait pas à oublier non plus les quelques mois de bonheur qu'il

Marie sans terre

lui avait apportés, il y avait plusieurs années, et qu'il lui avait subitement jetés au visage en réapparaissant. On ne doit pas se mentir. Elle aimait encore Julien. Plus qu'Aimé. Elle n'en avait pas le droit. Elle lutterait donc pour chasser les démons.

Au milieu de la nuit, alors que Marie allait enfin s'assoupir, Aimé tourna la tête vers elle, la poussa légèrement du coude.

— Tu dors?

— Presque.

— Je voulais te dire…

Il hésita un instant.

— … tu es sûre qu'il ne faut pas prévenir Julien qu'il est le père de Marceline?

La réponse fusa, têtue, définitive :

— Non!

— Non, ce n'est pas un argument.

— Non, parce qu'il pourrait avoir envie de la voir trop souvent ou de la garder. Et ça nous compliquerait la vie. Et comme on dit, ce qu'on ne sait pas ne fait pas de mal!

Aimé respira profondément.

— Tu as raison.

Il marqua une pause, reprit :

— Marie, promets-moi une chose…

— Oui?

— Promets-moi de ne plus le revoir.

Elle se lova contre lui, posa un baiser sur son épaule, sa tête sur son oreiller.

— C'est promis. Je lui ai dit que j'avais une famille et que c'était fini avec lui.

Aimé se tourna sur le côté. Une de ses mains effleura la hanche de Marie, retroussa sa chemise.

188

Marie sans terre

— Dans ce cas, prouve-moi que tu es vraiment ma femme !

Elle le lui prouva. Et de nouveau l'ombre s'emplit de soupirs, de rires et de cris.

Dès lors, la vie de Marie changea. Non pas dans la routine quotidienne mais en elle. Elle pensait chaque jour à Julien, s'efforçait pourtant de le chasser de sa mémoire. Cette tension permanente venait sans doute de ce qu'elle craignait de le croiser au détour d'un chemin. Son changement de comportement, sa nervosité, son esprit souvent ailleurs quand on lui parlait n'échappèrent point à Aimé. Les ouvriers agricoles requis en Allemagne étant de retour, Aimé ne travaillait plus chez les Letellier mais il y faisait souvent une brève apparition, pour boire un petit café calva ou une moque de cidre avec les amis, disait-il, en vérité pour surveiller Marie.

Sans qu'ils s'en aperçoivent vraiment, l'atmosphère entre eux s'était complètement détériorée. Marie était fidèle, Aimé en doutait, et cela rendait Marie irascible. Il y eut quelques scènes de ménage devant Angèle et les enfants. Pas grand-chose, quelques mots cruels distillés sous le couvert de la plaisanterie, de pâles sourires, de tièdes retrouvailles sous la couette. Le charme était rompu.

Un jour d'octobre, alors que Marie regagnait son logis à la brune, elle rencontra Julien à bicyclette. Il venait de Vierville où il était salarié dans une ferme et il allait voir ses parents à Formigny. Arrivé devant Marie, il mit pied à terre, souleva son béret pour la saluer, esquissa un sourire, bredouilla :

— *Boujou'*, Marie.

Marie sans terre

Il marqua une pause puis, après qu'elle lui eut répondu par un *boujou'* mouillé, il poursuivit :

— J'ai aperçu tes *éfants,* l'autre jour. Ils sont bien jolis. Surtout la petiote. Elle a des yeux malins.

Marie resta muette de saisissement. Elle craignait cette rencontre. Cette question. Elle n'allait tout de même pas avouer à Julien que Marceline était née en novembre 1939 et qu'elle allait avoir six ans. Il en aurait logiquement conclu qu'elle était sa fille.

Marceline n'étant pas bien grande pour son âge, elle prit le parti de mentir :

— Elle a cinq ans.

— C'est bien ce que je pensais, grommela Julien, t'auras pas attendu bien longtemps pour m'oublier et jouer à cache-cache avec un autre dans les haies !

Il enfourcha son vélo, vissa son béret sur sa tête, déçu par le silence de la jeune femme.

— Bon, ben, je vois que je te dérange. Excuse-moi !

Il appuya sur les pédales, élança sa bicyclette sur quelques mètres, se retourna, s'écria avec un petit signe de la main :

— Ah, Marie, Marie ! Si tu savais !

Puis il disparut à droite en direction de Formigny.

C'est alors que Marie vit Aimé. Il les avait aperçus ensemble et il fondait sur elle d'une démarche vive, les poings serrés le long de son corps, ses petits yeux parcourus par une lueur inquiétante. Arrivé près de Marie, il lui assena une gifle si violente qu'elle la fit reculer de deux pas et devait laisser un hématome sur sa joue pendant plusieurs jours. Une gifle accompagnée d'un « salope ! » sonore. Si sonore que des silhouettes se découpèrent derrière plusieurs fenêtres des maisons voisines.

Stupéfaite, Marie palpa lentement sa figure tout en

Marie sans terre

jetant des regards atterrés autour d'elle. Les têtes des curieux s'effacèrent derrière les carreaux. Marie affronta alors la colère d'Aimé. Celui-ci semblait s'être calmé d'un coup, comme si la claque qu'il lui avait donnée avait épuisé toutes ses forces.

— Tu te trompes, se justifia Marie. On s'est rencontrés par hasard. Je ne l'avais jamais revu. T'aurais pas dû faire ça ! Tout le village va se moquer. C'est pas possible d'être jaloux comme ça !

Elle dressa un doigt menaçant.

— Tu ne l'emporteras pas en paradis !

Puis, sans plus se préoccuper de lui, elle partit à grands pas vers la maison.

Dès lors, l'ambiance familiale changea. Angèle ne prit pas ouvertement parti. Cependant, à des regards en coulisse destinés à sa bru, à de furtifs haussements d'épaules en lui désignant son fils du menton, à des sourires chagrins qu'elle lui adressait, Marie sut qu'elle n'était pas l'accusée. Bien au contraire. Le soir de l'algarade, qu'elle avait suivie elle aussi de sa fenêtre, Angèle avait soufflé à Marie :

— Vous savez, il n'est pas méchant.

Méchant ou pas, quelque chose était définitivement brisé en Marie. Ils ne se parlèrent plus, si ce n'est pour régler les nécessités du quotidien. Et dans le lit, selon une expression normande, ils dormirent à l'hôtel du cul tourné. Les rares fois où, pour maintenir la paix, Marie consentait à ce qu'Aimé l'honorât, elle demeurait inerte dans ses bras. Il retombait ensuite sur le côté avec de grands soupirs désespérés.

Il ne lui demanda jamais pardon. Elle sut plus tard, bien trop tard, qu'il avait regretté son geste.

20

Nul à Asnières n'oubliera ce jeudi 25 octobre 1945 où la vie de la famille d'Aimé Auguste bascula. Ils étaient à table, ce midi d'automne, à l'exception du petit Michel qui dormait dans la chambre de sa sœur. C'était un jour gris, alternance d'éclaircies, de bourrasques de vent accourues de la mer et d'averses qui claquaient contre les vitres. Un de ces jours moroses, hélas, si fréquents en Normandie. Depuis qu'Aimé avait giflé Marie, la tristesse s'était installée dans la maison. Cela n'empêchait pas les convives d'engloutir avec une silencieuse gourmandise une omelette au lard et des pommes de terre en robe de chambre, accompagnées d'une succulente crème normande.

Aimé regardait mélancoliquement le balancier de l'horloge égrener le temps; assise près de Marie, une main posée contre sa tempe pour soutenir sa tête, Marceline rassemblait de l'autre des miettes de pain près de son verre tout en mâchouillant un bout de lard. Angèle circulait de la table à la cuisine, trotte-menu, affairée sans raison. Pour se donner une contenance. Pour oublier l'oppressant silence qui régnait dans la pièce.

C'est alors que l'imprévisible survint. Une assourdis-

Marie sans terre

sante explosion ébranla d'un coup les fondations de la maison. Ils n'eurent pas le temps de réagir et de se lever. Déraciné, un pommier du jardin défonça la fenêtre, s'écrasa sur la table et sur Marceline pendant que le plafond et plusieurs poutres de la charpente s'effondraient sur eux. Avant de s'évanouir, Marie vit le vaisselier se déplacer dans la pièce et le mur se fissurer derrière lui.

Lorsqu'elle reprit conscience, bien des heures plus tard à l'hôpital de Bayeux, Marie avait un bras immobilisé de la main à l'épaule, une jambe du genou à la hanche ; sa tête et sa figure étaient entourées de linges et de pansements qui ne laissaient apparaître que la bouche, le nez et les yeux. Marie demanda aussitôt à un médecin penché sur elle ce qui était arrivé. Elle n'entendit pas la réponse car elle avait à nouveau perdu connaissance.

Le lendemain après-midi, elle fut enfin en état de recevoir quelques informations d'une infirmière. Le dépôt américain d'explosifs et de munitions, situé à deux pas du bourg d'Asnières, avait explosé, saccageant tout à la ronde. Les dégâts étaient considérables. Les mots parvenaient à Marie dans une brume ouatée. Elle-même avait été blessée aux épaules, au visage, et elle avait une jambe et un bras cassés.

— Et mes *éfants*, et ma famille ? s'inquiéta Marie.

L'infirmière détourna les yeux.

— Ils vont bien, sauf votre petite fille. Elle est ici à l'hôpital. Elle a été blessée, c'est assez grave mais on espère la sauver.

— Je veux la voir ! s'écria Marie.

Elle voulut se redresser pour se lever ; la douleur la rejeta en arrière. L'infirmière l'aida à se rallonger sur le dos avec des gestes lents qui ne masquaient pas la fébrilité de son regard.

Marie sans terre

— C'est impossible, vous ne devez pas bouger et votre fille est en salle d'opération. Et puis, c'est l'heure de vos soins. Je vais vous aider à vous asseoir et je vais placer des oreillers dans votre dos.

La manœuvre achevée, l'infirmière se pencha au-dessus de Marie pour décoller les pansements qui occultaient son visage. Marie se retint pour ne pas hurler. Il lui semblait que ses joues, son front n'étaient plus qu'un brasier.

Elle découvrit alors, dans une glace accrochée sur le mur d'en face, une figure hallucinante. Sa figure! Couturée, lacérée, gonflée, emplie de minuscules cratères. Dévastée. Elle ne se reconnut pas.

— Qu'est-ce qui m'est arrivé?

— Des éclats de matériaux dus à l'explosion, expliqua l'infirmière en désinfectant une pince chirurgicale avant de s'approcher de sa patiente. On vous en a retiré beaucoup: des gravillons, du bois de pommier, des éclats de verre, même de la terre. Et il en reste encore. Ne vous inquiétez pas, c'est impressionnant mais ce sont des plaies superficielles, on arrivera à tout enlever. Vous êtes jeune, vous avez une bonne peau. Dans quelques mois, il n'y paraîtra plus. C'est seulement un mauvais moment à passer.

«Un mauvais moment à passer, rumina Marie. Comme tant d'autres! Cela ne s'arrêtera donc jamais?» Des larmes roulèrent sur ses joues.

— Et ma *file*, vous me direz quand je pourrai voir ma *file*?

— Oui, mais je vous en prie, cessez de pleurer, sinon ça va vous brûler encore plus.

Stoïque, Marie obtempéra. Elle contempla dans le miroir la pince qui fouillait ses traits, son cou pour en

Marie sans terre

extirper les corps étrangers. Une bile froide lui nouait l'estomac, sourdait jusqu'à la racine de ses dents.

Après avoir désinfecté soigneusement les plaies, l'infirmière replaça de nouveaux pansements. Marie fixait la tête de momie devant elle où seuls les yeux fiévreux semblaient vivre.

— Vous avez été très courageuse, la félicita l'infirmière. On n'a pas souvent des patients comme vous. Bravo !

— Et ma *file*, gémit Marie en tortillant le drap du dessus avec sa main valide, ma petite *file*, vous allez me donner des nouvelles ?

— Oui, dès qu'il y aura du nouveau, on vous tiendra au courant. En attendant, prenez ça !

Elle lui tendit deux cachets que Marie absorba dans un état second. Une piqûre plus tard, elle s'endormit d'un sommeil sans rêve. Elle demeura plusieurs jours sans penser, abrutie par les drogues qu'on lui administrait, à tel point qu'elle ne se rappelait même plus Marceline, couchée dans une pièce voisine.

Un jour, Aimé entra dans sa chambre. Il lui assura qu'il était venu la voir à plusieurs reprises et qu'elle dormait à chaque fois d'un sommeil profond. Les infirmières présentes lui avaient conseillé de ne pas la réveiller.

C'est lui qui lui apprit enfin ce qui était réellement arrivé. Le dépôt de munitions et d'explosifs, situé tout près de chez eux, sur la route menant à Formigny, avait explosé ; la majorité des membres de la Military Police et des prisonniers allemands, occupés à charger des camions, avaient été tués. La déflagration avait été si violente que toutes les toitures des maisons du village étaient endommagées, la plupart des foyers inhabitables ;

Marie sans terre

il faudrait les reconstruire. L'église avait son clocher
lézardé et sa toiture en piteux état.

— Et des morts, demanda Marie d'une voix pâteuse
due aux calmants, y a-t-il eu des morts chez les gens du
bourg?

Aimé était assis près d'elle sur une chaise, les mains
croisées sur les genoux. Elle vit ses doigts se serrer, devenir tout blancs. Il évita son regard.

— Oui, madame Le Egara était dans le champ voisin
quand c'est arrivé. Elle a été tuée avec ses deux bébés, et
puis il y a eu de nombreux blessés plus ou moins graves...

Il respira un grand coup avant de poursuivre :

— Tu ne peux pas imaginer ce qui s'est passé. Asnières
ressemble à un champ de bataille. Maisons en ruine,
arbres déracinés. Le terrain où étaient stockés les explosifs est rempli de cratères.

Et il expliqua. Longuement. Afin de repousser l'aveu
final. Un de ces cratères mesurait plus de trente mètres
de diamètre et dix mètres de profondeur. Dans les
champs voisins, on avait trouvé des débris de voitures
américaines, des moteurs, des lambeaux de pneus, des
cadavres de militaires et de prisonniers déchiquetés et
méconnaissables, des pylônes électriques couchés sur le
sol. L'horreur totale. Plus de lumière dans les maisons,
le risque de voir les murs s'effondrer à tout moment, et
malgré cela le refus de certains villageois de quitter leur
foyer par crainte des pillages.

Aimé avait placé deux oreillers dans le dos de Marie
pour qu'elle puisse s'asseoir dans son lit. Il observait sa
femme d'un œil éteint. Les mots glissaient sur Marie,
mouchetés. Il lui contait son hameau détruit et elle ne
réagissait pas vraiment. Il semblait à Marie que tout cela
était lointain, que c'était arrivé à d'autres. Anéantie par

196

Marie sans terre

les médicaments qu'on lui avait administrés, elle ne se sentait pas concernée.

C'est alors qu'elle posa la fatale question :

— Et Marceline, t'as eu des nouvelles de Marceline ? Ils ne m'ont pas encore autorisée à la voir...

Aimé leva les yeux vers Marie. Ses joues tremblaient. Il quitta sa chaise, resta un moment au pied du lit, frotta ses mains l'une contre l'autre puis il se mit à sangloter, en flots insurmontables entrecoupés de hoquets.

— J'attendais que tu me demandes ça. Ils n'ont pas pu la sauver. La rate, le foie ont explosé. Elle est morte, ma pauvre Marie, ta *file*, notre petite *file* est morte ! On l'a enterrée hier. C'est pour ça que je ne suis pas venu te voir.

De grosses larmes roulèrent sur les joues de Marie. De grosses larmes paisibles, en veux-tu, en voilà. Elle pleurait sans être vraiment triste.

— Ma petite *file* est morte, dit-elle à plusieurs reprises, comme pour s'en convaincre, ma petite *file* est morte !

Pour la première fois depuis la gifle, Aimé s'était approché d'elle. Il posa avec précaution sa tête sur la poitrine de Marie et il la berça doucement au rythme de ses mots :

— Ma petite *file* est morte, ma petite *file* est morte !

Lorsqu'il la quitta, elle s'était endormie, gémissant dans son sommeil.

Quand le médecin et les infirmières voulurent lui donner des calmants, Marie les repoussa.

— Foutez-moi la paix avec vos cochonneries ! Je n'ai plus de tête à cause de vous !

Vingt-quatre heures plus tard, la souffrance, irrésistible, entra en elle. La révolte aussi ! Ce n'était pas possible ! Le désir de fuir, de tout briser autour d'elle. Marceline ! Ma Marceline !

Marie sans terre

Elle avait repris ses esprits. A sa demande, on lui apporta *La Renaissance du Bessin* du mercredi 31 octobre 1945, qui relatait la tragédie du jeudi précédent en détail[1] :

> *Dès que nous avons eu connaissance du sinistre qui a ravagé le bourg d'Asnières nous nous sommes rendus sur les lieux où nous avons été reçus par monsieur de Brunville, maire. Dans le château où il demeure, nous avons déjà pu remarquer les effets terribles de l'explosion : portes et fenêtres étaient arrachées ; les meubles se trouvaient déplacés ; un désordre indescriptible régnait dans toutes les pièces. La nuit était venue et le pays se trouvait plongé dans l'obscurité totale. Monsieur de Brunville s'entretenait avec monsieur Triboulet, sous-préfet, en présence des délégués de l'Entr'Aide française de Bayeux, de mademoiselle de Bernard, assistante sociale, et de plusieurs de ses administrés plus ou moins contusionnés.*
> *Nous avons remarqué avec quelle intelligence monsieur le maire avait organisé les premiers secours : transport des blessés, évacuation des vieillards et des enfants, et maintenant il s'entretenait du logement des sinistrés avec notre très actif sous-préfet, avant d'entreprendre avec l'Entr'Aide française une distribution de secours d'urgence : couvertures, vivres et ustensiles de première nécessité.*

Suivaient la description du désastre dans le village puis l'évocation des blessés et des morts, passage que Marie relut mille fois, comme pour bien s'assurer qu'elle n'était pas victime d'une hallucination.

---

1. Document authentique.

Marie sans terre

Près d'un confessionnal, sous un drap, repose le corps affreusement mutilé d'un soldat noir : le seul dont on ait retrouvé quelque chose.

Ici la demeure de madame Le Egara qui trouva la mort avec ses deux nourrissons dans le champ voisin ; en face de l'habitation des frères Thomas dont l'un est à l'hôpital, blessé gravement ; celui à qui nous parlons a été légèrement blessé ; il est accablé devant sa maison en ruine, ses meubles broyés. Il fut fait prisonnier pendant cinq ans !...

Voici, là-bas, au bout d'un petit chemin la maisonnette de la famille Auguste dont l'enfant, la petite Marceline, est décédée à l'hôpital de Bayeux ; sa maman y est encore en traitement...

Marie parcourut rapidement le reste de l'article, apprenant au passage qu'un général, le général Laffitte, commandant le groupe de subdivision à Caen, avait rendu visite aux blessés à l'hôpital de Bayeux. Il avait dû entrer dans sa chambre au moment où elle dormait, abrutie par les calmants. L'article s'achevait en s'interrogeant sur les causes du drame : malveillance ou maladresse d'un prisonnier allemand ? Autre chose ? Pour Marie, cela n'avait pas d'importance. Le drame s'était produit. Une fois encore, le destin l'avait frappée de plein fouet, comme s'il avait trouvé en elle un terrain propice pour exercer ses méfaits.

Sa petite Marceline était morte, elle qui avait fait sa première rentrée des classes quelques semaines auparavant ; elle que Marie était si fière de voir galoper avec les autres élèves dans la cour de l'école au moment de la récréation. Elle dont elle pensait qu'elle serait instruite et

Marie sans terre

bénéficierait d'un autre avenir que le sien. Elle qui était la fille d'un homme qu'elle avait tant aimé.

Il restait cependant à Marie des larmes pour pleurer. Des larmes brûlantes, inépuisables, qui, en lui rappelant son malheur, l'amenaient à douter de l'existence de Dieu et l'assaillaient de pensées extrêmes. Par exemple celle de cesser de vivre pour rencontrer enfin la paix.

21

Lorsque Marie retourna chez elle, une semaine plus tard, elle ne reconnut pas Asnières. La Military Police noire américaine montait la garde autour de certaines maisons évacuées par les habitants. Les champs autour du village étaient comme labourés et une plantation de betteraves tout près de chez elle avait été complètement effeuillée par l'explosion.

Appuyée sur l'épaule d'Angèle, Marie se rendit aussitôt au cimetière où Marceline avait été inhumée. La simple croix plantée dans la terre battue qui recouvrait son cercueil était rehaussée par l'éclat des nombreuses gerbes de fleurs offertes par la mairie et la population du bourg. Marie s'assit sur une pierre tombale voisine. Elle y demeura longtemps prostrée, appelant doucement sa petite fille tout en se demandant s'il y avait une souffrance plus grande que celle qui accompagne la perte d'un enfant.

Enfin, sur les instances d'Angèle, elle se releva pour regagner leur maison. Des gens les saluaient sur leur passage, s'arrêtaient pour échanger quelques mots avec elles, leur adressaient leurs condoléances, les assuraient de leur

Marie sans terre

amitié, de leur charité, de leur compassion, de leur aide s'il en était besoin.

Elles arrivèrent au logis. Celui-ci avait subi des dégâts mineurs par comparaison avec beaucoup d'autres. Des fissures peu profondes zigzaguaient sur les murs, des tuiles avaient été arrachées, aussitôt remplacées par Aimé. Le plafond était à refaire, et la fenêtre, traversée par le pommier du jardin, avait été dévastée. En attendant de la changer, un volet en bois remisé dans le cellier depuis des lustres avait été plaqué devant l'ouverture afin de protéger la pièce de la pluie, du froid et du vent.

Installée devant la cheminée où brûlait une bûche, Marie contemplait son fils blotti sur ses genoux, ses grands yeux ronds fichés interrogativement dans les siens. Huit mois bientôt. Déjà une conscience du monde. Car lui, si gai d'ordinaire, ne babillait plus. Se rendait-il compte de l'absence de Marceline ? Il était sensible en tout cas au chagrin qui était entré dans la maison et, depuis la catastrophe, son regard s'était voilé de mélancolie et de gravité. Marie comprit alors qu'elle devait réagir si elle voulait chasser les ombres qui assombrissaient le front de Michel. Elle n'avait pas le droit d'abîmer son deuxième enfant en lui infligeant sa peine.

Après quelques semaines de convalescence, la vie reprit. Elle s'occupait toujours de la traite des vaches, de l'entretien du bétail, des étables et des *burets* chez les Letellier. Elle versa une larme en apprenant que Brutus avait été tué au cours de l'explosion du dépôt de munitions. Une seule larme, car avec le temps Brutus avait atteint l'âge respectable de quatorze ans et il ne la reconnaissait plus lorsqu'elle traversait la cour pour venir le caresser ou lui offrir une gâterie.

En dehors de ses contraintes à la ferme, Marie parta-

Marie sans terre

geait ses loisirs entre le lavoir communal où elle allait battre son linge et le potager derrière la maison où, selon les saisons, avec la complicité d'Angèle, elle faisait pousser toutes sortes de légumes et de fruits qui accompagnaient omelettes au lard, poulardes, jambons et rôtis et permettaient de composer de délicieuses soupes.

Si on n'était pas fortuné chez les Auguste, on se nourrissait bien et on s'habillait toujours proprement car, grâce à sa machine à coudre à pédale, Angèle confectionnait à moindres frais *blaudes*, robes et pantalons pour toute la famille.

Peu à peu, chacun s'efforçait de reprendre goût à la vie. Bien que Michel n'eût que neuf mois au moment des fêtes de fin d'année, Marie insista pour qu'on dresse un sapin et pour qu'on fête dignement la naissance de l'enfant Jésus. Marceline était morte, soit. Elle n'avait connu qu'un seul Noël. A cette pensée, des bouffées de désespoir anéantissaient Marie. Mais il fallait lutter pour son frère. C'est ce qu'elle fit. Il le fallait pour elle aussi, si elle voulait remonter la pente. Une pente semée d'embûches, car ses épreuves étaient bien loin d'être finies.

Après son retour de l'hôpital, Aimé et Marie essayèrent de se réconcilier. Ils le firent d'abord sous la couette puis dans le quotidien, mais ce fut sans enthousiasme, voire sans illusions. Quelque chose était définitivement rompu entre eux. Marie aurait pardonné la gifle mais pas la raison pour laquelle il la lui avait donnée. Il avait douté d'elle, l'avait jugée infidèle, ridiculisée devant les curieux du village massés derrière leurs fenêtres, la faisant passer pour une Marie-couche-toi-là !

Aimé eut d'ailleurs bientôt une seconde raison d'en vouloir à sa femme. Un après-midi d'avril 1946, alors qu'elle se dirigeait vers le lavoir avec une brouette de linge

203

Marie sans terre

sale, un tombereau chargé de fumier, tiré par un cheval, s'arrêta auprès de Marie et une voix qu'elle aurait reconnue entre toutes lança :

— *Boujou'*, Marie !

Elle sursauta, s'arrêta à son tour. Julien sauta du siège de la voiture conduite par un homme entre deux âges, aux longues moustaches tombantes, dont le visage émacié était protégé par une casquette grise.

— *Boujou'*, répondit Marie en contemplant Julien.

Celui-ci s'était étoffé. Ses épaules étaient plus larges, ses mains plus solides que naguère. Dans la figure bronzée, les yeux paraissaient plus bleus.

— J'ai appris pour ta petite *file*, dit Julien, ça m'a fait de la peine mais je n'ai pas osé venir te présenter mes condoléances puisque tu ne veux plus qu'on se voie.

— Et tu as bien fait, dit Marie, la seule fois qu'on s'est parlé, mon mari m'a fait une scène devant tout le village !

Julien se mit à tanguer d'une jambe sur l'autre, mal à l'aise.

— Pourquoi il a fait ça ?

— Parce qu'il a cru qu'on partageait de vilaines choses.

Il y eut un silence. Le cheval cogna du sabot sur le sol, impatient de reprendre sa route. Son maître le calma.

— Doucement, Colonel, doucement !

Julien se tourna vers l'homme.

— J'arrive, Fernand, j'arrive !

Puis, regardant Marie :

— Bon, eh bien, il faut que j'y aille.

Alors, l'irrémédiable se produisit. Dans un rêve, poussée par une force qui la dépassait, Marie s'entendit murmurer afin que Fernand ne puisse entendre :

— Julien, il faut que je t'avoue quelque chose.

204

Marie sans terre

Elle hésitait.

— Quoi? insista Julien.

Marie avala une grande bouffée d'air.

— Voilà, Marceline, la petiote, c'était ta petite *file*!

Julien demeura pétrifié, les jambes écartées, les bras ballants. Enfin, il répéta :

— Quoi?

Il secoua la tête, pivota vers le tombereau.

— Fernand, tu peux aller, je rentrerai à pied. Dis au patron que je serai en retard mais que j'ai une bonne raison.

Fernand observa Marie et Julien avec curiosité, pinça sa moustache entre le pouce et l'index puis se redressa sur son siège, claqua de la langue, caressa l'encolure du cheval avec son fouet, tira sur les rênes, lança un «hue dia!» sonore et le tombereau s'ébranla.

Ils se retrouvèrent seuls. Dans le visage de Julien, la colère avait remplacé la stupéfaction.

— Pourquoi tu ne m'as rien dit? Pourquoi tu ne m'as pas écrit pour me prévenir que tu étais enceinte de moi? Je t'aurais épousée!

— Parce que je ne sais pas écrire, répliqua Marie avec vivacité, et dans ta dernière lettre tu disais que tu allais revenir en permission. Et puis après plus rien. Il y a eu la guerre, l'Allemagne, six ans. Je te croyais mort!

Julien s'était mis à arpenter durement la terre du talon autour de Marie pour se calmer. Il s'immobilisa devant elle.

— J'avais une petite *file* et je ne le savais pas! Ah, c'est trop dur! Non, vraiment, c'est trop dur!

Brusquement, ses mains étreignant ses tempes, il éclata en sanglots. D'un geste rageur, il rajusta son béret qui

Marie sans terre

avait glissé sur sa nuque, tourna le dos à Marie, contempla une rangée d'ormes qui bordait la route.

— J'avais une petite *file* et je ne le savais pas !

Il essuya ses paupières d'un revers de manche de sa *blaude*. Un grand soupir souleva ses épaules. Il pivota finalement vers Marie, la fixa avec intensité.

— Une petite *file* de la seule femme que j'ai vraiment aimée.

Il marqua une pause, ferma les yeux.

— Et que j'aimerai toujours !

Marie se mit à pleurer à son tour. Elle aurait voulu poser sa joue contre celle de Julien. Une fois, une seule fois, pour lui avouer qu'elle l'aimait toujours mais qu'étant liée par le mariage elle se devait de rester fidèle à son mari. Hélas, des villageois passaient en les observant avec curiosité. Tout à l'heure, demain au plus tard, tout le village saurait que Marie avait bavardé avec un inconnu. Qu'ils avaient pleuré tous les deux. Les langues se délieraient, broderaient. Et Aimé lui ferait une scène.

Marie recula d'un pas, empoigna sa brouette.

— Bon, voilà, il faut que j'y aille.

Julien enfonça les mains dans les poches de sa *blaude*, souffla :

— Marie, ah, Marie ! Quel gâchis !

Il shoota violemment dans une pierre du chemin, tourna les talons. Puis ils s'éloignèrent, chacun de son côté.

Quand Marie arriva au lavoir, les trois femmes occupées à laver leur linge étaient déjà au courant.

— Alors, la Marie, questionna l'une d'elles avec un sourire sournois, tu as l'air bien retournée à c't'heure. C'est-il que tu aurais fait une mauvaise rencontre ?

Son panier posé près d'elle, Marie s'était agenouillée

206

Marie sans terre

sur la pierre du lavoir. Elle se redressa, fixa les lavandières tour à tour, droit dans les yeux.

— Non, répondit-elle avec aplomb. Je viens d'annoncer la mort de Marceline à un mien cousin que j'avais perdu de vue depuis longtemps.

— Ah! fit la femme.

Pendant un moment il y eut un grand silence, interrompu seulement par le linge battu et les protestations de l'eau.

22

Aimé n'adressa aucun reproche à Marie. Elle sut pourtant par Angèle qu'il avait appris qu'elle avait revu Julien. Marie s'efforça de lui expliquer qu'il s'agissait là d'une rencontre fortuite sans lendemain. Elle lui avoua cependant qu'elle avait prévenu Julien que Marceline était sa fille. Aimé haussa les sourcils, répondit d'une voix étrangement paisible qu'elle avait eu tort de lui dire la vérité et le silence s'installa définitivement entre eux. Un silence sur tout ce qui cimente un couple. Ils ne se parlèrent plus que pour se partager les tâches quotidiennes. Au lit, ils jouèrent à nouveau la partition du cul tourné, sauf une fois par mois où Aimé se ruait sur Marie pour assouvir une virilité trop longtemps contenue. L'acte accompli, il contemplait alors sa femme avec une sorte d'horreur comme si elle avait été coupable de quelque crime. Il était jaloux, à tort, mais les efforts de Marie pour le convaincre de sa bonne foi étaient inutiles. Il souffrait et elle n'y pouvait rien.

Trois années s'écoulèrent ainsi. Pour achever de miner le moral de Marie, un ouvrier agricole travaillant à Vierville dans la même exploitation que Julien lui annonça que celui-ci s'était mis à boire. Avec fureur. Du cidre et

Marie sans terre

du calva. A la ferme et au bistrot. En fin d'après-midi, afin de ne pas perdre son emploi. Dans ses moments de délire, il frappait tout ce qui l'entourait, la table du café, le comptoir, les arbres, les murs, le pochard avec qui il partageait ses libations, hurlant à la cantonade : «J'avais une jolie petite *file*, elle est morte. Et elle était bien jolie!»

Aimé avait raison. Marie avait eu tort d'avouer la vérité à Julien. Une fois encore le désespoir envahit la jeune femme, convaincue qu'une sorte de malédiction pesait sur elle et que sa nature profonde la poussait inconsciemment à malmener tous ceux qui s'intéressaient à elle.

En cette année 1948, saisie par de violentes douleurs dans le ventre, Marie dut partir d'urgence à l'hôpital de Bayeux. Elle y demeura longtemps. Lorsqu'elle en ressortit, elle avait subi l'ablation des ovaires, des trompes de Fallope et d'une partie du côlon. Elle ne pourrait plus avoir d'enfant.

Marie n'avait que trente-deux ans et cela lui causa un choc. Marceline disparue, elle n'avait plus que le petit Michel, et elle ne pouvait s'empêcher de se dire, en songeant au sort malheureux de sa sœur, que s'il disparaissait à son tour elle resterait seule. De sinistres pensées l'assaillaient alors. Elle se consolait un peu, se disant que pour assurer une descendance il faut être deux. Or elle n'avait plus de rapports avec Aimé ou si peu. Et surtout, elle ne l'aimait plus.

Elle en était là de ses réflexions quand une ambulance la ramena à Asnières. Angèle l'embrassa avec effusion, s'excusa parce qu'Aimé était absent. Puis elle l'installa avec mille précautions dans le fauteuil devant la cheminée éteinte. On était en été et une douce tiédeur régnait dans la salle. Michel vint se blottir entre les genoux de sa mère. Marie enfouit son nez dans ses boucles de cheveux,

Marie sans terre

humant cette bonne odeur de savon de Marseille qui émanait du front et des vêtements légers de l'enfant. Elle regarda ensuite Angèle avec reconnaissance. Celle-ci observait sa bru avec un sourire dans lequel Marie crut lire de l'anxiété.

Le soleil commençait à décliner sur l'horizon. Angèle ouvrit la fenêtre pour laisser pénétrer la douceur du soir puis elle prépara la soupe avant d'inviter Marie et Michel à se mettre à table. Quand, à la fin du repas, Marie demanda pour l'énième fois à Angèle quand Aimé allait rentrer, celle-ci lui adressa un clin d'œil embarrassé, l'invita à retourner s'asseoir dans le fauteuil, desservit vivement le couvert et alla coucher Michel. Ces tâches achevées, elle se laissa choir sur le banc devant Marie. Le front baissé, les yeux rivés sur la terre battue et noire de la pièce, elle avoua.

Dès le lendemain du départ de Marie pour l'hôpital, Aimé s'était mis à boire. Peu au début. Puis avec acharnement, un verre chassant l'autre. A se coucher par terre. A faire sous lui. A s'endormir dedans. A tel point qu'il avait perdu son emploi de journalier ; même le maire l'avait menacé de le suspendre de ses fonctions de garde champêtre et de cantonnier s'il ne cessait pas de s'enivrer sur-le-champ !

A cette nouvelle, Marie demeura prostrée dans son fauteuil. Angèle l'observait avec compassion. Elle comprenait sa bru. Elle-même avait vécu des années de malheur à servir un époux indifférent et volage qui, en revanche, buvait avec une relative modération.

En Normandie, dans les zones rurales isolées, ce que l'on nomme aujourd'hui la campagne profonde, là où le travail est rude, les loisirs inexistants et les habitants peu nombreux, le mal endémique d'alors était l'alcool, et

Marie sans terre

Aimé et Julien en témoignaient avec brio. Les deux seuls hommes que Marie avait aimés en étaient arrivés au même point. Ils s'enivraient à perdre la raison, et chacun accusait la jeune femme de son malheur.

Aimé rentra à la maison vers une heure du matin, cette nuit-là. Marie ne dormait pas, torturée par son passé et par l'avenir sombre évoqué par Angèle. Aimé alluma la lumière dans la pièce, découvrit avec stupeur sa femme couchée, s'approcha d'elle, leva une main apaisante qui le déséquilibra et faillit le faire s'effondrer sur la convalescente. Il se rattrapa de justesse au rideau du lit. Tout son corps tremblait. Derrière une barbe de plusieurs jours, les joues s'étaient creusées. Il resta un moment les jambes écartées, les yeux vitreux, un sourire de Pierrot sur sa figure marquée par l'ivrognerie. Il émit une série de gloussements entrecoupés de hoquets, bredouilla :

— Ah, ma bonne Marie, te revoilà ! Je ne me souvenais pas que tu rentrais aujourd'hui. J'ai bu un petit coup avec des amis. Comme ça. Pour une fois. Mais t'inquiète pas, je vais pas te déranger avec toutes tes cicatrices, je vais aller dormir sur une paillasse dans la chambre du petiot.

Marie laissa échapper un soupir, murmura :

— Mon pauvre Aimé, quel mal j'ai fait au bon Dieu pour que tu te mettes dans des états pareils ?

Un nouveau gloussement secoua la poitrine d'Aimé.

— T'as fait du mal à personne, c'est des bêtises tout ça. On est heureux tous les deux, pas vrai ?

Il dressa un doigt solennel vers le plafond.

— Allez, Marie, j'te laisse dormir. Demain, ça ira mieux et j'aurai de bonnes choses à t'annoncer !

Il expédia un bruyant baiser à Marie avec la main, tourna les talons et s'écroula d'une masse entre le lit et

Marie sans terre

la cheminée. Quelques secondes plus tard, un ronflement tonitruant rassura Marie.

Des bruits de pas lui firent lever les yeux. Attirée par le bruit de la chute, Angèle accourait aux nouvelles. Elle braqua son regard sur son gredin de fils, adressa un sourire désespéré à Marie puis, après un haussement d'épaules impuissant, elle éteignit la lumière.

Marie s'endormit avec l'aube. Lorsqu'elle se réveilla, un peu plus tard, Aimé avait quitté la pièce. Il se présenta devant elle vers six heures, propre, rasé de près, l'embrassa avec une affection inattendue, l'aida à se lever pour qu'elle puisse déjeuner puis, sans faire allusion à la nuit précédente, il lui annonça avec une mine réjouie qu'il était employé depuis une semaine chez un menuisier de Trévières.

— Tu comprends, j'en avais assez du boulot de cantonnier et de passer le reste de mon temps dans des tonnes de fumier ou au cul des chevaux !

Fataliste, Marie opina du bonnet tout en le regardant terminer une tasse de café abondamment mouillée de calvados.

— Si t'es bien payé et que ça te plaît, y a rien à dire.

Il acquiesça d'un clin d'œil malicieux, massa sa lèvre supérieure entre le pouce et l'index.

— Pour être bien payé, c'est bien payé, tu verras !

Il marqua une pause avant de conclure avec une froide ironie :

— Tu connais le dicton : «Ménage sans argent, bonheur qui fout le camp !»

Marie voulut se lever.

— Attends, Trévières, c'est loin, c'est au moins à neuf kilomètres d'ici, tu ne vas pas rentrer à vélo pour déjeuner. Je vais te préparer ta gamelle.

212

Marie sans terre

Il l'arrêta d'un geste.

— Non, laisse, tu es encore bien mal. Maman s'en occupe.

Une minute plus tard, en effet, Angèle sortit de la cuisine avec le repas de son fils.

— Voilà, c'est prêt.

Aimé empoigna la besace contenant sa gamelle et une bouteille de cidre, la fixa sur son épaule, embrassa sa mère, déposa un baiser distrait sur le front de Marie puis, d'une démarche presque normale, il se dirigea vers la porte qu'il referma doucement derrière lui.

Angèle avait regardé partir son fils d'un air pensif. Elle entreprit de desservir la table, empila les bols les uns dans les autres, soupira :

— Ce n'est pas un mauvais garçon, vous savez, mais il est faible. Il ne lui faudrait peut-être pas grand-chose pour qu'il s'arrête de boire.

Marie comprit l'appel au secours qui lui était lancé. Elle contempla avec émotion les petites joues ridées, le front soucieux, les yeux où circulaient des lueurs tendres.

— Je vous promets de faire mon possible pour essayer de le sortir de là. Mais, vous savez, ce sera dur. C'est difficile de guérir de l'alcool.

Angèle lui adressa un sourire reconnaissant puis elle s'éclipsa dans la cuisine pour laver la vaisselle du matin pendant que Marie se rendait d'un pas hésitant dans la chambre de Michel. Assise sur une chaise, immobile, elle attendit qu'il se réveille. Il dormait profondément, son pouce enfoncé dans la bouche, le suçant avec voracité pendant quelques secondes avant de l'oublier à nouveau. Michel avait maintenant trois ans passés. En grandissant, ses cheveux bruns étaient devenus bouclés. Ils encadraient une figure au vaste front bombé, au regard

Marie sans terre

sombre et pensif. Angèle affirmait, et Marie partageait cette opinion, qu'oreilles, nez, bouche et ovale du visage de l'enfant avaient été dessinés par le bon Dieu lui-même ! Michel était beau, d'une beauté presque excessive à laquelle s'ajoutaient une gentillesse naturelle et un sourire enjôleur qui séduisait tous ceux qui le rencontraient.

Marie croisait les doigts. Comme sa sœur, Michel n'était presque jamais malade. Le médecin était accouru le soigner une seule fois pour une coqueluche attrapée Dieu sait où. Marie avait suivi les prescriptions du médecin mais elle y avait ajouté un remède transmis religieusement de génération en génération, qui permettait de réduire rapidement les violentes quintes de toux dont le paroxysme n'était pas loin d'évoquer le chant du coq, d'où le nom de la maladie. La base essentielle de ce produit miracle n'était rien d'autre que de la bave d'escargot. Pour ce faire, Marie plaçait une vingtaine de ces gastropodes et du sucre dans un tissu fin qu'elle nouait ensuite avec soin puis, après avoir cassé les coquilles pour accélérer le processus, elle laissait dégorger les infortunées bestioles toute la nuit dans le sucre. Un sirop épais s'égouttait alors à travers le linge que Michel buvait trois ou quatre fois par jour en tendant goulûment ses petites lèvres et en disant : « Hum ! Encore ! C'est bon ! »

Huit heures sonnèrent à l'horloge du village. Au frémissement de ses paupières, Marie sut que Michel allait se réveiller. Il s'étira en effet, bâilla, ouvrit les yeux, découvrit sa mère tout près de lui. Un sourire ravi éclaira son visage. Il tendit les bras vers elle.

— Maman !

— Je ne peux pas trop bouger, mon petiot, dit Marie,

Marie sans terre

on m'a ouvert le ventre il n'y a pas longtemps et j'ai encore mal, mais je t'aime !

Il se leva, trottina vers elle, posa son front sur ses cuisses. Elle glissa ses doigts dans les boucles brunes en pensant à Marceline. Des larmes tombèrent sur la nuque de Michel qui releva la tête, étonné.

— Pourquoi tu pleures ?

Marie caressa la joue de l'enfant.

— Pour rien. Je ne suis qu'une vieille bique !

Ils passèrent la journée ensemble. Marie se hasarda avec lui dans le potager ; elle s'installa ensuite dans le fauteuil, où elle déchiffra les aventures des *Pieds Nickelés* et de *Bibi Fricotin* dans les journaux illustrés. Quand, fatiguée, après le repas elle alla s'allonger, Michel vint s'asseoir au pied de son lit. Là, des heures durant, il s'amusa silencieusement avec des chevaux et des soldats de plomb apportés par le père Noël l'année précédente.

La nuit tombée, Michel couché, Angèle et Marie s'attardèrent devant la cheminée. Angèle actionnait sa machine à coudre, Marie survolait d'un regard distrait les titres du *Ouest-France* du jour quand un choc sourd ébranlant la porte les fit sursauter. Aimé entra après avoir rangé son vélo dans la remise. Il jeta un coup d'œil à l'horloge, salua la compagnie d'un geste rond du bras, s'avança jusqu'à Marie pour l'embrasser sur la joue, lui offrant au passage une haleine empuantie par l'alcool.

Marie détourna la tête avec dégoût.

— Dix heures et demie ! C'est à une heure pareille que ton patron te lâche ?

Aimé recula d'un pas. Un sourire niais se dessina sur son visage.

— Il y avait une commande à livrer absolument pour demain. Il fallait bien la finir !

Marie sans terre

— Une commande bien arrosée ! Avec ce que tu as bu, tu tuerais une mouche à vingt mètres !

Aimé haussa les épaules, tourna les talons, se dirigea vers le lit. Sa mère étant dans la pièce, il referma ostensiblement les rideaux pour se déshabiller.

— Ce n'est pas ce que tu crois, reprit-il, une commande, c'est une commande, et quand on trouve un boulot on essaye de plaire à son patron !

Aimé couché, Angèle adressa un regard misérable à Marie. Elle avait plié avec soin la petite culotte à bretelles qu'elle venait de confectionner pour Michel. Elle se leva, dit pour la millième fois :

— Pourtant, il n'est pas méchant.

Puis elle s'éclipsa dans sa chambre.

Marie resta seule, ne se décidant pas à regagner le lit où, affalé, les bras en croix, Aimé s'était endormi, bercé par un ronflement qui faisait trembler les murs de la maison.

23

Avec les semaines, Aimé rentra de plus en plus tard et de plus en plus ivre. Marie ne l'attendait plus. Remise sur pied, elle avait repris son travail chez les Letellier. Le reste du temps, elle secondait Angèle dans les tâches quotidiennes, regardait pousser son fils et considérait son mari comme un étranger.

Un soir il rentra plus tôt que d'habitude, jeta une enveloppe sur la table.

— Voilà mon salaire! Pas mal, hein?

Marie prit l'enveloppe sans hâte, la soupesa avant de l'ouvrir. Aimé guettait avec impatience la réaction de sa femme, se dandinant d'une jambe sur l'autre, l'œil brillant. Marie ne put cacher son étonnement. Les billets qu'elle froissait maintenant dans sa main correspondaient à une fois et demie ce qu'Aimé gagnait auparavant.

— C'est bien, admit-elle, ce sera parfait quand tu cesseras de boire!

Aimé pâlit. Il serra le bord de la table avec une telle force que Marie vit ses doigts blanchir.

— T'es jamais contente! siffla-t-il.

Puis, ignorant Marie, il se dirigea vers une crédence,

Marie sans terre

ouvrit le battant, saisit une bouteille de calvados aux trois quarts pleine et se jeta au-dehors en claquant la porte.

Marie ne le revit que le lendemain vers quatre heures du matin au moment où elle quittait la maison pour se rendre chez les Letellier. On était en été. Il dormait sur le sol devant l'entrée, la bouteille vide gisant à côté de lui. Tout le bourg d'Asnières avait dû défiler devant lui pour l'admirer. Toute honte bue, Marie l'enjamba pour aller travailler.

Les jours se succédèrent, identiques. Aimé partait à vélo le matin, rentrait le soir à des heures que la morale réprouve. Pas de femmes. La période de Joli Cœur le coureur de jupons était révolue. L'alcool. L'alcool seul. L'alcool qui détruit les vies de ceux qui boivent et esquinte celles de ceux qui habitent sous le même toit. Une chance, il n'était pas violent, ne jurait pas. Il se contentait de tomber comme une masse, de vomir, de s'oublier dans son pantalon.

Un dimanche, un mois et demi après sa première paye, à l'heure du repas, Marie lui demanda si elle allait bientôt voir arriver son prochain salaire. Aimé la dévisagea avec hauteur, argua que son patron avait quelques difficultés financières temporaires, qu'il lui faisait néanmoins confiance et que de toute façon ça ne la regardait pas. Puis il s'endormit d'un coup, le front dans son assiette remplie de bouillie de sarrasin.

Michel observait son père d'un œil interdit.

— Il est malade, papa ?

Marie quitta la table pour prendre le petit dans ses bras.

— Non, mon petiot, il est malheureux mais il ne sait pas pourquoi.

Quelques jours plus tard, l'argent commençant à manquer, Marie profita de l'automobile du forgeron du vil-

Marie sans terre

lage qui se rendait à Trévières pour aller voir le patron de la menuiserie où travaillait Aimé. Elle pénétra dans une cour remplie de planches de toutes tailles, longea un atelier vitré d'où montaient les grondements de machines et de scies mécaniques et frappa à la porte d'un appentis agencé en bureau. Une dame corpulente installée derrière une machine à écrire lui fit signe d'entrer à travers le carreau. Quand Marie lui demanda à voir le patron, un homme qu'elle n'avait pas remarqué au fond de la pièce répondit :

— C'est moi.

Ce que Marie n'aurait jamais osé imaginer se produisit. Le menuisier ne verserait pas un salaire de retard à Aimé puisqu'il ignorait son existence. Celui-ci n'avait jamais mis les pieds dans son entreprise. Il emmena Marie dans l'atelier pour qu'elle puisse vérifier ses dires. Il questionna ses ouvriers devant elle. Aimé était inconnu au bataillon !

De retour à la maison, Marie prépara le dîner à la hâte. Ils mangèrent rapidement sans attendre Aimé, puis, après avoir couché Michel, elle raconta sa découverte à sa belle-mère et la supplia d'aller se coucher afin qu'elle n'assiste pas à une scène qui risquait de prendre de fâcheuses proportions.

Angèle serra Marie contre elle, murmura :

— Ma pauvre Marie, je vous plains ; mon pauvre petiot, que lui est-il donc arrivé ? C'est peut-être ma faute, je l'ai peut-être mal élevé. Je lui ai peut-être trop donné ? Vous savez, Marie, il...

— Non, s'écria Marie, ne me dites plus jamais « Il n'est pas méchant » ! Méchant ou pas, il a gâché ma vie !

Angèle tressaillit, surprise par la brutale réaction de Marie. Elle baissa les yeux comme une enfant prise en

Marie sans terre

faute avant de s'éloigner vers sa chambre avec ses questions sans réponses, les épaules voûtées, le dos secoué par les sanglots.

Marie attendit. Elle attendit que la porte s'ouvre. Que le couple explose. La porte s'ouvrit en effet. Vers minuit. Aimé entra, tangua d'un mur à l'autre, se cogna à l'angle de la table, se prit les pieds dans une chaise, jura, découvrit Marie occupée à tricoter un pull-over de laine pour Michel, assise devant l'âtre éteint. Il se laissa choir dans le fauteuil, posa sa tête sur le dossier, les bras sur les accoudoirs. Le plafond tourbillonnait au-dessus de lui. Il ferma les paupières dans l'espoir que cela s'arrête, marmonna .

— T'es pas encore couchée à cette heure ?

— Non, répondit Marie, quand on aime son homme, on attend qu'il soit rentré !

Malgré l'abrutissement dû à l'alcool, Aimé sentit confusément l'ironie de Marie. Il colla son dos contre le fauteuil, fixa sa femme.

— Qu'est-ce qui ne va pas ?

Marie plia le tricot sur ses genoux, braqua son regard dans celui d'Aimé puis, d'une voix sereine qui l'étonna elle-même, elle déclara :

— Ce qui ne va pas ? Rien. Tout va bien. Je suis allée me promener à Trévières cet après-midi. Je suis passée pour te dire un petit *boujou'* à la menuiserie mais je n'ai pas eu de chance. Ton patron m'a dit que tu venais juste de partir faire une livraison chez un client !

Il y eut un silence extraordinaire. Un de ces silences que l'on ne rencontre qu'à deux ou trois reprises dans une vie. On eût dit deux boxeurs s'observant avant le combat. Aimé s'était levé. Immobile, pâle, il fixait Marie. Prudente, celle-ci s'était levée aussi et elle avait reculé de deux pas, prête à fuir vers la porte du dehors pour appeler

Marie sans terre

à l'aide. Il n'y eut pourtant pas d'affrontement. La révélation de Marie avait eu l'effet d'une douche froide sur l'ivrogne. Dessaoulé, il cherchait une issue honorable à son mensonge. Il enfonça désespérément les mains dans ses poches, chercha à se disculper :

— C'est vrai, je ne travaille pas à la menuiserie. C'est vrai, je t'ai menti. Mais je te promets, je cherche du travail, je ne perds pas mon temps !

Marie comprit que le plus gros de l'orage était passé. Dévoré de honte, Aimé ne la frapperait pas. Il se tenait devant elle, le front baissé, sa figure étroite secouée de tics. Un peu de morve, qu'il ne contrôlait pas, coulait de son nez vers sa bouche.

Mais Marie avait trop souffert pour puiser un peu de pitié en elle et elle lança :

— Et cet argent que tu as ramené l'autre jour, où tu l'as trouvé ? Tu l'as volé ?

— Non, j'avais un peu d'économies mais à présent je n'ai plus rien !

Elle hocha la tête, désemparée.

— Tu m'as menti ! Tu as passé tout ce temps à me mentir, tu n'as pas un sou et ce n'est pas avec ce que je gagne qu'on va s'en sortir ! Surtout avec tout ce que tu dépenses en buvant comme un trou !

Piqué au vif, Aimé se rebella :

— Menti ? Je ne mens pas plus que toi ! Tu me dis que tu m'aimes et tu as revu Julien plusieurs fois ! Je suis la risée du bourg. Quand je suis dans la rue, les gens chuchotent sur mon passage et ils rient. Ils doivent être en train de dire que je vis avec une putain !

— Aimé !

Elle avait crié. Stupéfaite, blessée, anéantie. Elle trouva pourtant la force de riposter :

221

Marie sans terre

— Ils rient parce que tu es un poivrot, parce que tu tombes de ton vélo, parce que tu te cognes aux arbres et aux murs, parce que tu es devenu une caricature !

Des gloussements hystériques secouèrent la gorge d'Aimé.

— Une caricature, peut-être, mais moi on ne m'a pas opéré et moi je peux encore avoir des *éfants* !

Il se laissa tomber dans le fauteuil derrière lui.

— Tu n'es plus une vraie femme ! Tu n'es même plus capable de me faire un gars, moi qui en voulais deux ou trois au moins !

— Et comment tu les aurais nourris ? se défendit avec fureur Marie. En te saoulant trois fois plus ?

Elle s'était mise à déambuler dans la pièce, ses yeux jetant des éclairs, prête, quitte à se faire massacrer, à échanger des coups avec le bandit qui l'injuriait, cet homme jaloux, stupide, injuste, qui brisait sa vie.

Elle s'immobilisa brusquement devant lui, le toisa avec un calme inattendu.

— A partir de maintenant, je ne veux plus que tu me touches. Je dormirai avec Michel. Puisque je ne suis plus une vraie femme, je ne veux plus t'importuner !

Ayant dit, Marie s'éloigna d'un pas glissé vers la chambre de son fils et elle disparut après en avoir refermé doucement la porte derrière elle.

Les jours s'enchaînèrent aux jours. Le couple faisait chambre à part. Aimé rentrait à n'importe quelle heure, continuait de s'enivrer, exécutait quelques petits boulots dans les fermes voisines. Marie ne l'attendait plus, reportant toute son affection sur Michel, un Michel désorienté par le comportement de son père.

Un dimanche, Aimé disparut. Il revint quinze jours plus

Marie sans terre

tard sans fournir la moindre explication sur son absence. A détailler ses vêtements, il était visible qu'il avait vécu dehors, dormant dans les fossés ou dans la paille d'une grange. Marie se sentit renvoyée une trentaine d'années en arrière lorsqu'elle vagabondait avec son frère et sa mère, survivant grâce à la vente d'escargots et de moules.

Deux années s'écoulèrent ainsi. Aimé travaillait un peu, se saoulait beaucoup puis il fuguait à nouveau pendant deux ou trois semaines. Réapparaissait comme si de rien n'était. Marie ne lui posait plus aucune question. Ils étaient devenus des étrangers.

Aussi, lorsque, après une fugue, il ne revint pas, Marie ne s'en préoccupa guère. Au bout de six semaines, les gendarmes frappèrent à la porte pour l'avertir que des scouts qui dressaient leur campement dans un pré situé non loin de Trévières, alertés par les cris et l'agitation d'un chat-huant, avaient découvert sous un chêne le corps d'un homme qui s'était suicidé d'une balle de fusil de chasse dans la tête. Les papiers retrouvés dans une poche de son pantalon indiquaient qu'il s'agissait d'Aimé Auguste.

Marie versa quelques larmes en pensant à la peine de son fils lorsqu'il apprendrait la nouvelle. Curieusement, Michel pleura peu. Non qu'il fût un enfant indifférent mais son père, pour lui, était un inconnu.

En revanche, Angèle éprouva un grand chagrin. Aimé était son fils unique. N'avait-elle pas toujours affirmé à Marie que son rejeton n'était pas méchant ? Il était faible, voilà tout. Mais ce qu'Angèle craignait plus que tout, sachant que Dieu réprouve les suicides, c'est que le curé l'empêche de partager dans le cimetière la même terre que les chrétiens.

TROISIÈME PARTIE

24

Au grand soulagement d'Angèle, le curé du village accorda l'absolution à Aimé et donna l'autorisation que sa dépouille soit enterrée chrétiennement. Les habitants du hameau se pressèrent dans l'église. Le défunt n'était guère apprécié, mais nombre de gens estimaient Marie et Angèle, et puis un voisin qui se supprime avec un fusil de chasse ce n'est tout de même pas très courant !

De retour à la maison, Marie annonça à Angèle qu'elle allait devoir chercher un emploi à plein temps pour subvenir aux besoins de Michel. Elle ne pouvait pas le nourrir éternellement de salade de pissenlit et de bouillie de sarrasin ! Angèle lui proposa alors de continuer à vivre chez elle. On était en 1951. Michel venait d'avoir six ans. Ainsi le petit ne serait pas déraciné, il irait à l'école du village à la rentrée d'octobre et il retrouverait sa mère le soir.

— Et puis, conclut Angèle, vous n'êtes pas responsable de ce qui est arrivé à mon fils et je serai moins seule !

Marie accepta avec reconnaissance et les deux femmes s'enlacèrent en pleurant.

Le lendemain de l'inhumation, Marie se rendit chez les Letellier pour accomplir son ouvrage et demander à

Marie sans terre

Georges s'il lui était possible de la réembaucher à temps complet. En entrant dans la cour, Marie trouva son patron ainsi que tout le personnel masculin en train de tourner autour d'un tracteur flambant neuf sur lequel était juché un homme entre deux âges. Le nouveau venu manœuvrait l'engin devant un auditoire ébloui.

— Ça remplace dix chevaux et vingt ouvriers agricoles, fanfaronnait le bonhomme qui connaissait bien son discours, ça obéit au doigt et à l'œil, ça ne demande pas de permis de conduire, pas d'augmentation de salaire, ce n'est jamais en grève et ça n'est jamais de mauvaise humeur !

— Et ça coûte horriblement cher à l'achat ! cria Georges Letellier pour surmonter le bruit du moteur.

Le vendeur arrêta sa démonstration, laissa l'engin ronronner au point mort.

— Oui, mais vous le rattraperez vite. C'est du matériel allemand. C'est du solide et ça ne tombe jamais en panne.

— Topez-la, conclut Georges en tendant une de ses énormes mains au marchand, ce qui est fait est fait, et puis je serai le premier fermier d'Asnières à posséder un tracteur !

Le bonhomme parti, Georges pivota vers ses ouvriers.

— Pour l'instant, les seuls autorisés à le conduire, c'est Albert et moi.

Dix minutes plus tard, sur l'ordre de son patron, Albert était aux commandes de l'engin ; on y avait attaché un tombereau dans lequel le personnel masculin de l'exploitation s'entassa afin de circuler triomphalement dans le bourg.

Marie se retrouva seule avec Georges. Celui-ci s'apprêtait à rentrer dans la ferme. Elle s'approcha de lui.

228

Marie sans terre

— Georges, je voulais vous dire...

Il se pencha vers elle pour mieux l'écouter.

— Oui ?

Elle hésita. Elle était toujours impressionnée par la taille gigantesque de son patron et l'incroyable puissance physique qui émanait de lui.

— Voilà, reprit-elle, Aimé est défunt et je ne peux plus me contenter de travailler à la tâche. Il faudrait que je retrouve un salaire complet.

— Viens, l'invita Georges, on parlera de ça à l'intérieur.

Il la précéda dans la grande salle où ils s'installèrent devant un café fumant et une bouteille de calvados apportés par Rose. Georges prit sa tasse avec précaution, la porta à ses lèvres pour souffler dessus tout en jaugeant Marie avec un sourire bon enfant.

— Tu as bien de la chance, dit-il enfin. Le tracteur remplacera bientôt mes ouvriers agricoles mais il ne lave pas le linge, il ne récure pas les cannes, il ne trait pas encore les *vaqu'* et il ne nettoie pas les étables et les écuries ! Et puis, je sais que tu as un fils à élever et que tu es bien dans la peine.

Le visage de Marie s'éclaira. Georges s'empressa de temporiser sa joie :

— Je veux bien te réembaucher à plein temps. Seulement, voilà, j'ai des frais avec le tracteur, l'année n'a pas été bonne. J'ai dû emprunter beaucoup d'argent à la banque et je ne peux guère te payer plus qu'il y a trois ans.

Marie porta à son tour sa tasse à ses lèvres. Elle dégusta lentement le café brûlant afin de se donner le temps de la réflexion. Une fois encore, elle gagnerait tout juste de quoi survivre. Mais que faire d'autre ? Elle n'avait pas

Marie sans terre

d'instruction, ne connaissait que l'univers étroit de la ferme. Son pays se limitait à quelques hectares. Si elle cherchait une autre place, elle ne serait pas plus avancée, et puis l'exploitation des Letellier se tenait à trois cents mètres à peine de la maison d'Angèle et de Michel.

— J'accepte, dit-elle alors, et je vous remercie pour toutes vos bontés.

Georges se tourna vers Rose qui observait la scène, debout, adossée contre le vaisselier. Il lui adressa un petit clin d'œil, passa une main dans ses cheveux blancs, empoigna finalement la bouteille de calvados, en remplit les tasses à ras bord puis, saisissant la sienne, il tendit l'autre à Marie.

— Tu vois, Marie, je suis content de te rendre service et de te compter à nouveau à part entière parmi nous !

1951 serait une année charnière pour Marie. Michel allait enfin fréquenter l'école du village. Il était hors de question qu'il fût moins bien vêtu ou qu'il disposât d'un moins bon matériel scolaire que les autres ! Un petit cartable neuf ainsi qu'un plumier en bois contenant une règle, une gomme, un crayon à papier et un porte-plume flanqué d'une plume sergent-major, destinée aux pleins et déliés des futures pages d'écriture, l'accompagnaient fièrement.

Pendant des mois, Angèle et Marie avaient confectionné elles-mêmes culottes courtes, pantalons, vestes, pull-overs, passe-montagnes et une pèlerine à capuche en gros drap noir afin qu'il puisse affronter bravement et proprement toutes les saisons. Enfin, serrant sur le budget, on l'avait chaussé d'une paire de grosses galoches à semelles de bois pour l'automne et l'hiver. On verrait ensuite pour le printemps et l'été.

Marie sans terre

Marie n'assista pas à la rentrée. C'est Angèle qui emmena Michel à l'école, qui observa son émotion lorsqu'il pénétra pour la première fois dans son nouvel univers. C'est elle aussi qui recueillit les impressions de l'enfant à la fin de la première journée. Il en serait de même les jours suivants. Marie partait tôt le matin, rentrait après que Michel fut couché car elle dînait à la ferme avec les patrons pour ne pas coûter à la maison. Angèle l'informait des progrès de son fils. Michel travaillait bien, comprenait vite ; l'instituteur affirmait qu'il ferait une scolarité en tête de classe.

Ces bonnes nouvelles aidaient Marie à surmonter ses soucis. Elle s'interrogeait sur les raisons du suicide d'Aimé. Etait-elle coupable de sa mort ? Aurait-elle pu l'empêcher ? Etait-il possible qu'il l'eût aimée au point d'en mourir ? Y avait-il un lien entre son alcoolisme et sa jalousie maladive ? Tout cela paraissait bien romantique. Elle pensait plutôt qu'Aimé buvait, comme tant d'autres paysans d'alors, pour oublier le manque de distractions et la désespérante lenteur des jours.

Ainsi Marie, qui s'était sentie soulagée à la mort d'Aimé, souffrait aujourd'hui à l'idée qu'il ait pu se supprimer à cause d'elle. S'ajoutait à cela un labeur de quatorze heures, sept jours sur sept, qu'elle avait cru révolu.

Elle pensait aussi souvent à Julien. Elle avait espéré qu'il lui donnerait signe de vie après la mort d'Aimé. Non pas dans l'espoir de renouer, simplement parce qu'elle aurait aimé qu'il lui présente ses condoléances et l'assure de son affection.

Elle savait que Julien était au courant de la disparition d'Aimé. Curieux par nature et aimant lire, Julien s'était toujours vanté de passer ses soirées à décortiquer la presse locale. Or la disparition d'Aimé avait été signalée dans les

Marie sans terre

pages des faits divers et dans les pages nécrologiques. Il fallait se faire une raison, Julien avait choisi le silence. Finalement, c'était mieux ainsi. Lorsque Marie songeait à lui, elle ne manquait pas de regretter de lui avoir avoué que Marceline était sa fille. Toute vérité n'est décidément pas bonne à dire !

Un soir de décembre 1951, Marie eut la surprise, en rentrant chez elle, de découvrir un homme attablé avec Angèle. Celui-ci se leva, s'inclina en souriant mystérieusement.

— Bonsoir, Marie.

— Bonsoir, monsieur, répondit Marie, étonnée que l'étranger connaisse son nom.

— Tu ne me reconnais pas ?

— Ma foi non, répondit Marie en dévisageant l'inconnu avec attention.

Il était assez grand, fort, sans embonpoint, arborait des cheveux rasés de près, un visage glabre agrémenté de traits fins. Marie fut frappée par ses yeux couleur noisette où il lui sembla déceler un curieux mélange de douceur et de détermination. Il était vêtu avec simplicité d'un pantalon de toile grise, d'une chemise et d'une veste du même ton.

Le regard de l'inconnu s'embua. Ses bras s'ouvrirent.

— Je suis Robert, je suis ton frère !

— Robert, mon Dieu ! Robert !

Ils contournèrent la table en même temps, s'embrassèrent avec effusion devant Angèle attendrie.

— Robert !

— Marie !

— Comment as-tu fait pour me retrouver ? questionna Marie.

Marie sans terre

— Grâce à notre mère. Je sais que vous ne vous voyez plus, mais ça ne l'empêche pas de savoir où tu es.

— Elle est toujours à Formigny?

Ils s'étaient assis face à face. Les coudes posés sur la table, les bras croisés dessus, ils se dévisageaient avec intensité, désireux de se trouver des points de ressemblance.

— Elle y est toujours. Dans la même maison. Elle boit moins et elle travaille.

— Et toi, reprit Marie avec un soupir de bonheur, raconte-moi, qu'est-ce que tu es devenu pendant tout ce temps? Maman m'avait dit que tu avais appris à lire à l'armée et que tu étais caporal. Mais je te parle de ça, c'était... il y a presque vingt ans!

Alors, il raconta. Au moment de la déclaration de guerre, il était sergent. Il avait été fait prisonnier en 1940 et envoyé en Allemagne, d'où il s'était évadé à deux reprises. La seconde avait été la bonne. De retour en France, il s'était engagé dans la résistance. Après la libération, il avait été nommé adjudant. Il venait de quitter l'armée avec une petite retraite et il envisageait de compléter celle-ci en cherchant du travail à Mulhouse où il vivait aujourd'hui, car il allait bientôt se marier. Avec qui? interrogea Marie, les yeux brillants. Avec Marguerite, une brune, une *bassette*, un petit gabarit vraiment, mais joliment proportionnée, avec des jambes délicieusement galbées et des seins aussi beaux que le cœur qui battait dessous!

Marie écoutait son frère en riant. Il était drôle, aimable. Il lui semblait tout à coup qu'ils ne s'étaient jamais tout à fait quittés et qu'ils ne se quitteraient plus.

— Tu es là pour longtemps? questionna-t-elle lorsqu'il eut achevé son récit.

233

Marie sans terre

Robert regarda sa sœur puis Angèle assise à l'autre bout de la table.

— Plusieurs jours si tu... enfin, si vous le voulez bien ?

— Bien sûr, grand nigaud ! s'exclama Marie. Je suis si heureuse de te revoir !

— Vous dormirez dans ma chambre, décida Angèle, et moi ici avec Marie.

Robert adressa un sourire aux deux femmes.

— Je vous remercie. Je resterai une petite semaine. Ensuite, je dois rentrer, je me marie à la fin du mois prochain. J'espère que vous viendrez ?

Marie hocha la tête.

— C'est impossible. Tu habites trop loin et je ne peux pas laisser les bêtes sans soins.

Il y eut un silence durant lequel Angèle servit un alcool de poire propice à toutes les méditations. Robert se tourna finalement vers Marie.

— Et toi, si tu me racontais un peu ta vie ?

Marie jeta un coup d'œil furtif en direction d'Angèle afin de faire comprendre à son frère qu'elle « oublierait » certains faits, puis elle résuma ce qui lui était advenu depuis qu'ils avaient été séparés.

Tout en l'écoutant, Robert pinçait les lèvres, approuvait avec gravité :

— Tout comme moi ! Tout comme moi !

Quand Marie eut terminé, minuit était passé. Angèle souriait, les yeux brouillés de fatigue. Marie s'en aperçut.

— On va vous laisser aller vous coucher, dit-elle, Robert et moi, on va faire un petit tour dehors. On a encore plein de choses à se dire. Il y a si longtemps qu'on ne s'est pas vus !

Ils se levèrent. Angèle se dirigea vers le lit alcôve.

Marie sans terre

— Vous avez raison, à mon âge, on tombe vite de sommeil. Bonne nuit!

Un instant plus tard, ils étaient dans la rue. Robert avait pris le bras de sa sœur et, affectueusement enlacés, ils cheminaient vers l'église. Malgré l'approche de l'hiver, un vent doux caressait leurs fronts.

— Tu ne m'as pas tout dit, tout à l'heure? demanda Robert.

— Je ne pouvais pas, répondit Marie, il y avait Angèle et il faut bien respecter la mémoire de son fils.

Et avec une grande simplicité, une heure durant, Marie parla d'Aimé, du calvaire qu'elle avait vécu avec lui. Tout ce qu'elle n'avait pu dire devant Angèle. Puis elle évoqua Julien. Leur rencontre, leur amour, Marceline, la guerre, l'Allemagne, la mort de Marceline, l'aveu à Julien et ses terribles conséquences. Elle récita à Robert quelques vers de «Noémie». Lorsque Marie s'arrêtait, au bord des larmes, Robert pressait son bras avec douceur, murmurait:

— Continue, ça te fait du bien!

Quand elle eut refermé cette page de son existence, la plus belle, pensa Robert, il s'immobilisa. Ils avaient fait plusieurs fois le tour du village sans s'en apercevoir et ils se retrouvaient à deux pas de la maison d'Angèle.

Robert posa ses mains sur les épaules de Marie.

— Ecoute, petite sœur, il y a des histoires qui ne trompent pas. Tu as aimé Julien, tu l'aimes toujours et tu es libre. Alors, qu'est-ce que tu attends?

Marie frissonna. Son frère disait tout haut ce qu'elle n'osait s'avouer tout bas. Elle résista encore.

— C'est loin, tout ça. On s'est quittés en 1939. Ça fait douze ans déjà, et depuis la mort de Marceline il boit comme un puits sans fond. Je ne l'ai pas revu depuis une éternité. Et puis il a peut-être quelqu'un dans sa vie.

235

Marie sans terre

Robert s'éloigna de sa sœur de deux pas pour contempler un ciel où des nuages noirs plongeaient le village dans une obscurité presque totale. Une pluie soudaine et forte, amenée par le vent d'en bas, se mit à crépiter sur leurs épaules et sur leurs têtes.

— Renseigne-toi, conseilla Robert en revenant vers Marie. Ton Julien est peut-être toujours libre, il t'aime peut-être encore et s'il t'aime assez il s'arrêtera de boire.

— Tu parles ! Tout ça, c'est bien beau mais ça n'arrive que dans les livres. La vie, moi je connais. C'est autre chose !

Robert se contenta de sourire. Sans qu'elle s'en rendît compte, la figure de Marie s'éclairait d'une sorte d'espoir.

— Et si on rentrait, proposa Robert, avant d'être trempés comme des soupes ?

— Tu as raison, dit Marie.

Elle flanqua une grande claque sur les fesses de son frère, courut vers la maison en s'écriant :

— Le dernier arrivé préparera le petit déjeuner tout à l'heure !

Robert se jeta à sa poursuite, la rattrapa en quelques puissantes enjambées. Ils atteignirent ensemble le seuil de la porte. Robert déposa un baiser sur le front de sa sœur, résuma :

— Match nul !

Ils éclatèrent de rire au risque de réveiller tout le village, heureux de se retrouver après tant d'années.

25

Quand Robert quitta Asnieres il sembla à Marie qu'une partie d'elle-même s'en allait avec lui. Entre la sœur et le frère une complicité, scellée par le sang, s'était établie.

Elle pleura, se consola en pensant qu'il repasserait bientôt avec sa jeune femme. Il avait voulu emmener Marie voir leur mère mais elle avait refusé. Elle avait trop souffert par sa faute et trop souvent lui revenait en mémoire la scène où Prudence lui avait conseillé d'abandonner Marceline. Pour Marie, une telle absence d'humanité dépassait l'entendement et ce jour-là elle avait décidé de couper définitivement toute relation avec elle.

On était en hiver, période que Marie appréciait le moins, car elle détestait les soleils bas, les longues nuits, les ciels frileux, la corvée des bêtes qu'il fallait sortir des étables et des écuries afin de nettoyer derrière elles avant de leur distribuer de la paille fraîche pour leurs litières et du foin pour leur nourriture.

Tout en accomplissant son ouvrage, Marie pensait sans cesse à son frère, aux conseils qu'il lui avait dispensés sans compter. Robert avait observé Michel avec attention, bavardé, joué avec lui, et, d'un air convaincu, il avait affirmé à Marie :

Marie sans terre

«Ce petit-là ira loin. Il est vif et intelligent!»

Robert avait insisté aussi pour que sa sœur revît Julien.

«Toute ta vie est là, lui avait-il dit. Tu l'aimes, il t'aime; c'est aussi évident que ton gros nez au milieu de ta figure!»

Elle s'était défendue mollement :

«Je viens de perdre un poivrot, c'est pas pour recommencer avec un autre!

— Oui, mais celui-là, je suis sûr qu'il arrêterait de boire si tu lui donnais sa chance!

— Oh, là! Oh, là! Faut voir! avait répliqué Marie, les yeux brillants.

— Justement, pour voir, il faut d'abord essayer!»

C'est ainsi que Marie recommença à penser tous les jours à Julien. Son frère avait raison, les quelques soupirants qui s'aventuraient sur le seuil de sa porte ne lui plaisaient point. La plupart ne songeaient qu'à contempler la feuille à l'envers en sa compagnie. Les bons partis visaient plus haut qu'une fille mère mariée ensuite à un homme qui s'était suicidé!

Un écueil de taille se dressait de toute façon devant Marie. Avec la fierté des humbles, elle s'imaginait mal se rendre à Vierville à la ferme des Postel pour demander à voir Julien. Pour agir de la sorte, il lui aurait fallu avoir une bonne raison. Or, elle n'en avait aucune. Enfin, si : elle l'aimait toujours. Allez donc avouer ça à des inconnus! Ils s'esclafferaient ou riraient sous cape. D'autant que rien ne prouvait que Julien avait encore des sentiments pour elle. Peut-être même était-il marié ou acoquiné avec une autre femme?

Finalement, comme elle ne voulait pas affronter son destin, c'est le destin qui vint à elle. Un jour de ce printemps 1952, alors qu'avec Germain elle avait mené pour

Marie sans terre

la première fois depuis l'hiver le troupeau de vaches à l'herbage, une charrette tirée par un cheval s'immobilisa près de la barrière qu'elle s'apprêtait à refermer afin que le bétail ne s'échappe pas. Un homme en descendit, s'approcha d'elle. Marie le reconnut tout de suite à sa démarche, à son béret basque qu'il avait ôté pour mieux se faire reconnaître, à sa figure anxieuse, à la voix douce qui courait vers elle.

— *Boujou'*, Marie.

— *Boujou'*, Julien.

Ils se dévisagèrent timidement, aussi troublés l'un que l'autre.

— Où tu vas comme ça? demanda finalement Marie.

Julien enfonça jusqu'aux oreilles le béret qu'il faisait tourner entre ses mains, désigna la charrette d'un coup d'œil.

— Je m'en vais rejoindre le patron qui m'attend dans un verger. Tu vois, j'apporte tout le matériel pour tailler les pommiers. Il est temps de s'y mettre si on veut espérer une belle récolte.

— C'est vrai, dit Marie, il est temps.

Elle vérifia que le commis était occupé au fond de l'herbage avant de désigner la route d'un signe du menton.

— Je ne savais pas qu'il fallait passer par là pour aller sur les terres du père Postel?

— C'est que... j'espérais te voir, avoua Julien avec une mine déconfite.

«Il m'aime toujours!» pensa Marie.

Elle se détourna pour cacher sa joie, avisa la barrière restée ouverte, la ferma pour se donner une contenance. Il la suivit pour l'aider. Ils se retrouvèrent sur le bord du talus, près de la charrette, à bavarder comme des amis

Marie sans terre

qui ne se sont pas vus depuis longtemps, évitant d'aborder le seul sujet qui les hantait.

— J'ai appris pour ton mari, dit Julien en flattant l'encolure du cheval qui commençait à s'impatienter.

Marie hocha douloureusement la tête.

— Oui, me voilà bien seule à présent.

— Seule? Il y a le petit?

— Oui, bien sûr. Il y a aussi ma belle-mère. Sans elle, je ne sais pas comment j'aurais fait pour élever mon fils. C'est un amour, cette femme-là!

— Tu es toujours chez les Letellier?

Marie gratta pensivement le sol avec un de ses sabots.

— Oui. Ils sont bien gentils mais près de leurs sous, et j'ai bien du mal à m'en sortir.

— Combien tu gagnes?

Elle lui avoua le chiffre, un peu honteuse, ajouta :

— Nourrie matin, midi et soir et le dimanche si je veux.

Un court silence s'installa. Julien réfléchissait.

— Chez Postel, pour le même travail, tu gagnerais moitié plus, dit-il enfin.

Marie haussa les épaules.

— Moitié plus, peut-être, mais ils n'ont pas besoin de moi.

— Eh bien, peut-être que si, justement. La mère Postel est décédée voilà bientôt un an. Elle s'occupait du bétail avec les trayeuses et elle n'a pas encore été remplacée.

— Ah? fit Marie. Je ne connais pas la ferme des Postel. Ils ont combien de *vaqu'*?

— Quatre-vingt-dix.

— Combien de trayeuses?

— Deux.

Marie sans terre

Marie se dandina d'une jambe sur l'autre.

— C'est vrai qu'il en faudrait au moins trois.

Julien se frotta les mains en souriant.

— Ecoute, si ça t'intéresse, j'en cause au père Postel, je lui dis du bien de toi, je lui parle du salaire que tu veux : moitié plus que ce que tu touches en ce moment, et s'il est d'accord, je t'emmène le voir pour conclure.

Marie s'adossa à la barrière afin de ne pas perdre l'équilibre. Elle se sentait comme saoulée par ce qui lui arrivait. Julien lui proposait un emploi, un emploi où elle le côtoierait chaque jour, elle qui ne l'avait pas vu durant des années !

Elle aurait voulu se jeter dans ses bras pour rattraper le temps perdu. Elle demeura inerte, les jambes coupées, le souffle en berne.

— Demande toujours, dit-elle, on verra bien ce qu'il répondra.

Une grimace de satisfaction traversa la figure de Julien.

— D'accord, je passerai ici te donner la réponse demain après-midi. Je suis presque sûr que le père Postel acceptera. Je lui dirai que tu es vive à l'ouvrage et que tu es bien appétissante ! Ça le décidera ! A demain !

— A demain !

Julien sauta sur le siège de la charrette, tira sur les rênes avec un claquement sec de la langue puis, se tournant vers Marie, il lui expédia un baiser de la main, suivi d'un regard qui se ficha dans le cœur de la jeune femme. Elle resta adossée à la barrière un long moment après que la voiture eut disparu au bout du chemin. Elle se sentait groggy comme doit l'être un boxeur sonné par un coup violent.

Elle attendit le jour suivant avec impatience, charria du purin, lessiva étables et écuries à grande eau, récura les

Marie sans terre

burets avec acharnement, gifla le linge avec une vigueur sans pareille, mangea comme une ogresse sous les yeux de ses patrons ébahis avant de s'en retourner chez elle après un joyeux «Bonne nuit!». Elle ne dormit pas, gigotant sans cesse dans un lit devenu trop grand pour elle. Espérant. Doutant. Soupirant. Appelant Julien en silence.

Le lendemain, comme prévu, Julien vint lui annoncer la décision de son patron. Celui-ci acceptait de rencontrer Marie. Il était d'accord sur le principe d'une embauche et sur le salaire. Restait à le convaincre qu'il ferait une bonne affaire.

C'est ainsi qu'après avoir effectué le préavis qu'elle devait aux Letellier, Marie entra en service dans l'exploitation agricole du père Postel, où travaillait Julien. Celui-ci emprunta un cheval et une carriole à son patron pour aider la jeune femme à emménager. Le soir même, Marie se retrouva dans une chambre assez spacieuse à l'étage de la ferme où l'attendaient un lit, une armoire et une petite commode sur laquelle elle installa les photos de Michel, Marceline, Aimé et Angèle. Elle regretta de ne pas en posséder une de son frère. Elle regretta surtout de ne pas pouvoir coucher à Asnières pour voir son fils qui lui manquait déjà.

Elle se consola en songeant qu'elle côtoierait régulièrement Julien. Un Julien qui dormait dans la chambre voisine. Un Julien étrange, tour à tour aimable et distant, qui buvait de l'eau pendant la journée et s'éclipsait à la nuit tombée pour aller s'enivrer au-dehors afin que Marie ne puisse pas mesurer l'ampleur de sa déchéance.

26

Isolée en pleine cambrousse, la ferme du père Postel comptait quatre-vingts hectares de bonnes terres réservées à la culture et aux herbages, sur lesquels, outre l'élevage, on entretenait religieusement des pommiers soigneusement alignés, dans le but d'en tirer le meilleur cidre de la région. Pas moins de quatre-vingt-dix vaches, auxquelles s'ajoutaient chevaux, cochons, chèvres et volailles, réclamaient des soins intensifs.

Si le père Postel considérait Julien avec une certaine estime, il n'en avait pas toujours été ainsi. Des années durant, avant son départ pour le service militaire et sa captivité en Allemagne, Julien avait exécuté le même travail que Marie, à cela près qu'il ne s'était jamais occupé de la traite des vaches. Mais c'est lui qui nettoyait les étables, les *burets*, les écuries, apportait la tonne d'eau dans les champs et du foin pour le bétail en période de sécheresse. Julien se rappelait avec amertume avoir dormi des années dans l'écurie sur une paillasse bourrée de paille d'avoine et dans des draps qu'on lavait tous les six ou sept mois. Les poux jouaient alors dans sa tête ; quant à ses fesses, elles étaient utilisées comme cible par les pieds des salariés et des journaliers de la ferme.

Marie sans terre

Durant toute son adolescence, Julien avait servi de déversoir à la mauvaise humeur des adultes. Aujourd'hui, Pierre Postel jurait qu'il ne saurait s'en passer. Le petit *goujart* était devenu un homme. Il avait forci, mûri, il connaissait son métier à la perfection. Nul mieux que lui ne savait nourrir, étriller, brosser les chevaux et se faire comprendre d'eux, et s'il n'y avait déjà eu un grand valet, Pierre Postel lui aurait sans doute offert la place. Pour l'heure, au lieu de conduire la charrue et bientôt le tracteur qu'on envisageait d'acheter, au lieu de commander les ouvriers, Julien secondait le patron et vaquait à des tâches moins nobles.

Quand Marie entra au service du père Postel, elle s'habitua vite à la présence de Julien le matin. C'est lui en effet qui, levé le premier, allumait le feu sous la chaudière de la laverie et dans la cheminée de la cuisine. C'est lui encore qui faisait chauffer la soupe et, pendant que Marie filait à l'herbage pour la première traite, il mélangeait des orties hachées avec de la farine et du lait pour les canards et les cochons avant de poursuivre sa journée après le petit déjeuner. Selon les saisons, il participait au ratissage des betteraves, aux fenaisons, aux récoltes de l'orge, du blé et de l'avoine ou aux tâches hivernales moins valorisantes mais moins astreignantes.

Les premiers jours qui suivirent l'arrivée de Marie à la ferme, Julien se leva avant elle pour la voir un peu avant qu'elle ne parte pour la traite matinale. Pas de *bourri*, cette fois, les laitières étaient trop nombreuses et les pâturages souvent éloignés. Accompagnée des deux autres trayeuses, Marie conduisait une carriole remplie de cannes et tirée par un cheval.

Marie et Julien se croisaient donc le matin, s'embras-

244

Marie sans terre

saient sur la joue avec un *boujou'* détaché, alors que tous deux se consumaient en rêvant à d'autres baisers.

Mais les années de séparation, de malentendus, le silence autour de Marceline puis sa mort subite avaient tracé de sinistres blessures. Chacun craignait de risquer le geste qui les séparerait définitivement. Dans une pudeur retrouvée, ils s'évitaient, s'épiaient, se souriaient, souffraient en silence d'être si proches et si loin à la fois.

Comme il ne se passait rien entre Julien et Marie, le père Postel tenta sa chance avec la jeune femme. Il était veuf, aisé sinon riche, il était le maître et à cinquante-cinq ans il n'avait pas d'enfant. Il était maigre, chauve, louchait avec modération, buvait de l'eau comme un dromadaire, jamais d'alcool, phénomène assez rare pour qu'il soit souligné, raisonnait avec prudence et justesse. Lorsqu'il parlait, son front se plissait dans l'effort de concentration, ses yeux convergeaient vers ceux de ses interlocuteurs et les propos qu'il tenait, banals dans la bouche des autres, paraissaient importants dans la sienne. En résumé, sans que l'on sût vraiment pourquoi, Pierre Postel inspirait le respect.

Une semaine après l'arrivée de Marie, il profita qu'elle était seule dans la laverie, occupée à récurer ses cannes, pour s'approcher d'elle. Elle était assise sur un tabouret, ses genoux découverts car l'été triomphait cette année-là, et une chaleur caniculaire avait régné toute la journée, indisposant les bêtes et aiguisant l'appétit des taons, des guêpes et des frelons.

Pierre Postel posa une main sur l'épaule de Marie, frôla sa hanche de l'autre. Penché au-dessus d'elle, il orienta son strabisme convergent vers les cuisses légèrement entrouvertes de la jeune femme puis il lui souffla dans l'oreille :

Marie sans terre

— Marie, je suis seul, j'ai du bien et, si tu veux, on pourrait faire un bout de chemin ensemble... Si on s'entend bien, plus tard, je pourrais même t'épouser...

Marie demeura immobile, tout geste en suspens, pétrifiée par cette offre inattendue. Enfin, après une minute de silence durant laquelle elle se leva pour échapper à une étreinte qui devenait de plus en plus pressante, elle pivota vers le maître et mentit :

— Ce n'est pas que vous me déplaisiez mais je ne peux pas, j'ai un promis.

— Tu as un promis ?

Il semblait stupéfait. Elle remarqua alors qu'il était rasé de près, vêtu comme pour une noce, avec des habits propres, le pli du pantalon fait, des chaussures vernies. Elle eut presque honte d'avoir refusé.

Le chien de la ferme entra dans la laverie, une bâtarde noir et blanc, douée pour la chasse. Elle se frotta contre les jambes de son maître qui la repoussa d'un coup de pied.

— Suffit, Diane !

Puis :

— Bon, ben, si t'es promise, c'est différent.

Il marqua une pause, réfléchit longuement.

— Tu ne diras rien à personne, hein ? Ça reste entre nous, d'accord ?

— D'accord.

Il tourna le dos à Marie, droit, digne dans son costume noir, flanqué de sa chienne qui surveillait avec appréhension les pieds de son maître.

Marie remonta une mèche de cheveux qui balayait son front. Debout, décontenancée, elle contempla le père Postel qui s'éloignait, songea qu'elle aurait pu être défi-

Marie sans terre

nitivement à l'abri du besoin. Puis elle reprit son travail, l'esprit ailleurs.

Au repas du soir, elle attendit que Julien fût installé pour aller s'asseoir auprès de lui. Poussée par une force qu'elle ne cherchait pas à contrôler, après lui avoir suggéré de conserver son sang-froid quoi qu'elle dise, manquant à la parole donnée au père Postel, elle chuchota dans son oreille :

— Le patron m'a demandé de vivre avec lui.

Julien faillit avaler de travers la soupe qu'il venait de porter à sa bouche. Il posa sa cuiller dans son assiette, glissa ses mains sous la table pour ne pas laisser voir qu'elles tremblaient. Il resta ainsi un instant, le dos voûté, le regard perdu dans le mécanisme de l'horloge suspendue sur le mur d'en face.

— Ça ne va pas, Julien ? s'étonna le père Postel.

Julien se redressa.

— Non, Pierre, un petit coup de fatigue, ça va passer.

Le père Postel essuya son couteau sur le pain avant d'en couper une large tranche qu'il émietta ensuite pour la mélanger à sa soupe.

— Fatigue ou pas, tu te souviens que demain je te mets en bas du lit à trois heures pour aller à la pêche ?

— Pas de problème, répondit Julien, je viens !

Comme chaque année à la même époque, profitant des marées, Pierre Postel emmenait avec lui plusieurs de ses salariés. Munis de râteaux et de *pouques* ils pêchaient les équilles la nuit dans le sable des plages de Vierville et de Saint-Laurent-sur-Mer. Ils en revenaient souvent avec des dizaines de kilos de poissons qu'on roulait dans la farine avant de les faire griller, prétexte à une petite fête le soir suivant, accompagnée de gros *bair* et de calvados.

247

Marie sans terre

La conversation roula alors sur la pêche en général et la pêche des équilles en particulier. Chacun donnait son point de vue, à l'exception de Marie et Julien. Statues de sel, ils s'observaient à la dérobée, avec une tristesse et une passion qu'heureusement, dans le feu de la discussion, nul ne remarqua.

Finalement, l'estomac noué, Julien se pencha vers Marie et demanda :

— Et qu'est-ce que tu lui as répondu ?

Elle jeta un rapide coup d'œil alentour pour vérifier qu'on ne prêtait pas attention à elle avant de tendre sa bouche vers l'oreille de son voisin.

— Je lui ai dit que j'avais un promis.

Les deux mains de Julien écrasèrent le bord de sa chaise.

— Tu as un promis ?

— Je crois.

— Tu crois ou tu es sûre ? s'énerva Julien. Ça n'a pas de sens, ce que tu dis !

Il avait élevé la voix. Des figures se tournèrent vers lui. Il baissa d'un ton, sourit pour donner le change.

— Je le connais ?

— Peut-être.

On arrivait au dessert. Julien éplucha une pomme avec soin, la mordit avec une voracité rageuse. Tout à l'heure, après avoir lu le journal, il irait boire un coup au bistrot du village. C'était le seul remède qu'il avait trouvé jusqu'alors pour oublier son passé.

Le repas terminé, Julien alla s'asseoir près de la cheminée où, malgré la chaleur, quelques bûches achevaient de se consumer. Tout en feuilletant les pages locales, il observait Marie, affairée à desservir la table. Il devinait chacun de ses gestes. Tout à l'heure, escortée par Mar-

248

Marie sans terre

guerite, une autre trayeuse, elle se réfugierait dans la cuisine pour y faire la vaisselle avant de monter se coucher après avoir souhaité à la cantonade une bonne nuit à toute la compagnie.

Peut-être la réveillerait-il au milieu de la nuit? Les autres, Pierre Postel en premier, ne manquaient pas de lui reprocher de buter dans les marches de l'escalier en montant se coucher à l'issue de ses équipées au bistrot, quand il ne s'écrasait pas dessus pour de bon en jurant comme un charretier.

Excédé, le patron l'avait même menacé de l'expédier dormir dans l'écurie avec le commis s'il continuait de réveiller tout le monde en se saoulant tous les soirs.

Julien admirait la démarche vive, la poitrine ferme, la taille encore joliment prise de Marie malgré les rudes travaux de la ferme. A trente-cinq ans, la jeune femme en paraissait à peine trente. Au lieu de l'abîmer, l'adversité, les épreuves qu'elle avait subies ajoutaient à la grâce naturelle de son visage, lui apportant une sorte de plénitude. Ses yeux gris-vert s'emplissaient volontiers de malice ou de gravité. Fleur des fossés, timide, habituée à se sous-estimer, Marie ignorait qu'elle était belle, d'une beauté insolite, sauvage et captivante.

La vaisselle terminée, Marie se campa au milieu de la salle où les hommes fumaient la pipe en devisant, coula un œil rapide vers Julien, jeta comme à l'ordinaire un «bonsoir, la compagnie». Puis elle disparut dans le corridor qui menait à l'étage.

Julien replia son journal, sortit dans la cour pour se rendre à vélo au café du bourg où il avait pris l'habitude de refaire le monde avec quelques pochards. Il s'esquinta au gros *bair* et au calvados, maudit les femmes en général et celle qu'il aimait en particulier. Celle qui en avait

Marie sans terre

épousé un autre sans lui avouer qu'elle avait un enfant de lui. Un enfant mort aujourd'hui. Celle dont le mari s'était suicidé. Celle qui avait à nouveau un promis. Alors qu'il s'était échiné à lui dégoter du travail. Celle qu'il avait espérée. Celle à qui il pensait jour et nuit !

Julien trinqua pourtant moins que d'habitude ce soir-là. Son malheur était trop grand, il lui semblait que son œsophage s'était rétréci, lui interdisant de boire à se rouler par terre. Il rentra moins tard que de coutume, referma doucement la porte derrière lui, buta dans les marches avec modération, ne jura pas, marqua une pause sur le palier, contempla le couloir. Une détresse sans nom l'habitait. « Ce n'est pas Dieu possible ! Il faut que je sache ! Il faut que je sache ! » Alors, délibérément, il se trompa de chambre et il pénétra dans celle de Marie.

La jeune femme ne dormait pas. Comme chaque soir, elle avait guetté dans le corridor les pas malhabiles. Quand elle reconnut Julien dans l'embrasure de la porte, elle ouvrit tout grands les bras vers lui. Il courut vers elle, s'affala sur le lit. Quelques secondes plus tard, ils s'étreignaient, emmêlant leurs jambes au hasard, roulant d'un bout à l'autre des draps, avides de tendresse à rattraper.

Il s'arrêta au bout d'un moment, s'éloigna un peu d'elle, s'appuya sur un coude, cherchant à deviner ses traits dans la pénombre, posa la question qui le tourmentait :

— Comment peux-tu faire ça si t'as un promis ?

Un rire joyeux entrouvrit les lèvres de Marie.

— Mon promis, c'est toi, grand nigaud !

— Ah, Marie ! Marie !

Il lui arracha sa chemise, elle lui ôta ses chaussures, son maillot de corps, son pantalon ; ils ne furent plus qu'un,

250

Marie sans terre

scellés dans une extase si indicible que des larmes se
mêlaient à leurs soupirs. Les yeux fermés, Marie revivait
leurs premières caresses dans les herbages humides où
s'exhalaient les senteurs de la nuit. «Mon Dieu, tant de
temps perdu!» songeait-elle.

Leurs sens assouvis, ils parlèrent, allongés côte à côte,
doigts entrelacés, la tête de Marie enfouie dans le cou de
Julien. Ils évoquèrent la guerre, la séparation, la grossesse
de Marie, Marceline, l'attente, le désespoir, l'oubli relatif, le retour de Julien, la mort de leur petite fille, Aimé,
sa jalousie, tout ce gâchis.

— Et maintenant? demanda Julien.

Marie hésita. Elle redoutait les mots qu'elle allait pro-
noncer. Si elle se trompait, elle fermerait définitivement
la porte à un avenir à deux.

— Maintenant, je suis libre. Je peux être à toi pour
toujours. Mais j'ai un petit garçon et je ne dois pas te
mentir. J'ai eu une opération qui m'empêche d'avoir des
éfants. Si tu restes avec moi, tu n'auras jamais une autre
petite Marceline.

Julien s'agita dans le lit. Il serra plus fort les doigts de
Marie. Son malheur passé et son bonheur trop neuf se
bousculaient dans ses pensées. Marie n'était responsable
de rien, sauf peut-être de lui avoir caché l'existence de sa
propre fille. Elle avait des excuses à cela. Un mari, une
nouvelle vie. La fatalité aussi.

Il balaya alors les derniers écueils qui se dressaient
devant eux. Il se tourna vers Marie, s'appuya sur un
coude, caressa le beau visage que l'anxiété creusait et
il dit

— J'ai toujours voulu que tu sois ma femme. Depuis
le premier jour. Ce n'est pas aujourd'hui que je vais changer d'avis.

251

Marie sans terre

Il médita un instant avant de poursuivre :

— Si tu veux bien, je t'épouserai et je serai le père de ton fils.

— Je n'en demande pas plus, répondit pudiquement Marie.

En réalité, elle lui demandait autre chose en plus. Cela faisait si longtemps ! Il le lui donna sur-le-champ. Ils refirent l'amour, encore et encore.

Epuisés, moites d'une bonne sueur, le souffle court, ils reposaient l'un près de l'autre.

— Une chose quand même, exigea soudain Marie, il faut que tu me jures que tu vas arrêter de boire. Je ne pourrais pas vivre avec un ivrogne. C'est trop de malheur et ce serait trop me demander.

— Je te le jure, promit Julien. Je n'ai plus de raison de boire. Je buvais parce que j'étais sans toi. Maintenant, c'est fini.

Elle l'embrassa sur le front. Leurs mains s'égarèrent à nouveau sur leurs visages et leurs épaules. Il allait se glisser en elle pour une ultime envolée quand des pas gravirent l'escalier, s'immobilisèrent devant la chambre de Julien. Une voix murmura :

— Julien, c'est l'heure !

Un bruit de porte qui s'entrouvre.

La même voix :

— Il n'est pas là ! Où il est donc passé, cet animal ?

Les pas s'approchèrent. Un poing toqua à la porte de Marie avant de l'ouvrir. Une tête apparut dans l'entrebâillement. Ebahie. Celle du père Postel. Qui referma aussitôt.

Marie et Julien avaient fermé les yeux pour faire croire qu'ils dormaient. Julien les rouvrit le premier, murmura :

252

Marie sans terre

— *Cré nom d'un quien,* j'avais oublié qu'on allait à la pêche !

Marie étouffa un rire. Sa bouche s'approcha de l'oreille de Julien.

— Comme ça, il saura que je ne lui avais pas menti et que j'ai bien un promis !

27

Dans les jours qui suivirent, chacun comprit que Marie et Julien étaient destinés l'un à l'autre. Le père Postel les ayant surpris dans la chambre, ils n'avaient plus aucune raison de dissimuler. Pierre ne leur marqua aucune hostilité. Marie lui avait avoué qu'elle avait un promis. Le promis, c'était Julien. Voilà tout.

Comme convenu, Julien cessa de boire. Il replongeait cependant de temps à autre dans un vice difficile à éliminer, faisant quelques écarts au bistrot du village. Ayant perdu l'habitude de s'enivrer régulièrement, il lui en fallait peu pour ne plus pouvoir aligner un pied devant l'autre.

Un soir, comme il tardait à rentrer, Marie se leva, enfila une robe, des sabots, et, empoignant une brouette au passage, elle se rendit au café. Celui-ci était vide et le patron s'apprêtait à fermer.

— Je viens chercher mon homme, dit Marie, il n'est pas ici?

Le cabaretier dévisagea la jeune femme avec curiosité.

— Si vous parlez de Julien Lefèvre, il est parti, il y a un quart d'heure. Vous êtes Marie?

— Oui, répondit celle-ci, et c'est la première et la der-

Marie sans terre

nière fois que vous me voyez et la dernière que vous lui vendez votre poison !

Et elle sortit en claquant la porte.

N'ayant pas croisé Julien à l'aller, elle en déduisit qu'il avait dû couper à travers champs pour gagner du temps. Son analyse était juste. Elle le découvrit couché sur un talus, nageant dans son vomi et ronflant avec vigueur. Elle le hissa sans ménagement dans la brouette et elle le ramena chez Postel.

Elle attendit le lendemain pour lui annoncer qu'elle le quitterait s'il recommençait. Il demanda pardon, jura une main sur le cœur qu'on ne l'y reprendrait plus. Il résista jusqu'aux moissons, sombra à nouveau. La tentation était partout. Epuisés par un rude labeur, heureux de se retrouver, patrons et salariés des exploitations environnantes trinquaient plus souvent qu'à leur tour.

Marie comprit alors que, si elle voulait sauver leur couple, il fallait qu'ils quittent la ferme. Elle s'en ouvrit à Julien qui consentit à chercher un autre travail. Début 1953, la chance aidant, ils dénichèrent tous deux un poste de gardiennage et d'entretien dans un manoir situé à Colleville-sur-Mer. Ils s'installèrent dans leurs meubles dans un petit pavillon surveillant l'entrée du parc. Des maîtres généreux et conciliants autorisèrent Marie à entretenir un potager pour son usage personnel et à élever des lapins qu'elle pourrait vendre ou consommer à sa guise. S'ajoutaient à cela deux salaires décents et la possibilité pour Julien, engagé à mi-temps, de dénicher un emploi complémentaire.

Un an après leur installation à Colleville, Julien paraissant enfin guéri du fléau de l'alcool, Marie l'épousa à Louvières puis elle fit venir le petit Michel près d'eux. Les jours se succédèrent alors, fluides et sereins. Les

255

Marie sans terre

propriétaires du manoir, tous deux septuagénaires, comblaient de menus cadeaux cet aimable et ravissant petit bonhomme qui apportait de la gaieté dans le parc solennel et dans les grandes pièces aux riches lambris dorés.

Julien et Robert ayant établi une correspondance, Marie recevait régulièrement des nouvelles de son frère et elle espérait toujours qu'il débarquerait bientôt en Normandie pour lui présenter sa femme.

Il vint en effet, en 1955, quatre ans après sa première visite à Asnières. Seul. Elle l'aperçut, hésitant devant le portail du parc, tenant une bicyclette d'une main, un sac de voyage de l'autre, alors qu'elle retournait de la terre pour y planter des fleurs. Elle ne le reconnut pas tout de suite. Il s'était épaissi, ses cheveux avaient poussé et une barbe vieille de plusieurs jours gommait les angles des pommettes et du menton. Quant à ses yeux, ils avaient perdu tout éclat.

Ils s'embrassèrent avec effusion mais Marie comprit que son frère n'allait pas bien. Elle en eut la confirmation lorsque, après le retour de Julien, il leur conta sa vie. Il s'était marié avec Marguerite comme prévu, ils avaient eu un enfant, un petit garçon prénommé Henri. Mais, et c'est là que le désastre commençait, Robert était jaloux, d'une jalousie inexplicable, extrême. Marguerite était jolie, souriante quand on la complimentait sur sa beauté. Dans la rue, des hommes se retournaient sur son passage. A plusieurs reprises, Robert était allé vers des inconnus qui la dévisageaient d'un œil qu'il jugeait trop insistant, et il les mouchait d'un violent coup de poing en pleine figure, terminant ces lamentables exploits au poste de police.

Désespéré, rejeté par une Marguerite excédée, il avait

Marie sans terre

fui Mulhouse, pris le train avec sa bicyclette pour filer en Normandie afin de tenter de faire le point. Marguerite ne l'avait sans doute jamais trompé ; il était cependant certain que cela se produirait un jour. Elle plaisait trop aux hommes. Or, il ne pouvait pas la séquestrer, l'empêcher de travailler, de vivre. Dès qu'elle était hors de sa vue, il tremblait de tous ses membres, respirait avec difficulté, appréhendait de ne pas la revoir. L'enfer était en lui. C'était absurde, avouait-il le front baissé, mais il ne pouvait s'empêcher de souffrir, sans qu'aucune preuve vînt étayer ses doutes.

En l'écoutant, Marie hochait la tête avec compréhension. Elle se souvenait d'Aimé et de sa morbide jalousie. Comme lui, Robert détruisait son bonheur et sa femme en même temps.

Après une longue discussion, il fut décidé que Robert resterait quelque temps en Normandie. Une séparation temporaire avec Marguerite l'aiderait peut-être à voir plus clair en lui. Dès le lendemain, Julien se mit en campagne pour lui chercher du travail. Il lui trouva un poste de cantonnier à Saint-Laurent ainsi qu'un petit studio à louer pour habiter à proximité.

Robert resta un an à Saint-Laurent. Il écrivait à sa femme, guettait des réponses qui tardaient à venir, alimentant sa jalousie. Que faisait-elle ? Où était-elle ? Dans un lit avec un autre ? Lui, qui avait été de si bon conseil en suggérant à sa sœur de renouer avec Julien, se consumait de solitude loin de celle qu'il aimait.

Un jour, il décida de retourner à Mulhouse. Il n'avait pas de nouvelles de Marguerite depuis plus de deux mois. Il donna sa démission, embrassa sa sœur, remercia Julien pour toutes ses bontés puis il s'éloigna vers la gare avec son sac et son vélo.

Marie sans terre

Marie ne devait plus le revoir. Elle apprit bien plus tard par Prudence, croisée par hasard un jour au marché hebdomadaire de Trévières, que Robert avait renoué avec la violence et les gendarmes et que, pour couronner le tout, il s'était mis à boire.

ÉPILOGUE

Et la vie se poursuivit à Colleville-sur-Mer. Marie s'occupait toujours de l'entretien du manoir, tandis que Julien cumulait son demi-service avec d'autres activités. C'est ainsi qu'on le vit facteur suppléant à Saint-Laurent-sur-Mer et à Colleville, jusqu'en 1966, mais aussi employé au service des eaux, et, comme cela ne suffisait pas à combler son insatiable goût au travail, il accepta également un portefeuille d'encaissement d'assurance vie où on le payait à la commission. Au fil des années, il circula à vélo, à mobylette puis en deux-chevaux Citroën avant d'opter pour des voitures plus nobles.

En 1968, grâce au directeur de la maison d'assurances qui l'employait, Julien obtint un emploi de garde champêtre à temps complet dans un important bourg de la Manche.

Quand ils quittèrent le manoir, les propriétaires refusèrent d'assister au déménagement tant ils éprouvaient de la peine. Pour eux, Marie et Julien n'étaient plus considérés comme des domestiques mais comme des amis. Ils louèrent un appartement pendant quelques années avant d'acheter avec leurs économies une maisonnette de pierre qu'ils restaurèrent et agrandirent.

Marie sans terre

Marie assurait quelques heures de ménage chez des particuliers pour arrondir les fins de mois ; quant à Julien, outre son métier de garde champêtre, on le vit exercer des vacations dans le corps des sapeurs-pompiers et, en qualité de régisseur du cinéma du bourg, assurer le bon fonctionnement des bobines de film louées à Paris.

Ainsi, la petite trayeuse d'Asnières et l'ancien *goujart* de Formigny et de Vierville s'approchèrent bientôt de ce qui ressemblait à une certaine sécurité financière. Ils avaient surtout rencontré ce que l'on pourrait appeler, si on n'est pas trop exigeant, une forme de bonheur. Ils n'avaient cessé de s'aimer, de s'épauler, d'affronter ensemble les écueils des jours, aidés en cela par leur fils Michel.

L'enfant avait grandi, poursuivi des études, réussi le concours lui permettant d'entrer à l'école normale et de devenir instituteur à Cherbourg avant, trajectoire banale oblige, d'épouser une de ses collègues.

Aujourd'hui, Marie a quatre-vingt-quatre ans, Julien quatre-vingt-deux. Ils habitent toujours dans leur maisonnette. Une maisonnette charmante, coquette, cernée par de grands murs et un jardin soigneusement entretenu où s'exhalent les fragrances de centaines de fleurs : les timides qui rampent sur le sol, les ambitieuses qui élancent leur corolle vers le ciel, les rustiques qui s'abritent, nonchalantes, dans les coins d'ombre, les élues qui se déploient, triomphantes, dans des vasques suspendues à des poutres sous la toiture. Au centre du jardin, une pompe à eau les abreuve si la sécheresse se fait sentir.

Et le courtil. Il est là, impressionnant, sans une mauvaise herbe. La terre souple, aérée. Proposant selon les saisons ses rangées de légumes. Un courtil encadré par des poiriers et des pommiers en espalier adossés au mur. Marie s'occupe des fleurs, Julien du potager, des arbres et de l'entretien de la pelouse.

Marie sans terre

Lorsqu'ils m'invitent à entrer dans la salle à manger, ils sont particulièrement heureux. Michel, Geneviève sa femme, leur fille Agnès et leurs deux petits-fils Hervé et Claude sont venus leur rendre visite la veille. La maison a résonné de rires, de plaisanteries et de douceur de vivre.

Julien me convie à m'asseoir avec eux devant la table couverte d'une toile cirée sur laquelle sont imprimées des roses entrelacées.

— Qu'est-ce qu'on vous offre à boire, questionne malicieusement Marie, un café calva ou du gros bair *?*

— Un whisky suffira.

Les temps changent.

Et je reprends le feu de mes questions. Ils s'y prêtent volontiers. Je leur ai confié, voilà quelques mois, mon intention d'écrire un roman sur le terroir. Je leur ai dit mon désir de rappeler à mes lecteurs cette belle campagne du temps passé, quand les tracteurs, le remembrement n'existaient pas. Quand le Moyen Age flânait encore sur le seuil de nos chaumières.

— Belle campagne, oui, belle vie, non! a protesté Marie avec gravité.

Puis elle m'a conté son époque, ses souvenirs. Avec pudeur, avec vérité, avec des sourires rêveurs et des raucités dans la voix. Julien aussi a remué son passé. Ils se rappelaient ensemble, redressaient leur mémoire, s'apostrophaient un peu : « Mais non, ce n'est pas avec ça qu'on récurait les cannes! »

En les écoutant, je demeurais pantois, ému devant la leçon de chose, de courage, de ténacité qu'ils m'offraient avec l'exemplaire simplicité des humbles.

Aujourd'hui, leur récit est terminé. Une vingtaine de pages, mélange de l'existence quotidienne d'hier et de quelques anecdotes intimes, griffonnées en notes serrées, concluent nos entretiens.

Le moment est venu de les avertir une dernière fois :

Marie sans terre

— *Je ne vais pas simplement évoquer vos souvenirs. Avec ces vingt pages, je dois en produire trois cents. Je vais en conserver l'essentiel. Pour le reste, il s'agira de situations et de personnages inventés. Je veux avant tout écrire un roman, et bien malin sera celui qui séparera la vérité de la fiction.*

Julien hoche la tête.

— *On vous fait confiance.*

Près de la porte d'entrée, contre le mur, une canne et un tabouret pour la traite. Tout un passé. Je les contemple un moment avant de poser celle que je crois être l'ultime question :

— *Que pensez-vous du monde rural d'aujourd'hui ?*

— *Pas grand-chose de bien ! s'emporte Julien. L'argent, le rendement, toujours plus de rendement. Alors, le remembrement, les pesticides, les vaches traitées à la mode industrielle, les farines animales, les campagnes désertées à cause des machines...*

— *Plus de haies, plus d'insectes, des bêtes mal entretenues, renchérit Marie, crottées et sales. Regardez-les errer dans les herbages ! Avant, on s'occupait d'elles, on les appelait par leurs prénoms, on les aimait et elles le savaient.*

— *Avant... Justement, avant, à votre époque, c'était comment ?*

Marie et Julien se consultent du regard. Ils réfléchissent. Leurs yeux troublés par un voile léger en disent long sur ce qu'ils ressentent.

Ils se souviennent des faucheuses tirées par des chevaux, des engrenages qui entraînent la lame de coupe, de la faneuse qui remue le foin pour le sécher, de la racleuse qui l'enroule afin qu'on puisse le mettre en veuillotte[1] *avant que les tâcherons le bottellent à la main.*

Ils se souviennent des bosquets, des futaies, des haies

---

1. Meule.

Marie sans terre

grouillantes de vie, des champs, tapissés au printemps par les pétales roses et blancs tombés des poiriers et des pommiers en fleurs. Ils se souviennent de Martin, de Brutus, du taureau ombrageux, du cheval rétif et du coq hautain. Ils se souviennent des joyeuses collations sous les arbres au moment des fenaisons et du ramassage des pommes, des aimables lippées clôturant les moissons, des baisers offerts. Ils se souviennent d'eux.

La main de Marie rampe sur la toile cirée, va se blottir dans celles de Julien.

Oubliés pour un temps, les deuils, la guerre, les désillusions, les salaires de misère. C'est elle qui répond :

— On travaillait douze à quatorze heures par jour. On n'avait pas de dimanche, pas de congés. Notre horizon, c'était le champ d'à côté. Mais on n'était pas compliqués, on rêvait un peu et on riait beaucoup. On était jeunes, on était heureux. C'était le bon temps.

Julien serre la main de Marie qu'il tient toujours enfermée dans les siennes. Il opine du bonnet.

Un silence.

Tout est dit.

PRODUCTION JEANNINE BALLAND
Romans « Terres de France »

Jean Anglade
Un parrain de cendre
Le Jardin de Mercure
Y a pas d'bon Dieu
La Soupe à la fourchette
Un lit d'aubépine
La Maîtresse au piquet
Le Saintier
Le Grillon vert
La Fille aux orages
Un souper de neige
Les Puysatiers
Dans le secret des roseaux
Sylvie Anne
Mélie de Sept-Vents
Le Secret des chênes
La Couze
Ciel d'orage sur Donzenac
Jean-Jacques Antier
Autant en apporte la mer
Marie-Paul Armand
La Poussière des corons
La Courée
    tome I *La Courée*
    tome II *Louise*
    tome III *Benoît*
La Maîtresse d'école
La Cense aux alouettes
Nouvelles du Nord
L'Enfance perdue
Un bouquet de dentelle
Françoise Bourdon
La Forge au Loup
La Cour aux Paons
Annie Bruel
La Colline des contrebandiers
Le Mas des oliviers
Les Géants de pierre
Marie-Marseille
Jean du Casteloun

Michel Caffier
Le Hameau des mirabelliers
La Péniche Saint-Nicolas
Les Enfants du Flot
Jean-Pierre Chabrol
La Banquise
Alice Collignon
Un parfum de cuir
Didier Cornaille
Les Labours d'hiver
Les Terres abandonnées
La Croix de Fourche
Etrangers à la terre
L'Héritage de Ludovic Grollier
L'Alambic
Georges Coulonges
Les Terres gelées
La Fête des écoles
La Madelon de l'an 40
L'Enfant sous les étoiles
Les Flammes de la Liberté
Ma communale avait raison
Les blés deviennent paille
L'Eté du grand bonheur
Des amants de porcelaine
Le Pays des tomates plates
La Terre et le Moulin
Yves Courrière
Les Aubarède
Anne Courtillé
Les Dames de Clermont
Florine
Dieu le veult
Les Messieurs de Clermont
L'Arbre des dames
Le Secret du chat-huant
Annie Degroote
La Kermesse du diable
Le Cœur en Flandre
L'Oubliée de Salperwick

Les Filles du Houtland
Le Moulin de la Dérobade
Les Silences du maître drapier
Alain Dubos
Les Seigneurs de la haute lande
La Palombe noire
La Sève et la Cendre
Le Secret du docteur Lescat
Elise Fischer
Trois Reines pour une couronne
Les Alliances de cristal
Alain Gandy
Adieu capitaine
Un sombre été à Chaluzac
L'Enigme de Ravejouls
Les Frères Delgayroux
Les Corneilles de Toulonjac
L'Affaire Combes
Les Polonaises de Cransac
Michel Hérubel
La Maison Gelder
La Falaise bleue
Tempête sur Ouessant
Le Démon des brumes
Denis Humbert
La Malvialle
Un si joli village
La Rouvraie
La Dent du loup
L'Arbre à poules
Les Demi-Frères
La Dernière Vague
Hervé Jaouen
Que ma terre demeure
Jean-Pierre Leclerc
Les Années de pierre
La Rouge Batelière
Louis-Jacques Liandier
Les Gens de Bois-sur-Lyre
Jean-Paul Malaval
Le Domaine de Rocheveyre
Les Vignerons de Chantegrêle

Jours de colère à Malpertuis
Quai des Chartrons
Dominique Marny
A l'ombre des amandiers
La Rose des Vents
Louis Muron
Le Chant des canuts
Henry Noullet
La Falourde
La Destalounade
Bonencontre
Le Destin de Bérengère Fayol
Le Mensonge d'Adeline
Frédéric Pons
Les Troupeaux du diable
Jean Siccardi
Le Bois des Malines
Les Roses rouges de décembre
Le Bâtisseur de chapelles
Jean-Michel Thibaux
La Bastide blanche
Le Secret de Magali
La Fille de la garrigue
Le Roman de Cléopâtre
La Colère du mistral
L'Homme qui habillait les mariées
La Gasparine
L'Or des collines
Jean-Max Tixier
Le Crime des Hautes Terres
La Fiancée du santonnier
Brigitte Varel
Un village pourtant si tranquille
Les Yeux de Manon
Emma
L'Enfant traqué
Le Chemin de Jean
L'Enfant du Trièves
Colette Vlérick
La Fille du goémonier
Le Brodeur de Pont-l'Abbé
La Marée du soir
Le Blé noir

Collection « Sud Lointain »

Jean-Jacques Antier
Le Rendez-vous de Marie-Galante
Marie-Galante, la Liberté ou la Mort
Erwan Bergot
Les Marches vers la gloire
Sud lointain
    tome I *Le Courrier de Saigon*
    tome II *La Rivière des parfums*
    tome III *Le Maître de Bao-Tan*
Rendez-vous à Vera-Cruz
Mourir au Laos
Jean Bertolino
Chaman
Paul Couturiau
Le Paravent de soie rouge

Le Paravent déchiré
Alain Dubos
Acadie, terre promise
Dominique Marny
Du côté de Pondichéry
Les Nuits du Caire
Juliette Morillot
Les Orchidées rouges de Shanghai
Michel Peyramaure
Les Tambours sauvages
Pacifique Sud
Louisiana
Jean-Michel Thibaux
La Fille de Panamá

Romans

Alain Gandy
Quand la Légion écrivait sa légende
Hubert Huertas
Nous jouerons quand même ensemble

La Passagère de la « Struma »
Michel Peyramaure
Le Roman de Catherine
    de Médicis

Impression réalisée sur CAMERON par

BUSSIÈRE CAMEDAN IMPRIMERIES
GROUPE CPI
*à Saint-Amand-Montrond (Cher)
en février 2004
pour les Presses de la Cité
12, avenue d'Italie
75013 Paris*

Mise en pages : Bussière

N° d'édition : 7042. — N° d'impression : 040524/1
Dépôt légal : décembre 2002.
Suite du 1ᵉʳ tirage

Imprimé en France